KB237050

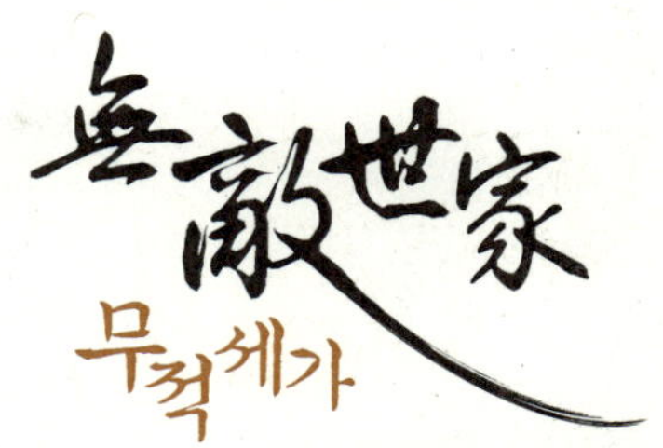

無敵世家
무적세가
김수겸 新무협 판타지 소설
FANTASTIC ORIENTAL HEROES

무적세가 1

김수겸 新무협 판타지 소설

초판 1쇄 찍은 날 § 2007년 11월 12일
초판 1쇄 펴낸 날 § 2007년 11월 17일

지은이 § 김수겸
펴낸이 § 서경석

편집장 § 문혜영
편집책임 § 심재영
편집 § 유경화

펴낸곳 § 도서출판 청어람
등록번호 § 제1081-1-89호
등록일자 § 1999. 5. 31
어람번호 § 제2-1345호

주소 § 경기도 부천시 원미구 심곡1동 350-1 남성B/D 3F (우) 420-011
전화 § 032-656-4452 팩스 § 032-656-4453
http://www.chungeoram.com
E-mail § eoram99@chollian.net

ⓒ 김수겸, 2007

ISBN 978-89-251-1016-5 04810
ISBN 978-89-251-1015-8 (세트)

무적세가

1

풍운(風雲)

김수겸 新무협 판타지 소설
FANTASTIC ORIENTAL HEROES

도서출판 청어람

序

정마대전(正魔大戰).

구파일방과 오대세가가 주축이 된 무림맹(武林盟)과 십만마교를 중심으로 한 마도련(魔道聯)이 무려 일백 년 동안 정마대전을 벌였다.

그 결과, 불행히도 끝없이 튀어나온 십만마교 마인들에 의해 무림맹은 결국 패하고 말았다.

그러나 마도련이 승리했다고는 해도 백 년 동안 이어진 정마대전에서 마인들이 입은 피해 역시 처참할 정도였다.

백 년 동안의 처참한 전쟁 끝에 간신히 쟁취한 승리에 대한 보상 심리에서였을까?

마도인의 정파인에 대한 복수심은 하늘을 찌르고도 남았다.

정파 무림인들에 대한 최종 말살령이 시작됐다. 천년불패를 자랑했던 소림사의 기둥이 송두리째 뽑혔다. 무당파가 있던 자리는 평지로 변하고 말았다.

무림세가들이 있던 땅을 기왓장 하나 남기지 않고 모조리 쓸어버렸다. 그리고는 그 자리를 향후 수백 년 동안 풀 한 포기 자라지 못하는 황무지로 만들어 버렸다.

승려와 도사들은 몰살을 당했다.

또한, 정파의 무사들은 모조리 근맥이 잘리고 눈알이 뽑혔으며, 팔다리가 잘린 채 길바닥에 내던져졌다.

무림맹에 참여했던 무림세가의 여인들과 아미파의 여문도들은 모조리 창부로 팔려가거나 마인들의 성적 노리개로 전락하고 말았다.

또한, 젊은 정파 청년들은 변태적인 마인들에게 끌려가 강제로 남색(男色)의 대상이 돼 피눈물을 흘리거나 수치를 참지 못하고 스스로 목숨을 끊어야 했다.

마도시대(魔道時代)!

마도시대는 이렇게 시작됐다.

정파는 백 년 동안의 정마대전에서 원기가 심하게 손상된 데다 비참한 패배 이후 마도련에게 철저히 유린당해 이제는 재기를 꿈꿀 근본조차 모조리 상실하고 말았다.

정파는… 완전히 회생 불능이었다.

이렇게 열린 마도시대는 앞으로 천년만년 영원히 계속될 것처럼만 보였다.

"류 대협, 내 여식 소소를 부탁하겠네."

남궁세가(南宮世家)의 당대 가주 남궁천이 흑색 장삼을 입고 죽립을 깊숙하게 눌러쓴 한 사내에게 간절히 부탁했다.

흑색 죽립으로 얼굴 전체를 가리고 있는 사내가 잠시 고민하더니 짧게 말했다.

"나는 십만마교(十萬魔敎) 폭풍대주(暴風隊主)요."

정파를 대표했던 무림세가인 남궁세가의 가주 남궁천.

마도시대를 연 십만마교 최강의 돌격부대인 폭풍대의 대주.

작금의 현실에서 이렇듯 절대 한 자리에 있을 수는 없는 두 사람이었다.

그럼에도 불구하고 두 사람은 지금 이 순간 서로를 마주 보고 있었다.

대체 무슨 이유 때문일까.

"이미 알고… 있었네."

"나를 믿지 마시오. 나는 마인을 부모로 두었고, 평생 마교에서 자랐으며, 정마대전에서 수천의 정파인을 베었소. 그리고 두 명의 무림맹주마저 내 손으로 장사 지냈소."

"알고 있네. 내 여식 소소를 깊이 사랑하고 있다는 것도."

남궁세가의 마지막 가주 남궁천은 애원하는 눈빛으로 폭풍대주 류한을 바라봤다.

자신은 죽어도 좋으니 제발 딸만은 살려달라는 눈빛이었다.

"이렇게 부탁하네. 제발 내 딸아이를 거두어주게. 첩실이라도 좋네. 부디 자네 그늘에서 살게만 해주게."

남궁천은 이내 류한 앞에서 무릎을 꿇더니 이마를 땅에 부딪치며 애원하기 시작했다.

쿵! 쿵! 쿵! 쿵!

남궁천이 단단한 바닥에 머리를 찧을 때마다 그의 이마에서 피가 튀었다.

두개골이 부서져 심지어 허연 뼛조각이 공중으로 튀어 오르는데도 그는 애원을 멈추지 않았다.

"이렇게 애원하네. 제발 딸아이를 살려주게. 흑흑흑!"

혈투의 연속이었던 정마대전의 시대를 맨몸으로 헤치며 살아온 무인 남궁천.

그는 설사 검이 살 속으로 파고들고 뼈가 부러진다고 해도 결코 눈물을 보일 사람이 아니었다.

그러나 그는 이 순간 하나 남은 딸아이를 위해 무인으로서의 최대 수치마저 감내하며 부탁하고 있었다.

그러나 그 처절한 애원에도 불구하고 폭풍대주 류한은 짧고 냉막한 어조로 답했다.

"불가(不可)!"

십만마교 교주와 십만 교인들 앞에서 맹세했다.

한순간이라도 정파에 몸담았던 여인과는 살을 섞지 않을 것이며, 그런 여인의 몸에서는 절대 후손도 보지 않겠다고.

정파의 여인들을 무참히 유린하고 있는 것은 하급 마인들뿐.

더욱이 고귀한 집에서 태어난 정파 여인들은 가장 비천한 마인들에게 던져 줘 최대의 수치를 주겠다는 것이 교의 방침이었다.

남궁세가의 여식이라면 교에서 가축을 도살하거나 노예처럼 살고 있는 최하층 마인들에게 몸을 던져 줘야 했다.

"자네는 내 딸 소소를 사랑하고 있지 않은가? 이래도 들어 주지 않겠는가? 이래도!"

남궁천에게 남은 방법은 한 가지였다.

그는 품에서 단검을 빼 들었다.

쉬익!

남궁천이 손에 든 단검으로 스스로의 목을 베었다.

순간 목의 경동맥이 끊어지며 핏물이 분수처럼 샘솟았다.

그리고 그는 제대로 눈도 감지 못한 채 절명하고 말았다.

자신의 목숨으로써 류한에게 부탁했던 것이다.

제발 딸아이를 거둬달라며.

그러나 폭풍대주 류한은 그저 무심한 눈길로 남궁천의 시체를 바라보더니 마지막으로 말했다.

"불가!"

그 말을 끝으로 그는 주변에 멈춰 있는 마차로 다가갔다.

그리고 마차의 문을 열었다.

그런데…….

피 냄새였다.

그것도 더할 나위 없이 역겨운 피 냄새!

또한 작은 깃발 한 자루가 마차 안에 누워 있는 가녀린 여인의 몸에 꽂혀 있었다.

마(魔).

깃발에는 오직 그 한 글자 외에는 없었다.

"교주…….'

폭풍대주 류한은 아무 말도 하지 않았다.

그리고 아무런 행동도 취하지 않았다.

단지 품에서 한 발의 신호탄을 꺼내더니 하늘로 쏘아 올렸을 뿐이다.

펑!

신호탄이 터지고, 일다경(一茶頃)이 흘렀다.

어느 순간, 공중에서 류한처럼 흑색 장삼에 흑색 죽립을 깊이 눌러쓴 무인들이 하늘에서 일제히 날아오기 시작했다.

그들 전부가 최절정의 경공인 능공허도(凌空虛道)로 마치 하늘을 걸어오는 것처럼 보였다.

흑의인들은 나무 사이를 질풍처럼 빠져나와 날렵하게 지상에 착지했다.

그들은 일제히 류한 앞에 부복하며 소리쳤다.

"폭풍무적(暴風無敵) 절대투마(絶對鬪魔)!"

폭풍대에 속한 마교 무인들은 스스로를 '폭풍무적(暴風無敵)'이라 칭했고, 그들이 신처럼 따르는 대주인 철혈투마(鐵血鬪魔) 류한에 대한 절대 충성의 표시로 '절대투마(絶對鬪魔)'란 극존칭을 붙였다.

폭풍무적(暴風無敵) 절대투마(絶對鬪魔).

정마대전 막바지에 이 소리와 함께 폭풍대가 전장에 등장하면 마교의 무인들은 필승의 환호성을 내질렀다.

반면에, 정파의 무인들은 그 한마디만 듣고도 깊은 절망의 나락으로 떨어졌다.

폭풍대주 류한 앞에서 오체투지한 상태로 있는 폭풍대 일백 명 대원을 바라보며 류한이 선언했다.

"오늘부로 폭풍대는 해체한다!"

그 선언에 일백 폭풍대원 전체가 땅에 이마를 찧으며 소리쳤다.

"대주님께서 설사 저희를 버린다 해도 저희는 대주님을 버릴 수 없습니다! 명을 거두어주옵소서!"

"나는 허언을 하지 않는다! 그대들은 이제부터 폭풍대가 아닌 한 명의 마교인으로 돌아간다!"

"저희가 무슨 죄를 지었기에 저희들을 버리려 하십니까! 부디 명을 거두어주십시오!"

처음 일천으로 시작했던 폭풍대이다.

그런 것이 지금은 십 년의 악전고투를 겪으며 이제는 십분의 일인 일백 남짓으로 줄어 있었다.

하지만 이들 하나하나가 일당천의 정예 무인들이었다.

정마대전 이전인 일백 년 전의 수준이라면 이들 하나하나가 천하십대고수에 들어가기에 충분할 것이다.

십 년의 악전고투를 함께한 이들을 자신 때문에 죽게 할 수는 없었다.

'나는 오늘 이 자리에서 죽게 될 것이다! 하지만 그대들은 살아야 한다!'

그와 동시에 류한이 먹구름 잔뜩 낀 하늘을 올려다봤다.

십 년, 십 년이었다.

단 하루도 빠지지 않고 십 년 동안 검을 휘둘러 왔다.

자신의 손에 죽은 정파 무인만 기천을 헤아렸다.

하지만 자신 또한 오늘 죽게 될 것이다.

휘익!

퍽!

그때, 폭풍대주 류한의 바로 앞으로 거대한 핏빛 창 한 자
루가 날아오더니 땅속 깊숙이 꽂혔다.

그리고 곧바로 일곱 명의 노인과 한 명의 백발노인이 하늘
에서 내려왔다.

그들은 지상에 착지하더니 바로 류한을 바라봤다.

그중 얼굴이 유달리 붉은 한 노인이 크게 소리쳤다.

"폭풍대주, 예로써 교주님을 배알하라!"

그러나 류한은 움직이지 않았다.

교주를 향해 무릎을 꿇지도 않았다.

도리어 희미하게나마 살기를 뿜어대고 있었다.

"폭풍대주!"

얼굴이 붉은 노인이 노성을 내질렀다.

휘이잉~! 휘이잉~!

그러자 주변의 거목이 부러져 나가고, 주변에 폭풍이라도
치는 것처럼 나뭇잎이 사방으로 휘날렸다.

단지 호통 소리만으로 아름드리 거목 수십 그루를 부러뜨
리다니…….

경이적인 능력이었다.

그리고는 은빛에 가까운 백발을 한 노인이 류한을 향해 걸
어나왔다.

일곱 노인의 호위를 받고 있는 백발의 노인.

마도시대를 연 십만마교의 교주이자 고금제일신마로 불리

는 교주였다.

교주가 류한에게 입을 열었다.

"한아, 죽음의 방식을 선택하게 해주겠다."

교주가 조용하지만 깊은 어조로 말했다.

그런데,

"살려주십시오!"

그 의외의 말에 교주가 빙그레 웃었다.

"살려달라? 저들을?"

교주의 시선이 땅에 부복해 있는 일백의 폭풍대원들에게 향했다.

"저들을 살려만 주신다면 죽어서도 은혜를 잊지 않겠습니다."

"불가(不可)!"

류한이 또 한 번 청했다.

"살려주십시오!"

"저들의 가족도 불가(不可)하다!"

폭풍대원뿐만이 아니라 그들의 가족까지 모조리 죽여 삭초제근(削草除根)하겠다는 의미.

류한이 마지막으로 청했다.

"살려주십시오!"

"절대불가(絶對不可)! 어떻게 연 마도시대인데 무림을 살려달라 하는가! 이제 무림은 오직 마도인만의 것이 될 것이다!"

모든 청이 거절당했다.

류한이 처음이자 마지막으로 깊이 한숨을 내쉬며 교주를 향해 정중히 절을 했다.

"십만마교의 폭풍대주 류한, 오늘 교주님의 팔 한쪽과 함께 저승으로 떠날까 합니다!"

류한이 그러면서 다시 몸을 일으키는 순간, 그의 몸에서 태산도 단번에 박살 낼 것 같은 거대한 기운이 폭발하기 시작했다.

교주는 그 거대한 기운을 느끼며 빙그레 미소 지었다.

"철혈투마라면 그런 광오한 말을 뱉을 자격이 충분하다! 아니, 본좌의 목숨을 노린다 말할 자격까지도 있다!"

교주는 류한이 일으켜 폭풍노도처럼 뿜어낸 기를 손짓 한 번으로 해소시키며 말했다.

"돌아와라! 네가 돌아온다면 본좌는 너를 다음 교주로 만들어주겠다! 마도시대의 무림황제 자리가 바로 네 것이 될 것이다!"

마도천하였다. 그것은 세상의 주인이 된다는 의미. 감히 항거할 수 없는 유혹이었다.

그러나 류한은 애절한 미소를 지을 뿐이었다.

"살아 숨 쉬는 무림의 삼류무인으로 살아갈지언정, 숨통이 끊긴 무림의 황제 자리 따위는 싫습니다."

류한이 그렇게 또 한 번 거절하자 고금제일신마가 하늘을 우러러보며 탄식했다.

"본좌는 천하를 얻었건만, 대신 너를 잃고 말았구나!"

그 말이 끝나기가 무섭게 고금제일신마의 몸에서 백팔 개의 심검(心劍)이 한순간에 뿜어져 나와 하늘로 치솟았다.

"백팔마검(百八魔劍)이니라! 막을 수 있겠느냐?"

교주의 목소리는 자신의 목숨을 노리는 이를 향한 말투가 아니었다.

인자한 스승이 아끼는 제자를 다독이는 것 같은 투였다.

"그저 최선을 다할 뿐입니다."

녹슨 철검 한 자루를 뽑아 든 류한은 양손으로 교주의 미간 사이를 겨냥하며 대지에 깊이 뿌리박은 고목처럼 굳건히 섰다.

"좋구나! 철혈투마의 명성에 부족함이 없는 기수식이다!"

그런데 그때였다.

류한의 뒤에 부복하고 있던 일백의 폭풍대원들이 일제히 앞쪽으로 날아오며 교주와 류한 사이에 강철의 인간 벽을 형성했다.

"살아도 같이, 죽어도 함께! 폭풍대 전원은 오늘 대주님과 함께 죽을 것입니다!"

인간 벽을 형성한 일백 폭풍대원들이 손에서 심검(心劍)을 발출했다.

백년대전은 정파와 마도에 상관없이 비약적인 무학의 발

달을 가져올 수밖에 없었다.

백 년 동안 생사를 걸고 싸웠는데, 무학이 발전하지 않았다면 오히려 그것이 비정상일 것이다.

또한, 서로의 무공을 연구해 자신들의 단점을 보완하면서 정파의 무공이 마도 무학에 섞이고, 마도의 무공이 정파 무학에 섞인 '신무학(新武學)'까지 탄생한 시대였다.

그러한 신무학의 시대에 뒤이어 열린 마도시대다.

마도시대의 가장 강력한 무인 중 하나인 폭풍대원들은 과거에는 전설적인 경지였던 '심검(心劍)'을 자유자재로 구사할 수 있는 놀라운 수준에 있었다.

"저들 또한 한이 너를 닮았구나."

교주는 자신에게 반기를 든 반역자들인 폭풍대원들을 보며 오히려 흐뭇한 미소를 지었다.

"폭풍대는 이미 해체됐다! 그러니 다들 물러서라! 물러서지 않으면 내가 너희를 벨 것이다!"

류한은 자신과 함께 싸우기로 결정한 폭풍대원들에게 소리쳤다.

교주는 자신에게 검을 들이댄 폭풍대원들을 지금 이 자리에서 죽이지 않고 단지 제압만 할 것이 분명했다.

그리고는 세상에서 가장 고통스런 죽음을 선사할 것이다.

죽음을 피할 수 없지만, 자신과 함께 싸웠던 이들이 부디 편히 죽기를 바랐다.

"차라리 대주님의 손에 죽으면 죽었지 저희는 물러서지 않을 것입니다!"

그러나 폭풍대의 결의는 대단했다.

"크하하하! 좋구나, 좋아! 마인들이란 그런 패기가 있어야 하느니라!"

교주는 그런 폭풍대를 보며 호탕하게 웃었다.

"마음에 들었다. 본좌를 즐겁게 했으니 고통없이 죽여주겠노라!"

그 말을 끝으로 교주의 백팔 자루 심검이 일제히 허공을 가르기 시작했다.

그리고 반 시진 후,

"폭풍무적 절대투마!"

그때까지 숨이 붙어 있던 마지막 폭풍대원이 폭풍대의 구호를 외치며 하늘을 향해 피분수를 뿜었다.

최후의 폭풍대원 역시 눈도 제대로 감지 못한 채 죽어갔다.

그 처절한 희생의 결과였을까?

일백 폭풍대원이 모두 희생한 대가로 폭풍대주 류한의 녹슨 철검은 마도시대를 연 고금제일신마의 왼팔을 잘라낼 수 있었다.

…그러나 그것이 한계였다.

철혈투마 류한 역시 항거 불능 상태가 돼 바닥에 무릎을 꿇고 말았다.

“훌륭했다……”

잘린 왼팔이 있던 부위에서 피를 뚝뚝 흘리며 교주가 자신의 팔을 잘라낸 류한을 칭찬했다.

“철혈투마다웠다!”

바닥에 무릎 꿇은 채 고개를 푹 숙이고 있는 류한을 그렇게 마지막으로 칭찬한 후, 교주가 오른손을 하늘 높이 치켜들었다.

류한의 천령개를 내려쳐 그의 머리를 진흙처럼 뭉개 버리려는 것.

그런데 그때,

“天二三 地二三 人二三 大三 合六生 七八九 運三四 成環五[하늘이 신의 마음, 땅도 신의 마음, 사람도 신의 마음, 큰 신은 불과 함께하며 다음을 탄생시킨다. 물, 생물, 바람의 움직임은 태양신과 달이 환 형태를 이루는 데서]……”

교주의 뒤편에 있던 십삼신마 중 하나가 두 손을 깍지 끼며 인(印)을 맺었다.

“이, 이놈!”

교주가 그 인의 의미를 알아챈 후 일갈을 터뜨렸다.

그러나 인을 맺은 신마는 주술을 멈추지 않았다.

“十往 十來 用變不 動本[만물이 가고 만물이 와서 쓰이고, 변하고, 죽고, 사는 것의 근본이다]……”

그 신마를 향해 교주가 다시 한 번 벼락같은 노호성을 터뜨렸다.

"장백신마, 이 노~ 옴!"

교주는 백팔 개의 심검을 일제히 장백신마를 향해 날렸다.

하지만 이미 때는 늦어 있었다.

인을 맺고 주문을 다 외운 장백신마가 죽기 전 행한 '천부경(天符經)의 주술'이 만든 문이 간신히 숨만 붙어 있던 폭풍대주 류한을 순식간에 빨아들였다.

第一章 남궁세가 소가주

無敵世家

'윽!'

격렬한 고통 속에서 깨어났다.

이곳이 지옥인가, 극락인가?

희미하게 무엇인가가 보인다.

그리고 무언가 그리운 냄새가 난다.

"장 호위, 장 호위, 깨어나려나 봐."

여인의 목소리였다.

"아가씨, 자꾸 오시면 안 된다고 말씀 드렸을 텐데요."

"매~! 아저씨는 항상 이것도 하지 마라, 저것도 하지 마라, 온통 하지 말라는 것 천지야. 아저씨, 미워!"

저 목소리가 꿈인가, 생시인가?

"이 사람은 우리 남궁가 후손에게만 전해지는 비룡패(飛龍牌)를 가지고 있었단 말이야! 세가 남자들이 씨가 마른 상황인데 이 사람이 세가와 관련이 있다면 반드시 살려야 해!"

"아가씨, 씨가 말랐다는 표현은……."

그러나 남자는 '세가 남자들 씨가 말랐다'는 여인의 말에 더 이상의 반박을 하지 못했다.

'비룡패……. 소소가 나에게 정표로 줬던 것이다. 그러나 나는 그녀를 끝내 지켜줄 수 없었구나.'

그녀의 마지막 모습을 떠올리자 육체의 고통보다 더한 심적 고통이 몰려왔다.

가슴이 갈가리 찢기는 것만 같았다.

"일단 세가로 돌아가서 할머님께 여쭤봐야겠어. 먼 방계 중에 나도 모르는 친척이 있을 가능성은 충분하니까."

여인의 그 말에 류한은 무언가를 말하고 싶었으나 다시 한 번 격렬한 통증이 밀려와 정신을 잃고 말았다.

남궁세가(南宮世家).

안휘성(安徽省) 합비(合肥)를 중심으로 안휘성 특산인 차 사업을 독점하고 있었다. 또한 장강의 수로 사업에도 손대고 있는 무림오대세가(武林五大世家) 중 하나였다.

그러나 나쁜 의미의 풍운아로 알려졌던 전대 가주 남궁선이 십만마교(十萬魔敎)와 전면전을 벌인 끝에 남궁세가는 거의 몰락한 상태였다.

'협의는 하늘을 찌를 듯했으나 정치와 세상을 너무 몰랐다' 는 세간의 평처럼 남궁선의 판단은 너무나 무모했다.

남궁선은 한 명의 협객으로서는 더할 나위 없이 칭찬받을 만 했으나, 반대로 세가를 책임지는 가주로서는 사상 최악의 인물이었다.

그와 함께 남궁세가 직계와 방계 남자들이 모조리 죽었고, 세가를 지탱하던 무인들도 대다수가 죽거나 불구가 돼 세가를 떠나야 했다.

그 결과, 과거 무림오대세가의 으뜸이었던 남궁세가는 현재 흔한 말로 '과부촌' 이 돼 있는 상황이었다.

한때 혈연과 지연 등으로 엮여 있던 다른 세가들은 이런 남궁세가에게 도움을 주기는커녕, 남궁세가가 그동안 가지고 있던 이권들을 아귀처럼 달려들어 빼앗아가고 있는 형편이었다.

"모양이나 문양, 그리고 재질만 보면 분명 비룡패가 맞구나. 선이가 살아 있었다면 더 확실히 구별해 줬을 텐데……."

육십 줄에 접어든 남궁세가의 태상부인 당혜가 마교와의 싸움에서 죽은 아들 생각이 나 눈물을 훔치며 말했다.

당혜는 사천당가(四川唐家) 출신으로, 스물 되던 해 남궁세가로 시집와 십 년 전 일로 세가 남자들이 모두 죽어버린 남궁세가를 간신히 지탱하고 있는 여인이었다.

"할머니, 비룡패가 확실하긴 한 거예요?"

남궁세가에 마지막 남은 직계 후손인 방년 스물의 남궁아연이 할머니 당혜에게 물었다.

남궁아연(南宮蛾燕).

그녀의 칠흑같이 검은 머리가 폭포수처럼 흘러내리며 윤기와 광택이 넘쳤다. 크고 검은 눈동자에는 총기로 반짝이고 있었으며, 살짝 건드리기만 해도 금세 핏물이 흘러내릴 것 같은 붉디붉은 입술 사이로 보이는 치아는 상아처럼 하얗다.

피부는 수정처럼 투명하고 눈처럼 희었고, 얼굴의 전체적인 분위기는 왕소군(王昭君)을 연상시켰다.

버드나무처럼 하늘거리는 몸매는 조비연(趙飛燕)을 떠올리게 했으며, 그녀의 손은 옥을 깎아놓은 것 같은 섬섬옥수(纖纖玉手)였다.

'희대의 멍청이가 희대의 미녀를 낳았다'는 평이 있을 정도로 강남제일미(江南第一美) 남궁아연의 미모는 극히 빼어났다.

"내가 보기에는 그렇다만 확실한 것은 세가의 가전 무공인 비룡일기공(飛龍一氣功)으로 확인해 봐야 알겠구나. 그런데 정작 비룡일기공을 구사할 줄 아는 세가 남자가 없으니……."

당혜는 난감했다.

비룡패의 진위 여부는 비룡일기공을 비룡패에 주입했을 때 네 마리 비룡 모양이 패 주위로 은은하게 어리는지를 보고 판단하는 것이었다.

그런데 비룡일기공을 제대로 익힌 세가 남자가 이제 한 명도 남아 있지 않으니…….

"제가 사내아이로 태어났으면 비룡일기공을 익혔을 텐데……."

아연은 무척 아쉬운 듯 그렇게 말했다.

비룡일기공은 극양(極陽)의 무공으로 여인이 익히기에 그것처럼 부적합한 무공도 없었다.

그래서 아연은 비룡일기공을 익힐 수가 없었다.

"조량(趙良) 대주에게 조언을 들어봐야겠구나."

당혜는 손녀 아연의 손을 잡고 곧 어딘가로 향했다.

"태상부인 마님께서 어떻게 이곳까지……."

오른팔이 잘리고, 오른 다리의 무릎 아래쪽으로도 의족을 달고 있는 중년 사내가 태상부인 당혜에게 힘겹게 고개를 숙였다.

"조 대주, 몸은 괜찮은가?"

당혜가 묻자 중년 남자 조량은 송구한 듯 고개를 숙였다.

"가주님과 함께 죽지 못하고 살아 있는 것 자체가 부끄러울 뿐입니다."

과거 남궁세가 정예인 창룡십팔검객(蒼龍十八劍客)의 수장이었던 조량이다.

그러나 그는 십만마교와의 싸움에서 단전이 파괴되고 팔 한쪽과 다리 한쪽을 잃은 후 폐인이 된 상태였다.

살아도 남궁세가에서, 죽어도 남궁세가에서!

그 한 가지 맹세를 지키고자 이 몸을 하고서도 세가에 남아 있는 것이었다.

"나는 자네가 살아 있어서 얼마나 든든한지 모른다네. 세가 내에는 이제 온통 세가의 부를 약탈하려는 승냥이 떼밖에는 남아 있지 않으니……."

당혜가 인간 승냥이 떼를 떠올리며 길게 한숨을 내쉬었다.

"태상부인 마님, 그런 무리는 이 조량이 용서치 않을 것입니다. 이 조량이 살아 있는 한 그렇게 되는 것을 결코 방치하지 않을 것입니다!"

조량은 단호하게 말했지만, 불행히도 폐인이 된 자신이 할 수 있는 일이란 거의 없었다.

궤멸된 세가의 무력을 보충하기 위해 어쩔 수 없이 낭인 무사나 뜨내기들까지 모조리 끌어들였다. 그러다 보니 현재 세가에는 별의별 잡것들이 다 설쳐 대고 있는 상황이었다.

"나는 조 대주를 믿네. 오늘 이렇게 찾아온 이유는 이 비룡패에 대해 의문이 있어서이네. 이것을 한번 봐주겠나?"

당혜가 비룡패를 조량에게 건넸다.

조량이 그것을 보더니 흠칫 놀랐다.

"태상부인 마님, 이, 이것을 어떻게……?"

"조 대주, 자네는 이것을 알아보겠는가?"

그 물음에 조량이 잠시 한숨을 내쉬더니 힘겹게 입을 열기 시작했다.

"이런 상황에서 더 이상 숨길 이유도 없겠지요. 타계하신 가주님께서 젊은 시절에 하남성(河南省) 낙양(洛陽) 땅에 가신 적이 있습니다."

젊은 시절 호탕한 무인이었던 남궁선은 낙양에서 한 여인을 만났으며, 그 여인과 곧 사랑에 빠졌다.

그러나 얼마 후, 남궁선은 선대 가주의 명을 받고 다시 본가가 있는 안휘성 합비로 돌아올 수밖에 없었다.

그렇게 얼마가 지난 어느 날, 낙양 땅의 여인에게서 그녀가 아이를 가졌다는 편지 한 통이 날아왔다.

이미 강북 단목세가(端木世家) 출신의 아내를 두고 있던 남궁선은 이 문제로 며칠 밤낮을 고민하다 당시 남궁선의 호위였던 조량에게 사실을 밝히며 해결책을 강구해 달라 부탁했다.

"그래서 이놈이 그 여인을 찾아갔었습니다. 그 여인은 사내아이 하나를 막 낳은 상태였습니다. 천인공노할 일인지는 알았으나 이놈은 여인과 아이를 베어버리려 했습니다. 하지만 목숨만은 살려달라는 여인의 간곡한 청을 끝내 못 이겨냈지요.”

직후 그 여인에게 얼마간의 돈을 쥐어주며 장성 너머로 가서 다시는 장성 안쪽으로 돌아오지 말라 했었다.

“아마 그 청년이 이 비룡패를 가지고 있었다면 그 여인의 아들일 겁니다. 가주님께서 그 여인과 사이가 좋은 시절에 정표로 남궁가의 직계임을 뜻하는 비룡패를 주셨다 했으니 말입니다.”

“아, 그런 사연이 있었구나.”

조량의 얘기를 다 듣고 난 태상부인 당혜가 탄성을 내질렀다.

“그럼 그 청년은 어찌 됐든 우리 남궁가의 피를 이어받은 아이가 되겠구나.”

과거 같았으면 잠깐 오가다 만난 여인의 소생은 결코 인정하지 않을 당혜였다.

그러나 세가 남자 후손이 모두 끊긴 이 상황에서 세가의 피를 이은 청년이 나타난 것일 수도 있다는 말에 당혜는 하늘이 도왔다는 생각이 절로 들었다.

“어떻게든 살려야겠구나. 살려야겠어.”

당혜는 남궁가의 피를 이었을지도 모를 그 청년을 어떻게든 살려내겠다고 다짐 또 다짐을 했다.

“그럼 제가 구한 그 남자가 제 이복오빠가 되는 건가요?”

남궁아연이 할머니 당혜에게 물었다.

"조 대주의 말이 맞다면 그렇게 될지도 모르겠구나."

그 대답에 아연은 기쁜 듯, 슬픈 듯 묘한 표정을 지었다.

남궁세가 안채.

화려한 비단옷으로 풍만함을 가리지 못할 정도의 육감적인 몸매를 자랑하는 중년의 여인 하나가 염소수염을 기른 삼십대 후반의 사내를 만나고 있었다.

"내 본가인 단목세가에서 남궁세가가 절강성 항주(杭州)에서 벌이고 있는 용정차(龍井茶) 사업을 인수하고 싶다는 의사를 밝혀왔네. 구 총관 생각은 어떻소?"

염소수염을 기른 사내 총관 구달이 의미심장한 미소를 지으며 말했다.

"은자 일만 냥에 넘길 만한 사업은 아닙니다만……."

"이딴 망한 세가 따위의 사업을 인수하는 데는 일만 냥도 아까워. 내 본가인지라 그래도 몰락한 남궁세가를 불쌍히 여겨 일만 냥이나 제시한 거요."

중년 여인, 죽은 가주 남궁선의 본부인인 단목주혜가 앙칼진 목소리로 말했다.

'흐흐흐! 마님, 억지가 심하십니다. 과거 같았으면 너끈히 은자 이십만 냥 이상은 나갈 이권을 일만 냥에 강탈하려 하시다니요.'

속으로는 그렇게 생각했지만 구달은 굳이 그런 속마음을

밝히지 않았다.

단목주혜와는 당분간 한 배를 타야 할 터. 이런 문제로 얼굴을 붉힐 이유가 전혀 없었다.

"사실 제갈세가와 하북팽가 등에서도 차 사업을 인수하겠다며 제안을 해왔습니다. 팽가 쪽에서는 은자 십만 냥을 제시해 왔습니다."

단목주혜가 미간을 찌푸렸다.

"흥! 무식한 팽가 것들이."

"게다가 아연 아가씨가 팽가의 팽강 공자와 태중혼약을 한 사이이니……."

하북팽가(河北彭家)의 대공자 팽강(彭康)과 남궁세가의 소공녀 남궁아연은 길일(吉日)을 잡아 혼례를 올리기로 했었다. 그런데 남궁세가의 몰락 이후 팽가 쪽에서 차일피일 날짜를 미루고 있는 상황이었다.

"이미 죽은 전대 가주와의 약속이 무어 그리 중요할까. 게다가 몸이나 팔던 기녀(妓女)의 몸에서 태어난 천한 계집 따위가 감히 남궁세가의 직계 운운하고 다니다니……."

남궁아연은 단목주혜의 뱃속에서 태어난 딸이 아니었다.

곳곳에 정을 뿌리고 다녔던 전대 가주 남궁선이 한때 천하제일기녀로 불렸던 소선(小善)을 첩실로 들였고, 이후 그 사이에서 태어난 딸이 남궁아연이었다.

"직계 후손 얘기가 나왔으니 드리는 말인데, 약당(藥堂)에서 치료를 받고 있는 청년에 대해 심상치 않은 소문이 돌고 있습니다.”

“무슨 소문 말인가?”

구달이 비열한 미소를 순간 지으며 말했다.

“확실치는 않으나, 그 청년이 전대 가주님의 아들이라는…….”

쿵!

그 말이 채 끝나기도 전에 단목주혜가 고급 자단목(紫檀木)으로 만들어진 탁자를 손으로 내려쳤다.

“남궁선 이 작자가 감히……!”

남궁선에게는 아들 둘과 딸 하나가 있었다.

그리고 그 자식들 모두 첩실 소생이었다.

‘내 몸에는 손끝 하나 대지 않은 인간이 아무 곳에나 마구 씨를 뿌리고 다녔다? 내 죽어서도 그 인간을 용서치 않을 것이야!’

단목주혜는 이미 죽어버린 남편 남궁선을 여전히 증오하고 또 증오하고 있었다.

단목주혜는 입술을 바르르 떨며 말했다.

“반 시체나 다름없는 녀석인데, 당장에 손을 쓰게!”

그런 단목주혜를 보며 구 총관이 음흉한 미소를 지었다.

“그럼, 그리하도록 하겠습니다.”

남궁세가 총관실(總管室).

몰락했다고는 하나 무림제일세가 시절의 영화를 일부나마 간직하고 있는 남궁세가에는 여전히 오백이 넘는 이들이 거주하고 있었다.

하인과 시녀부터 시작해서 세가의 재산을 관리하는 이들, 급조하기는 했으나 비룡대(飛龍隊)와 창룡대(蒼龍隊), 적룡대(赤龍隊), 황룡대(黃龍隊) 등에 속한 무인도 삼백 가까이 거주하고 있었다.

세가 직계 남자가 그 네 개의 대를 관리하는 총사(總師)의 직을 맡아 네 개의 대를 지휘해 세가의 무력을 무림에 과시하곤 했다.

과거에는 세가 살림은 총관이, 세가 무력은 총사가 관리하는 체제를 가지고 있었다.

하지만 마교에 세가 무인들이 몰살을 당하고, 세가의 몰락이 시작되면서 총관이 살림과 무력을 모두 관리하기 시작했다.

현재 실질적으로 남궁세가 전체를 지배하고 있는 총관은 구달(具達)이란 자로, 탐욕스럽고 음흉하기 그지없는 작자였다.

그런 구달이 약당의 당주 이룡을 불러 말했다.

"약당에 웬 청년 하나가 자리보전을 하고 누워 있다지?"

어린 시절부터 남궁세가 식솔로 성장해 현재 약당 당주까지 이른 이룡이 의아한 얼굴로 되물었다.

"아연 아가씨가 자주 찾는 그 청년 말입니까?"

"그렇네. 청년의 현재 상태가 어떠한가?"

"처음에는 살아 있는 것조차 기적이더니 지금은 상태가 많이 호전되기는 했습니다. 하지만 단전이 파괴되고 기경팔맥이 갈가리 찢겨 나간 상태에서 발견됐던지라 살아나도 폐인이 될 것이 분명합니다."

"그런가? 그래도 살기는 하겠단 말이지?"

"그럴 것입니다."

약당주 이룡의 대답을 듣자마자 구달이 이룡 앞쪽으로 은자 꾸러미를 던졌다.

"받아두게."

"이, 이것이 무엇입니까?"

갑작스런 상황에 약간의 불안감을 느끼고 있는 이룡을 바라보며 구달이 말했다.

"다른 이를 시켜 뜻을 전할 수도 있었네. 하나 내가 이리 직접 말하는 것은 마님이 그 청년을 매우 불쾌하게 생각하고 있기 때문이야. 그리고 총관인 나 역시 굴러온 돌에게 그동안 쌓아온 것들을 빼앗기고 싶지 않기 때문이네."

"그것이 무슨 말씀인지……?"

"허허! 이 사람, 정말 몰라서 그리 묻는 겐가?"

그런 구달을 보며 이룡이 잠시 머리를 굴렸다.

세가에 떠도는 소문이나 세가의 천금인 아연 아가씨가 매일같이 찾아와 간호를 하는 것으로 보아 아마도 '그' 이유 때문일 것이다.

단목주혜와 구달 모두 갑작스레 세가에 남자 후손이 등장해 그들의 일을 망치는 것을 원치 않는 것이다.

"그럼 제가 어찌하면 좋겠습니까?"

어떻게 하라는 것인지를 이룡은 이미 짐작하고 있었지만 보다 확실히 하기 위해 그렇게 물었다.

"의원은 본디 병자를 고치기 위해 있는 것이나, 의원이라 하여 모든 병자를 고칠 수 있겠는가? 사람의 명이란 것이 하늘에 달려 있는 것을."

이제는 확실해졌다.

그 청년을 죽이라는 언질이었다.

방법이야 자신이 알아서 하라는 의미였고.

'총관의 눈 밖에 나면 약당주 자리가 하루아침에 날아간다. 그러나 의원 된 몸으로 사람을 죽인다는 것이……. 그러나 그보다는 약당주 자리라도 보전하는 것이…….'

속으로 잠시 고민하던 이룡이 곧 결론을 내리며 답했다.

"알겠습니다."

"호호호! 이 당주와는 말이 통해서 좋단 말이야? 조량처럼 고지식한 이와는 확실히 달라."

이룡은 음흉하게 웃고 있는 구달을 바라보며 은자 꾸러미를 품에 챙겼다.

현재 남궁세가를 지배하고 있는 것은 태부인 당혜도, 전대 가주의 본부인인 단목주혜도, 세가 직계 후손인 남궁아연도 아니었다.

바로 눈앞에 있는 총관 구달이었다.

그런 구달에게 밉보이거나 저항했다가는 당장에 세가에서 쫓겨날 것이 분명했다.

구달이 시키면 해야 했고, 구달이 그 청년을 죽이라 했으니 죽여야 하는 것이다.

'쯧쯧! 그 청년도 불쌍하구나. 간신히 살아나더니 이제 다시 죽을 운명에 처하게 되다니…….'

이룡은 속으로 혀를 차며 총관 구달의 방을 나왔다.

약당 내실.

죽은 듯이 누워 있던 청년이 괴로운 듯 몸을 비틀며 의식을 되찾기 시작했다.

"으윽!"

짧은 외마디 비명과 함께 청년이 깨어났다.

"오라버니가 깨어나려나 봐욧!"

남궁아연이 호들갑을 떨며 할머니 당혜를 바라봤다.

"너무 앞서 가지 말거라. 단지 비룡패를 지니고 있다 해서 그리 단정할 일이 아니니."

당혜가 겉으로는 그렇게 말했지만 속으로는 후손이 끊긴 세가의 입장에서 이 청년이 자신의 손자였으면 하고 간절히 바라고 있었다.

‘그랬으면 좋으련만…….’

“윽! 여기가 어디……?”

청년은 다시 한 번 외마디 비명을 지르더니 그렇게 물었다.

“오라버니, 이곳은 남궁세가랍니다.”

청년의 귀에 여인의 아름다운 목소리가 들려왔다. 그리고 눈에 흐릿하게나마 여인의 얼굴이 조금씩 보이기 시작했다.

그리고,

“소소! 소소! 소소~!”

피부가 갈가리 찢겨 나간 외상을 치료하기 위해 온몸에 붕대를 친친 동여매고 있던 청년.

그런 그가 절규하듯 소리치며 급하게 몸을 일으키려 했다.

“윽!”

그러나 의식을 찾기는 했어도 청년의 몸은 아직 정상이 아니었다.

청년은 다시 외마디 비명을 지르며 허무하다 싶을 정도로 다시 병상에 쓰러졌다.

“오라버니, 너무 무리하지 마세요.”

거푸 청년을 오라버니라고 부르는 남궁아연을 보며 할머니 당혜가 그녀를 제지했다.

확실하지도 않은데 서슴없이 오라버니라 부르다니, 당혜
로서는 용납할 수가 없는 일이었다.

"아연아!"

"아, 알았어요, 할머니."

아연이 어깨를 움츠린 사이, 병상에 다시 쓰러진 청년의 눈
이 그런 남궁아연에게 향했다.

그녀의 얼굴이 더욱 뚜렷해지자 그는 확신했다.

지금 눈앞에 있는 여인은 자신의 연인인 남궁소소였다.

'하지만 그럴 리가 없다. 소소는 교주에게 죽었다.'

그러나 저 커다란 눈망울과 신비한 검은 눈동자, 그리고 단
아하기 그지없는 얼굴은 소소와 완전히 동일했다.

하지만 소소는 이미 죽었다.

자신이 직접 그 광경을 목격했다.

청년, 마도시대(魔道時代)에서 가장 강력한 무력 집단이었
던 폭풍대의 주인이었던 류한이 침울한 목소리로 물었다.

"여기가 어디… 요?"

그 물음에 당혜가 온화한 목소리로 답했다.

"남궁세가의 약당이니라."

류한은 깜짝 놀랐다.

"남궁세가? 남궁세가는 멸문했어……."

류한의 말에 당혜는 순간 불쾌감을 느꼈다.

그러나 아무리 부인하려 해도 남궁세가는 이미 과거의 영

화를 모두 잃고 몰락한 상태가 아니던가?

게다가 이제 막 의식을 회복해 정신이 혼미한 청년의 말인지라 불쾌하기는 하되 크게 개의치 않았다.

"교주는? 마교의 교주는 어디 있지?"

마교 교주라는 류한의 말에 당혜가 바로 미간을 찌푸렸다.

"그 쳐 죽여도 시원찮을 마물이야 마교 총본산인 청해성의 십만대산에 있겠지."

자신의 아들과 손자들, 그리고 일족을 모조리 죽인 마교에 대해 맹렬한 복수심에 불타는 당혜가 아랫입술을 질끈 깨물었다.

희미하게나마 그녀의 입술에서 핏물이 배어 나올 정도였다.

'혹여 네가 선이의 아들이라 해도 마교의 패거리라면 지금 이 자리에서 바로 숨통을 끊어놓을 것이야!'

당혜는 속으로 그렇게 생각하고 있었다.

그런 사실을 알 리 없는 류한이 돌연 주위를 살피더니 경계의 자세를 취했다.

한참을 그러더니 류한은 곁에 마교의 교주와 십삼신마가 없는 것을 확인하곤 안도의 한숨을 내쉬었다.

"휴우~!"

곧 그의 눈가에 이슬이 고이기 시작했다.

"교주가 폭풍대 전원을 몰살시켰다. 그가 우리를 베었다.

그가 우리를 베었어⋯⋯."

기억하기 싫었으나 참혹한 광경이 떠오르고 있었다.

교주의 백팔마검에 휩쓸려 눈도 제대로 감지 못한 채 죽어 간 폭풍대원들의 얼굴 하나하나가.

"우욱!"

그 생각이 깊어지면서 심마가 찾아오기라도 했는지 류한은 피를 토했다.

"어머!"

류한이 피를 토하는 것을 보고 놀란 아연이 가지고 있던 비단 손수건으로 류한의 입가에 흘러내린 피를 닦아주었다.

곁에 있던 당혜는 그런 류한을 보며 말했다.

"모진 일을 겪은 게로구나."

당혜는 마교 교주가 류한의 동료인 듯한 이들을 죽이고, 그마저 죽이려 했다는 말에 적잖이 안도했다.

또한, 남궁세가처럼 마교에게 같은 일을 겪었다고 하니 절로 동정심이 샘솟았다.

게다가 자신의 손자일지도 모를 청년이 마교와 적이라는 사실에 조금씩 호감이 생기기 시작했다.

"조금 괜찮아졌느냐?"

당혜가 그렇게 묻자 류한은 그에 답하는 대신 오히려 반문했다.

"노부인, 여기가 진짜 남궁세가요? 혹 내가 잘못 들은 것은 아니오?”

류한은 이곳이 남궁세가라는 사실을 절대 믿을 수가 없었다.

마도시대가 열리며, 마도시대 개막에 마지막까지 저항했던 남궁세가가 있던 터는 벽돌 한 장, 기왓장 한 장 남기지 않고 모조리 밀어버린 사실을 누구보다 잘 알고 있는 그였다.

정마대전 도중 정파 최강은 물론 ‘무적세가(無敵世家)’, ‘고금제일세가(古今第一世家)’로까지 불렸던 남궁세가였기에 그 대가도 다른 이들보다 훨씬 더 혹독하게 치러야 했다.

“당연하지요. 안휘성 합비에서 남궁세가를 모르는 사람이 어디 있나요?”

남궁아연이 당혜 대신 답했다.

“그럴 리가 없다. 그럴 리가 없어.”

류한은 머리를 감싸 쥐며 괴로워했다.

울먹이고 있는 연인 소소와 함께 무적세가로 불리며 최강의 성세를 구가하던 남궁세가 전각 전체가 잿더미로 변하는 광경을 자신이 직접 목격하지 않았던가?

전혀 믿기지 않지만 만의 하나 이곳이 진짜 남궁세가라면 자신의 연인 소소는?

“그럼 소소(小昭)는? 소소는 어떻게 됐소? 남궁소소는?”

류한의 물음에 당혜가 나직한 어조로 답했다.

"남궁소소? 남궁세가에 그런 이름을 가진 여아는 없느니라."

류한이 발끈했다.

"헛소리! 소소가 무적검(無敵劍) 남궁천의 딸이라는 사실은 세상이 다 알고 있는데!"

비록 자신 앞에서 자결했지만 무적검 남궁천은 십만마교의 교주마저 인정한 정파 최고의 고수였다.

"갈수록 모를 소리만 하는구나. 천이란 이름을 가진 아이는 세가에 없느니라. 세가에는 이제… 남궁 성을 쓰는 남자가 한 명도 남아 있지 않느니라."

그 말을 하는 당혜는 비통한 심정이었다.

"홍무(洪武) 31년(1398년)에 있었던 마교와의 싸움으로 세가 남자가 모두 죽음을 당했느니라."

그 소리에 류한이 깜짝 놀랐다.

"홍무 31년? 지금 홍무 31년이라고 했소?"

"그렇네. 십 년 전인 홍무 31년에 마교와 있었던 일은 '남궁지화(南宮之禍)'로 무림에도 유명하지."

남궁지화(南宮之禍)?

마도시대를 살았던 류한조차 그 사건은 들어본 적이 있었다.

'백여 년 전 남궁지화로 인해 일시 몰락했던 남궁세가가 이후 와신상담, 극적으로 세를 회복했었다. 아니, 그 정도가 아니라 검왕 남궁창천 이후 최강의 성세를 구가했다. 그 힘을 바탕으로 정마대전에서 최후까지 마교에 저항했었지. 남궁 지화라는 위기를 극복하며 남궁세가가 정파 최강으로 거듭났고, 남궁세가로 인해 마교조차 마지막까지 애를 먹을 정도였다. 대체 어떻게 된 일인가.'

"그럼 올해가 대체 몇 년이란 말이오?"

의혹이 가득한 표정으로 류한이 물었다.

"올해요? 영락(永樂) 5년(1408년)이지요."

남궁아연이 답하자 류한은 또 한 번 충격을 받았다.

"정말 올해가 영락 5년이란 말이오?"

"그래요, 오라버니."

당혜에게 꾸지람을 들었으면서도 여전히 류한을 오라버니라 부르는 남궁아연이었다.

"영락 5년이면… 영락 5년이면……."

자신이 살던 마도시대는 황제의 연호로 정덕(正德) 5년(1511년)이었다.

마도시대가 열린 이후, 황제의 연호 따위 중요할 것도 없었지만 세상은 그해를 정덕 5년이라고 불렀다.

그런데 지금이 영락 5년이라는 얘기는 자신이 살던 때로부터 백삼 년 전이라는 말이다.

'어떻게 이런 일이…….'

류한은 자신이 기억하는 마지막 광경을 떠올렸다.

'내가 교주에게 죽기 직전에 장백문(長白山) 출신의 장백신마가 기이한 술법을 펼쳤었다. 장백신마는 마도시대 최고의 술법사. 혹시 그가 이런 터무니없는 일을……?

"당대의 마교 교주는 비천신마 한평이오?"

그 물음에 당혜가 이를 바드득바드득 갈며 답했다.

"그렇다. 그가 우리 가문 전체의 원수지!"

다른 것은 몰라도 비천신마 한평이 당대의 마교 교주라면 백 년 전으로 거슬러 온 것이 확실했다.

앞으로 삼 년 후인 영락 8년에 정파가 보낸 자객에 의해 비천신마 한평이 암살당하면서 백 년 동안이나 이어질 정마대전이 발발했으니.

"이제껏 네 녀석이 물었으니 이제부터는 내가 물어야겠구나. 비룡패는 대체 어떻게 갖게 된 것이냐?"

비룡패(飛龍牌).

"소소가 준 것이오."

그 소리에 당혜가 물었다.

"소소가 누구냐?"

"그녀는, 그녀는… 내 연인이었소!"

류한은 다시 한 번 소소의 죽음이 떠오르자 크게 절망하며 답했다.

"소소란 아이가 남궁세가의 아이었더냐?"

"남궁세가주의 딸이었소."

"아~!"

당혜가 탄성을 내질렀다.

'조량 대주의 말에는 아들이라 했는데 딸이라니……. 이 일에는 필시 무슨 곡절이 있는 것 같구나.'

"그럼 소소란 아이는 어찌 됐느냐?"

이를 묻는 당혜의 말투는 심히 떨리고 있었다.

"죽었소. 마교 교주의 손에!"

그 말에 당혜가 또 한 번 분노하며 소리쳤다.

"한평, 이노~ 옴! 이 때려죽여도 시원찮을 놈! 내 죽어 원귀가 돼서도 용서치 않을 것이야!"

당혜는 남궁세가의 다른 핏줄마저 마교 교주에게 죽었다는 소리에 크게 분노하다 겨우 분을 삭이며 물었다.

"소소란 아이의 고향이 어디인지 아느냐?"

"하남성 낙양 땅으로 들었소."

"혹 소소 어미의 이름은 아느냐?"

"소소의 모친은 어린 시절에 죽은지라 자세한 얘기는 미처 듣지 못했소."

태부인 당혜는 이후 몇 가지를 더 물었다.

그러나 그 이상은 묻지 않았다.

아니, 그 이상 묻고 싶지 않았다.

불행히도 이 청년은 세가의 청년이 아니었다.

그러나 명확히 그것을 확인하고 싶지는 않았다.

'저 얘기가 진실이든 거짓이든 어쨌든 이 아이는 세가의

후손이 아니구나. 선이의 아들이기를 내심 크게 기대했는데……'

가뜩이나 '과부촌' 소리를 들으며 무시당하고 있는 남궁세가였다.

봉황궁(鳳凰宮)이나 빙백궁(氷白宮)처럼 여인들로만 이뤄지고, 무공 또한 여인의 순음지력(純陰之力)에 맞는 것들로 존재했다면 여인들만 있는 것이 전혀 문제될 것 없었다.

하지만 남궁세가는 오직 남자들만이 가주 자리를 이어왔고, 무공 또한 양강지력(陽强之力) 계통의 것이 대부분이 아니었던가?

그런 남궁세가에 이제 여인밖에 남지 않았다면 수백 년 전통의 남궁세가는 당대에 끝이 난다는 의미와 동일했다.

그래서 더욱 이 청년에게 기대를 걸었던 것인데…….

당혜가 침을 한 번 삼키며 마음을 모질게 먹고 말했다.

"이름이 무엇인가?"

"버들 류(柳)씨 성에 한 한(韓) 자를 쓰오."

"아니, 틀렸다. 이제부터 네 성은 남궁(南宮), 이름은 유한이다!"

당혜는 남궁세가를 위해, 손녀 아연을 위해 이 청년을 남궁유한으로 만들기로 이 순간 결정했다.

당혜는 생각했다.

이 청년은 우선 비룡패를 지니고 있었으니 남궁세가와 관련이 있을 것이다.

어쩌면 저 청년의 말이 전부 사실이어서 남궁소소란 아이와 연인이었을 수도 있다.

그런데 청년은 단전이 파괴돼 무공을 익히지 못하는 몸이다.

세가와 어느 정도 관련이 있고, 단전이 파괴돼 폐인이 된 자. 잠시 동안 남궁세가의 절멸을 막기 위해 내세울 '허수아비'로는 그만이라는 생각이 들었다.

물론 그가 나중에 딴마음을 먹지 못하게 하기 위한 금제(禁制)는 걸어둘 생각이었다.

며느리 단목주혜와 총관 구달이라는 승냥이를 내쫓으려다 오히려 호랑이를 불러들이면 안 되는 것이기에.

"할머니, 대체 무슨 생각으로 그런 것이어요?"

태상부인 당혜와 함께 적막감까지 느껴지는 세가 후원을 걷고 있던 남궁아연이 물었다.

"그 사람은 류씨 성을 가지고 있고, 저희 남궁가 사람은 아닌 것을요. 그런데 그 사람을 남궁유한이라고 부르다니요."

남궁아연도 류한이 오라버니가 아니라는 사실에 적잖이 실망했다. 하지만 그래도 할머니가 왜 그를 억지로 남궁유한이라고 인정하려 하는지를 이해할 수 없었다.

"아연아, 네가 팽가로 시집가고 나면 우리 남궁세가는 손이 완전히 끊긴다. 그렇다고 팽가와의 혼약을 깨고 데릴사위를 들일 수도 없는 형편이란다.”

하북팽가(河北彭家)는 이 시대에 가장 강성했다.

남궁세가를 대신해 무림오대세가 중 으뜸으로 불리고 있었다.

이런 상황에서 아연과 태중혼약을 맺은 대공자 팽강을 절대 남궁세가의 데릴사위로 들일 수가 없었다.

다음 대에 하북팽가 가주가 될 사람을 그리할 수도 없었고, 팽가에서도 그것만은 결코 동의하지 않을 것이다.

그렇다고 파혼을 할 수도 없었다.

몰락한 남궁세가를 다른 세가나 세력들이 한입에 집어삼키지 못하는 단 한 가지 이유가 오직 하북팽가의 눈치를 보고 있기 때문이었으니.

하북팽가가 그나마 뒤에서 버텨주고 있기 때문에 남궁세가가 단번에 몰락하고 있지 않은 것이었다.

파혼은 곧 남궁세가의 파멸을 의미했다.

팽가에서 파혼을 요구해 오면 당혜 자신이 직접 무릎이라도 꿇고 간청해서 무조건 이 혼인을 성사시켜야 할 정도였다.

“아연이 너도 세가 내에 그 청년이 네 이복 오라비란 소문이 돌고 있는 것을 알고 있지?”

비룡패를 지닌 채 발견됐고, 태상부인 당혜와 세가 소공녀 남궁아연이 그리 신경을 썼으니 당연히 소문이 돌 법도 했다.

“그럼요. 하지만 아쉽게도 사실이 아닌 것을요.”

남궁아연은 진실로 아쉬워하고 있었다.

“이 할미가 그 소문을 알고 있음에도 굳이 소문을 잠재우려고 노력하지 않은 것에는 이유가 있단다.”

“소녀는 잘 이해가 되질 않아요.”

당혜가 손녀 아연의 손을 꼭 잡아주며 말했다.

“아연아, 할미가 독공(毒功)의 종주인 사천당가(四川唐家) 출신인 것은 알고 있지?”

“세상 사람들이 다 알고 있는 일이지요.”

“할미가 시집을 오기기 전에 아연이의 외종조부이신 내 아버님께서 묘강(苗彊)의 한 부족으로부터 얻은 고독(蠱毒)을 변형해 제조한 삼신혈뇌고(三神血腦蠱)란 것을 이 할미에게 주셨단다.”

암수 한 쌍으로 시술자와 피시술자가 복용해 시술자의 의지에 따라 피시술자를 조종할 수 있게 만들어주는 희대의 독충이 고독이었다.

고독 자체만으로도 희귀하기 그지없는 것인데, 그것을 독의 종주인 사천당가에서 변형시켜 만든 독의 위력이라면 과연…….

“왜 저에게 그런 얘기를 해주시는 것이지요?”

“이 할미가 그 청년을 만나고 있을 때, 삼신혈뇌고를 은밀히 하독(下毒)했단다. 그 청년은 되기 싫어도 앞으로 당분간은 남궁유한으로 살아야 할 것이다."

당혜가 삼신혈뇌고의 효능에 대해 손녀 아연에게 자세히 설명했다.

그 끔찍한 효능에 대해 다 듣고 난 아연이 눈에 눈물을 글썽거리며 소리쳤다.

"할머니, 왜요? 왜 그런 일을 하셨어요? 그 사람이 너무 불쌍하잖아요! 우리 사정을 설명하고 진심으로 부탁한다면 그 사람도 어쩌면 들어줬을 텐데요!"

당혜가 한숨을 내쉬었다.

"아연아, 사람의 마음이란 참으로 흉악한 것이며, 아침 다르고 저녁 다른 것이란다. 그 청년이 나중에 딴마음이라도 먹게 되면 승냥이를 내쫓으려다 오히려 호랑이를 불러들인 격이 되고 만다."

당혜는 모질게 마음먹었다.

이미 세가 내에 죽은 전대 가주의 숨겨둔 아들이란 소문이 파다한 그 청년을 내세워 후손이 없음을 들어 세가를 집어삼키려는 다른 세력의 흉계를 잠시라도 막아볼 생각이었다.

상황이 앞으로 어떻게 흘러갈지는 모르지만, 최소한 손녀 아연이 팽가의 대공자와 혼인할 때까지만이라도 남궁세가의 편액을 내리고 싶지 않았다.

그 이후는 생각하고 싶지도 않았다. 그 이상은 바라지도 않았다.

‘많은 것을 바라지는 않는다. 그저 우리 아연이가 잘 시집 가 행복하게 살기만을 바랄 뿐이란다.’

단지 사랑하는 손녀딸 아연이 무림의 명문세가인 남궁세가 출신으로 시집을 가 시댁이 될 팽가에서 무시당하지 않기만을 바랄 뿐이었다.

그래서 당혜는 류한에게 삼신혈뇌고를 하독했고, 그런 그를 허수아비 가짜 소가주로 내세워 남궁세가를 조금이라도 더 존속시킬 생각이었다.

‘그 할멈, 대체 무슨 생각인 건가?’

약당 내실에 누워 있는 류한은 남궁세가의 태상부인 당혜를 떠올리고 있었다.

‘정파 녀석들이 겉으로는 인의로운 척해도 속으로는 음흉하다는 것은 진작에 알고 있었다만, 웃는 얼굴로 하독을 하다니, 화를 내야 할지 웃어야 할지 모르겠구나.’

류한은 당혜가 자신을 동정하는 척하며 하독한 것을 이미 알고 있었다.

결코 당혜의 하독이 서툴렀던 것은 아니다.

마도시대를 살았던 류한조차 독에 당하고 나서야 자신이 중독됐음을 알 수 있었으니.

그러나,

‘흥! 마도시대(魔道時代)를 살았던 이 류한을 어찌 보고. 삼

신혈뇌고 따위, 지금 시대에야 무서울지 몰라도 마도시대에는 이류 축에도 못 들었던 독이다.'

단전이 파괴돼 지금 당장에는 해독할 수 없지만, 어느 정도 내공만 찾는다면 그 순간 삼신혈뇌고를 해독할 수 있을 것이다.

'내 단전은 파괴됐다. 그래도 고금제일신마인 교주에게 당하고도 살아 있으니 기적이라 할 수밖에. 하지만 살아만 있다면 파괴된 단전을 대신해 가상의 단전을 만들어내 새로 내공을 축기할 수 있다.'

마도시대(魔道時代)의 무학인 신무학(新武學)은 기존의 상식을 완전히 뛰어넘은 것들이었다.

단전이 파괴된 상태에서도 얼마든지 가상의 단전을 형성해 내공을 쌓을 수 있었다.

물론 적잖은 시간이 걸리긴 하겠지만.

그러나 그 시간조차도 단축시킬 방법이 있었다.

흡성대법(吸星大法)을 통하면 충분히 가능했다.

'어차피 몸부터 추스려야 한다. 그런 다음에야 신무학의 륜(輪)을 열 수 있으니……'

신무학의 륜(輪, 차크라)을 열어 가상의 단전을 만들어내면 흡성대법으로 타인의 기를 빨아들일 수 있을 것이다.

그런 연후에는 내공을 다시 쌓는 것이 일도 아닐 것이다.

'할멈의 생각이 무엇이건 간에 일단은 나 역시 한동안 은

신할 곳이 필요하다. 할멈이 원하는 것이 무엇이든 간에 당분
간은 할멈의 뜻에 따라 움직이는 인형이 돼주도록 하지.'

어차피 자신의 궁극적인 목표는 삼 년 후 발발할 정마대전
을 막아 백 년 동안의 혈투를 막는 것이었다.

그래야만 마도시대가 열리지 않고, 자신의 연인 소소도 죽
지 않을 것이니…….

'그러나 혈혈단신으로 그것을 할 수는 없는 노릇이었다.
이 시대에도 어느 정도 세력이 있어야 한다. 할멈이 나를 이
용하려 했으니 나도 할멈을 이용해 주지.'

류한이 미소를 지었다.

'이렇게 된 것, 남궁세가를 통째로 집어삼켜 주마!'

류한이 이렇게 한참 생각을 정리하고 있을 때였다.

약당 내실의 문이 열리며 약당에서 일하는 시동 하나가 약
사발을 들고 들어왔다.

"약 드실 시간입니다."

시동은 쟁반에 담긴 약사발을 바닥에 내려놓더니 뒤로 물
러나서 기다리고 있었다.

평상시에는 약사발만 놓고 밖으로 나갔다가 얼마 후 약사
발을 찾으러 오곤 했는데 오늘은 시동의 모습이 조금 달랐다.

사소하다면 사소하다 할 수 있는 그 차이였으나, 류한은 단
번에 그것을 알아챌 수 있었다.

어쩌면 삼신혈뇌고에 당한 직후라 그런지 더욱 신경이 예

민하게 곤두선 것인지도 몰랐다.

'시동 아이, 긴장하고 있구나. 심장 뛰는 소리가 내 귀에까지 들려올 정도이니……'

류한은 식은땀마저 줄줄 흘리고 있는 시동을 보며 속으로 웃었다.

'이번에는 또 무슨 짓을 하려는가?'

류한은 시동을 가볍게 비웃고는 약사발을 단숨에 들이켰다.

약을 단숨에 마신 류한은 느낄 수 있었다.

희미하게나마 섞여 있는 독(毒)의 기운을.

마지막에 마교 교주와 뜻이 갈려 반기를 들었다 하나, 류한 역시 마인(魔人)이었다.

그것도 정마대전 막바지와 마도시대를 살았던 마인!

마도시대의 독이라면 어쩌면 류한을 해할 수도 있었을 것이다.

하지만 지금은 비록 내공 한 점 남아 있지 않지만, 마도시대에서 단련된 그의 육체는 이 시대의 독에는 전혀 해를 입지 않는 만독불침지체(萬毒不侵之體)와 전혀 다를 바가 없었다.

'어떤 독이든 벌컥벌컥 마셔주지. 하지만 독으로 나를 쓰러뜨릴 수 있다고는 믿지 마라. 그랬다가는 크게 당할 것이다.'

독이되 독이 아닌 삼신혈뇌고 같은 종류는 자신에게 영향을 줄 수 있어도 지금 약사발에 섞여 있는 독 정도는 아무 문제가 되지 않았다.

"맛이… 좋구나."

류한은 입가에 비웃음을 머금은 채로 말끔히 비운 약사발을 시동을 향해 밀었다.

시동은 묘하게 웃는 류한을 보며 잔뜩 겁먹은 표정으로 약사발을 가지고 허겁지겁 내실 밖으로 나갔다.

"류 소협, 지금이라도 늦지 않았어요. 억지로 남궁세가의 후손인 척할 필요 없어요."

남궁아연이 다음날 아침부터 찾아와 류한을 설득했다.

그러나 침상에 기대앉아 있는 류한이 피식 웃으며 말했다.

"이제부터는 오라버니라고 불러야 하지 않소? 어제는 잘도 그렇게 부르더니……."

그런 류한을 보며 아연이 가볍게 한숨을 내쉬며 말했다.

"예전 같으면 남궁세가 소가주를 다들 우러러보겠지만, 지금과 같은 상황이라면 내일 당장 암습을 당해 죽는다 해도 전혀 이상하지 않는 자리예요. 그러니 부디 마음을 돌려주세요."

진심이었다. 남궁아연은 왠지 마음이 쏠리는 류한을 진심으로 걱정하고 있었다.

"아연 소공녀의 마음은 알겠소. 아연 소저가 이 세가에서 그나마 제대로 정신이 박힌 사람이라는 것쯤은 내 기억하겠소."

'삼신혈뇌고면 됐지, 태상부인이 별 독성도 없는 독을 또 쓸 리가 없다. 아마 약에 독을 탄 것은 남궁세가의 후손이 갑자기 등장하는 것을 원하지 않는 다른 세력이 있을 것이다.'

태상부인인 당혜는 다짜고짜 삼신혈뇌고를 하독했다.

아마 남궁세가의 소가주를 원치 않은 모종의 다른 세력은 독 같지도 않은 독을 자신이 먹는 약에 탔을 것이다.

몰락한 세가이기는 하나 세가를 이끌고 있다고 하는 이들을 모두 믿을 수가 없는 것이다.

그러나 오직 한 사람, 지금 눈앞에 있는 남궁아연만은 자신을 진심으로 걱정해 주고 있었다.

"몰락한 세가이나 돈이라면 아직 남아 있어요. 원한다면 돈을 드리겠으니 부디 세가를 떠나세요. 그래야 조금이라도 더 살 수 있어요."

남궁아연은 부탁, 또 부탁하고 있었다.

"하나만 묻겠소. 남궁세가의 천금이라는 아연 소공녀가 나 같은 떠돌이, 단전마저 파괴돼 폐인이 된 사람에게 왜 그리 정성을 쏟는 것이오?"

"그, 그것은……."

아연이 복숭아 빛 볼을 살짝 붉히며 말했다.

"제 이복언니가 될 소소 언니의 연인이었다고 하니 왠지 형부같이 느껴져서요. 어쩌면 우리는 가족이 될 수 있었을지도 모르니까요.”

가족.

나이 차가 꽤 나던 두 오라버니가 십 년 전 남궁지화에서 죽고 난 후 형제자매 하나 없이 외톨이로 쓸쓸하게 자란 남궁아연이었다.

철이 들고 나서는 세가를 짓눌러 오는 몰락의 기운을 체감하며 언제나 힘이 들었다.

억지로 쾌활한 얼굴로 세가 사람들을 대했으나 그녀는 실상 언제나 외롭고 쓸쓸했다.

그런 상황에서 잠시나마 오라버니라고 생각했던 사람이 나타났다. 비록 오라버니는 아니었지만 그 사람이 어쩌면 형부가 될 수도 있었다고 생각하자 절로 정을 느끼고 있는 것이었다.

“가족이라…….”

류한이 그 단어에 대해 깊이 생각했다.

자기 역시 외톨이였고, 친구 하나 없이 어린 시절을 보냈다.

그리고는 마교의 살인 기계가 됐고, 폭풍대주가 돼 정마대전 막바지에는 하루도 손에서 피 마를 날이 없었다.

‘나에게 가족이라 말할 수 있는 이들이 있었다면, 폭풍대 형제들뿐이었다. 하지만 그들은 이제 없다.’

게다가 소소의 조상이란 이유 때문일까?

소소를 꼭 빼어 닮은 남궁아연을 바라보며 류한이 아주 잠깐 동안 미소를 지었다.

"아, 류 소협, 웃으니까 더 좋아 보여요."

아연은 극히 짧은 순간 스쳐 지나간 류한의 미소를 보고 웃었다.

웃고 있는 아연을 보며 류한은 다시 한 번 소소를 떠올렸다.

"그래서 더욱 이곳에 머물고 싶은 것이다. 그래서 더욱."

류한은 소소를 떠올리게 만드는 아연을 보며 그렇게 말했다.

그러나 그 의미를 알 리 없는 아연이 머물겠다는 소리에 안타까워하며 다시 부탁했다.

"류 소협을 잃고 싶지 않아요. 그러니 제발 세가를 떠나세요."

아연은 만난 지 얼마 되지 않은 류한에게 묘한 감정을 느끼고 있었다.

단순히 정(情)에 굶주려 있어서일까?

아연은 스스로의 감정이 어떤 것인지를 정확히 알지 못했다.

왠지 이 남자를 보고 있을 때마다 가슴 한구석이 아려오는 것을 느끼고 있었다.

그런 아연을 보며 류한이 생각했다.

'아무래도 이 아이는 삼신혈뇌고와는 관련이 없나 보구나. 역시나 늙은 생강 혼자의 생각이었나?'

류한이 당혜를 떠올리며 단호하게 말했다.

"앞으로는 오라버니라고 불러라, 나는 앞으로 너를 아연이라고 부를 테니."

"그, 그것은……."

아연은 그 말의 의미를 알 수 있었다.

류한이 남궁세가 소가주 역을 하겠다는 선언이다.

'하지만 그것도 어쩌면 괜찮을지도…….'

남궁아연은 류한이 세가에 머물게 되면 얼마 못 가 죽게 될지 몰라 걱정이 돼 떠나라고 연신 권했다.

그러나 내심 한구석에는 이 남자가 세가를 떠나지 않고 당분간 자신 곁에 있어줬으면 하는 이율배반적인 감정을 가지고 있기도 했다.

'휴우~! 내가 왜 이러지? 본 지 얼마 되지도 않은 남자에게. 이러면 안 되는데, 이러면 안 되는데…….'

강남제일미로도 불리는 남궁아연은 낯선 남자의 얼굴을 제대로 볼 수조차 없었다.

그리고 그녀의 가슴은 조금이나마 두근거리고 있었다.

며칠 후.

　거동이 가능할 정도까지 회복된 류한, 아니, 남궁유한은 태상부인의 거처로 향했다.

　방문이 열리고 남궁유한이 들어서자 당혜가 그를 보며 웃었다.

　"내가 네 할미 당혜라는 사람이다."

　남궁유한이 예를 표하며 당혜에게 말했다.

　"손자 유한이 할머님을 뵙습니다."

　"그래, 그래. 이쪽에 앉거라."

　당혜는 방문을 열고 닫는 시녀들의 동태를 은근슬쩍 확인하며 남궁유한에게 자리를 권했다.

　"너희들은 이만 나가서 볼일 보거라."

　당혜의 말에 따라 시녀들이 방에서 물러났다.

　"아연아, 네 오라비와 이 할미에게 차 한 잔 따라주겠느냐?"

　아연이 차를 따라 고급 자단목(紫檀木)으로 된 탁자 위에 올려놓자 당혜가 종이 위에 글을 썼다.

　내 거처 주위에는 보는 눈과 듣는 귀가 많다.

　남궁유한이 고개를 끄덕였다.

　네가 남궁가의 후손 역할을 해주는 동안에는 세상의 모든 복락을 누릴 수 있을 것이다.

　남궁유한이 웃었다.

　그리고 역할이 끝나면 평생 놀고먹어도 될 정도의 재산을 떼어주겠다.

남궁유한이 비웃음에 가까운 미소를 지었다.

그러더니 그가 붓을 들어 종이에 썼다.

삼신혈뇌고(三神血腦蠱).

그 글에 당혜가 깜짝 놀랐다.

무, 무슨 소리냐?

당혜는 시치미를 뗐다.

남궁유한이 웃었다.

인정하기 싫으신가 보군요. 그러나 제가 어깨너머로 독에 대해 조금은 배운 적이 있습니다.

당혜는 그 말을 믿지 않았다.

삼신혈뇌고는 사천당가의 비전 중 비전, 시중을 떠도는 어중이떠중이가 알 수 있는 독이 결코 아니었다.

의심이 가득한 눈으로 당혜가 남궁유한을 바라봤다.

이렇게 오래 말소리가 들리지 않으면 듣고 있는 귀들이 의심하지 않겠소? 차를 즐기는 시간이 너무 긴 듯합니다만…….

"이 소손이 할머니를 뵙게 돼 얼마나 기쁜지 모르겠습니다."

남궁유한이 그렇게 말하자 당혜도 곧바로 의심 가득한 얼굴을 거두고 억지로 미소를 지으며 말했다.

"이 할미가 너를 너무 늦게 찾은 듯해 미안한 마음이 드는구나."

그러며 종이에 글을 썼다.

너는 과거에 무엇을 했지?

"어려서 어미를 잃고, 강소성(江蘇省) 소주(蘇州) 땅에 있는 이화장원(梨花莊園)에서 자랐습니다."

그러며 남궁유한이 의미심장한 미소를 지었다.

자신의 뒷조사를 하려는 이들에게 일부러 들으라는 의도로 크게 말했던 것이다.

강소성 소주의 이화장원. 정마대전 당시 마도련 편에 섰던 신비문파 봉황궁의 지부가 있는 곳이었다.

그곳에 접근하려는 자들, 혹 그곳에 대해 캐려고 하는 자들은 이유를 불문하고 모조리 척살당할 것이다.

세상사에 관여하지도 않지만, 세상이 자신들에게 관여하는 것도 단호히 거부하는 여인들로 이뤄진 곳이 봉황궁이기에.

자신의 뒷조사를 하는 이들에게 마교의 지부를 가르쳐 줄 수도 있었다. 마교 역시 자신들에게 접근하려는 자들은 이유를 막론하고 베어버릴 것이기에.

하지만 마교는 자신들을 사칭하는 자가 있다면 지옥 끝까지 쫓아가 척살할 이들이었다.

마교의 지부를 가르쳐 줬다가는 자칫 마교를 끌어들일 위험이 있었다.

그랬기에 마교 지부보다는 정사 중간에 있는 신비문파 봉황궁의 지부가 나왔다.

자신의 뒷조사를 하기 위해 접근하는 자들은 봉황궁이 알아서 처리해 줄 것이다.

그렇게 되면 자신의 배경은 당분간 의혹 속에 남겨져 있을 것이고, 뒷조사를 하려는 이들은 골머리를 앓아야 할 것이다.

"그랬구나. 남궁가의 후손을 그런 곳에서 자라게 했다니, 다 내 부덕의 소치다."

그렇게 몇 마디를 더 나누고 당혜가 남궁유한을 데리고 방문을 나섰다.

그러자 마치 나오기를 기다리고 있었다는 듯 단목주혜와 총관 구달이 말을 건넸다.

"어머님, 근본도 모르는 뜨내기를 남궁세가의 적통으로 인정할 수 없습니다!"

단목주혜가 시어머니 되는 당혜에게 앙칼진 목소리로 소리쳤다.

"소인 역시 같은 생각이옵니다. 좀 더 조사가 있어야 할 것 같습니다."

그런 두 사람을 보며 당혜가 호통을 쳤다.

"비룡패를 지니고 있었고, 세가의 가장 어른인 내가 후손임을 인정했다! 이에 무엇이 더 필요하단 말인가!"

단목주혜도 지지 않고 소리쳤다.

"어머님, 이런 일은 어머님 독단으로 처리할 일이 아닙니다!"

“그럼 시어미가 돼서 며느리에게 일일이 허락을 받아야 한단 말이냐?”

‘이 늙은 할망구가 망령이라도 났나! 곱게 무덤으로 기어 들어 갈 것이지 나서기는 왜 나서?’

단목주혜는 당혜 앞에서 노골적으로 인상을 썼다.

“어찌 됐든 제 양자가 돼 남궁가의 족보에 오를 것인데, 어미가 될 제가 저치를 인정하지 못하겠습니다!”

단목주혜의 말을 들은 당혜가 미소를 지었다.

“유한이를 누가 네 아들로 입적시키겠다고 했느냐?”

그 말에 순간 영문을 모르겠다는 얼굴을 하고 있는 단목주혜와 구달이었다.

당혜가 말했다.

“나는 유한이를 내 양자로 받아들일까 한다.”

그 소리에 단목주혜가 깜짝 놀랐다.

“그 무슨……?”

“그러니 그리 알고 길을 비켜라!”

전례가 아주 없는 일도 아니었다.

한 집안의 피를 이은 후손이 있을 때, 형편과 상황에 따라 세가의 어른이 직접 양자로 받아들여 입적시키는 일은.

당혜가 무섭게 호통을 치자 어리둥절한 상황에다 놀라기까지 한 단목주혜와 구달은 순간 길을 비킬 수밖에 없었다.

당혜가 앞장서고 남궁유한이 뒤따라갔다.

그런데 남궁유한이 단목주혜의 곁을 스쳐 지나가며 조그맣게 속삭였다.

"처음 뵙겠습니다, 형수님."

그러며 그는 특유의 비웃음을 그녀에게 던졌다.

'이 근본도 모를 천한 것이!'

단목주혜는 남궁유한을 보며 주먹을 바르르 떨었다.

"구달 총관이라고 했나?"

구달 앞에 멈춰 선 남궁유한이 그에게 말했다.

"좋은 날도 얼마 남지 않았으니 그동안 열심히 즐겨보시게."

남궁유한은 의미심장한 말을 던지고는 곧 사라졌다.

그런 그를 보며 단목주혜와 달리 구달은 화를 내기는커녕 음흉한 미소를 지었다.

'허울뿐인 소가주라는 이름으로는 아무것도 못할 것이다. 이미 세가는 이 구달의 손아귀에 있다.'

남궁세가 본채 전각에 나온 당혜와 남궁유한, 남궁아연은 곧 구달이 지었던 그 음흉한 미소의 의미를 알 수 있었다.

"이, 이런!"

당혜는 그 자리에서 쓰러질 듯한 충격을 받았다.

"할머님! 고정하세요!"

남궁아연이 당혜를 부축하며 소리쳤다.

남궁유한은 우윳빛 대리석이 쫙 펼쳐져 있는 세가 안의 광장을 바라봤다.

드넓은 광장에는 겨우 여덟 사람이 서 있었다.

허리가 구부러진 노인 하나, 어딘가 모자라 보이는 얼굴의 거한 하나, 아직도 술에서 덜 깬 낭인 무사 하나, 광장 바닥에 누워서 퍼질러 자고 있는 잡놈 하나, 수려한 미모를 가진 여인 하나, 채 성장기가 끝나지도 않은 소년 둘이 잔뜩 긴장한 채로 서 있었고, 세가의 청색 무복(武服)을 제대로 차려입고 있는 이는 오직 한 명이었다.

"멋지군."

남궁유한은 그 광경에 실소를 금치 못했다.

오백 명은 너끈히 수용할 수 있을 것 같은 커다란 광장에 고작 여덟이 서 있었던 것이다.

당혜의 말에 따르면 세가 식솔들에게 소가주를 정식으로 소개하는 자리라고 이미 알렸다 들었다.

식솔들은 한 명도 빠짐없이 광장으로 집결하라는 명을 내리며 몇 번이나 당부했다고 한다.

그런데 남궁세가의 오백 식솔 중 고작 여덟 명만이 모여 있는 것이었다.

나머지는 남궁유한을 인정하지 못하겠다는 뜻을 이런 식으로 알려온 것이었다.

"구 총관 이 작자를 내 당장……."

그 황당한 광경에 당혜는 분을 삭이지 못했다.

분명 구 총관이 암중에 손을 썼을 것임이 분명했다.

세가에 소가주가 생겼다 해도 세가를 현재 누가 지배하고 있는지를 똑똑히 보여주기 위해 세를 과시한 것이리라.

가장 기분이 나쁠 법한 남궁유한은 그러나 웃었다.

그는 아무렇지도 않은 표정으로 대리석 계단을 내려와 광장 곳곳에 드문드문 서 있는 이들에게 향했다.

그리고는 웃으며 말했다.

"기왕 이렇게 모였으니 우리 대리석 사이사이에 나 있는 잡초나 뽑을까?"

남궁유한은 특별한 말 없이 남궁세가의 쇠락을 상징하기라도 하는 듯 대리석 바닥 사이 곳곳에 자라 있는 잡초들을 뽑기 시작했다.

소가주가 잡초를 뽑기 시작하자 어중이떠중이처럼 모여 있던 여덟 사람도 따라서 잡초를 뽑기 시작했다.

그들을 보며 남궁유한이 말했다.

"내가 남궁유한이라는 사람이다."

남궁유한이 자신을 소개하자 가장 먼저 소년 둘이 말했다.

"저희는 아평, 아소라고 합니다."

그 소년들을 바라보며 남궁유한이 물었다.

"너희 둘은 형제냐?"

"네, 소가주님."

남궁유한은 두 소년에게 환한 미소를 보여줬다.

"우애있는 형제가 되거라."

그런 그의 눈에 동생 아소가 한쪽 다리를 가볍게 절고 있는 모습이 보였다.

그 시선을 느꼈는지 아소가 창피한 듯 얼굴을 붉혔다.

"부끄러워할 일이 아니다. 그것은 조금 불편한 것에 불과할 뿐이니."

그러자 아소의 가슴에 작은 파동이 일었다.

세상 사람 모두가 자신을 병신이라고 놀렸지만, 처음 만난 소가주는 그들과는 달라도 한참이나 다른 것 같았다.

아소는 떨리는 가슴으로 답했다.

"네, 소가주님."

아평과 아소는 고아로 떠돌다 남궁세가에서 일손을 구하고 있다는 소문을 듣고 허기라도 면할 목적으로 세가에 들어왔었다.

이곳에서도 고아인 자신들에 대한 멸시는 여전했지만, 그래도 끼니는 거르지 않을 수 있어 행복했다.

배를 곯지 않고 하루를 넘길 수 있다는 것만으로도 그들은 감지덕지한 것이다.

"너희들이 이곳에 온 것을 알면 구 총관이 싫어할 텐데?"

남궁유한의 물음에 두 소년이 약간 시무룩한 표정으로 변했다. 하지만 형인 아평이 주먹을 불끈 쥐며 자신의 생각을 밝혔다.

"영원히 천덕꾸러기 신세로 살기는 싫었습니다. 저희도 무공을 배워 당당한 사내로 우뚝 서고 싶습니다. 그래서 저희를 버린 어미를 찾아 우리가 이렇게 자랐노라고 소리치고 싶었습니다."

아평으로서는 생존이 걸린 모험이었다.

자칫하면 총관 구달의 눈 밖에 나 따뜻한 잠자리와 밥술이라도 뜰 수 있는 세가에서 쫓겨날 수도 있었다.

그러나 아평은 이번 기회를 반드시 잡고 싶었다.

무공이라도 배운다면 앞으로 굶어 죽을 일은 없을 것이고, 혹 꿈에 그리던 고수가 될 수 있을지도 몰랐다.

"사내로서 우뚝 서고 싶은 것이냐, 너희를 버린 어미에게 자랑하고 싶은 것이냐?"

"그, 그것은……."

아평이 말을 더듬었다.

자신도 정확히 모르는 답을 소가주가 물었으니 쉬이 답을 할 수가 없었다.

"훗! 무슨 이유든 관계없다. 그러나 나에게 한 가지만 약조해다오. 그럼 내가 너희를 그 누구도 무시할 수 없는 절정고수로 만들어주겠다."

절정고수라는 말에 아평이 적잖이 흥분했다.

"무, 무엇이든 약조하겠습니다! 절정고수가 될 수만 있다면!"

남궁유한이 아평을 보며 웃었다.

그러더니 말했다.

"나를 위해 죽을 수 있겠느냐?"

"그, 그것은……."

아평이 주저했다.

"다시 묻겠다. 내가 너의 목숨을 달라 할 때, 서슴없이 목숨을 던질 수 있겠느냐?"

"……."

쉬이 결정할 수가 없었다. 그리고 아평은 거짓을 말하는 데도 익숙지 못한 아이였다.

"마지막으로 묻겠다. 천하를 위해 죽을 수 있겠느냐?"

천하(天下)!

순간 십칠 세 소년 아평의 가슴에 묘한 떨림이 전해져 왔다.

아평은 그 천하라는 말에 크게 격동해 절로 입을 열었다.

"천하를 위해 죽겠습니다!"

남궁유한이 조금은 치기 섞인 대답을 한 아평을 보며 웃었다.

하지만 천하라는 말 한마디에 순간 격동해 천하를 위해 죽겠다고 답한 이 소년이 아직은 순수하고 열정적이라는 것쯤은 능히 알 수 있었다.

닳고 닳은 이들, 현실에 찌들어 이상도 없는 이들은 이렇게 말한다.

'자신을 위해 마땅히 천하가 죽어야 하는 것이지, 천하를 위해 자신이 죽는 것은 당치도 않은 일이다' 라고.

유한은 천하를 위해 죽겠다 한 아평의 머리를 쓰다듬어 주며 말했다.

"그럼 됐다. 네가 천하를 위해 죽겠다면, 나는 네가 천하를 위해 죽을 수 있을 정도의 고수로 만들어주겠다."

남궁유한이 아평과 아소의 손을 잡아주며 한동안 그 둘과 눈을 마주쳤다.

유한과 눈을 마주 친 두 소년은 어느새 느낄 수 있었다.

'크, 크다! 소가주님은 정말 크신 분이다!'

아평과 아소는 처음으로 남궁유한을 만난 이날을 영원히 잊지 못할 것 같았다.

두 소년과 얘기를 마친 남궁유한은 아직도 술 냄새를 풀풀 풍기고 있는 낭인 무사를 바라봤다.

그 시선을 느낀 낭인 무사가 손사래를 치며 선수를 쳤다.

"천하를 위해 죽고 싶은 생각 따위는 없으니 그런 소리는 마시오."

"그럼, 천하의 명주(名酒)가 그득한 연못에 빠져 죽게 해주겠다면 어떤가?"

그 말에 낭인 무사가 크게 웃었다.

"하하하! 좋소! 좋소이다! 그 약조만 지켜준다면 이 곽상, 기꺼이 소가주를 위해 죽어드리리다!"

남궁유한이 웃으며 낭인 무사의 검을 바라봤다.

범상치 않은 물건인 그 검을 남궁유한, 아니, 마교의 폭풍대주였던 류한은 당연히 알아볼 수 있었다.

"마검(魔劍) 장한검(長恨劍)의 주인을 명주 정도로 살 수 있다면 몇 번이고 연못 가득 명주를 채워줘도 아깝지 않지."

그 소리에 장난스럽게 웃고 있던 곽상의 표정이 일순 확 달라졌다.

'장한검을 알아본다? 훗! 태상부인이 허수아비를 내세운 것은 아닌가 보군.'

곽상은 흥미로운 눈길로 남궁유한을 바라봤다.

곽상에게서 시선을 돌린 남궁유한은 수줍게 웃고 있는 여인을 바라봤다.

"그대의 이름은?"

"초설(初雪)이라 하옵니다."

"초설? 첫눈?"

"기녀원에서 지어준 이름이옵니다."

남궁유한도 그 설명에는 의외라는 반응이었다.

"기녀?"

"그렇사옵니다."

"기녀가 왜 몰락할 대로 몰락한 남궁가에 있지?"

그 설명은 초설을 대신해 곽상이 했다.

"소주제일기녀께서 여협객을 꿈꾸신답니다, 소가주님! 하하하!"

화장기 전혀 없는 얼굴이었으나 초설의 외모는 서시가 울고 갈만큼 빼어났다.

흑단 같은 머리카락에 우윳빛 피부, 오뚝하게 솟은 콧날, 갸름한 얼굴선, 매혹적으로 빛나는 갈색 눈동자, 그리고 평범한 옷으로도 가리지 못하는 육감적인 몸의 곡선까지.

"의외로군. 몰락한 세가보다는 다른 곳을 찾아가는 편이 빨랐을 텐데?"

"다른 곳에서는 천한 것의 몸뚱이만 탐할 뿐, 무공을 배우고 싶다 하면 비웃을 뿐이었사옵니다. 그래서 이곳을 찾았사옵니다."

기녀의 몸은 탐나나 기녀에게 무공을 가르쳐 줄 수는 없다?

일견 다른 문파들의 생각을 이해할 수는 있었다.

그녀의 외모에 혹해 무공을 쉽사리 가르쳐 줄 문파의 무학이라고 해봐야 삼류를 벗어나지 못할 것이다.

뛰어난 무공을 소유한 문파라면 아무리 미모가 대단하다 해도 기녀 따위에게 비전의 무공을 가르쳐 줄 리 없었다.

초설은 무공을 배우고 싶었으나, 배울 수가 없었다. 그러다 남궁세가에서 사람을 모은다는 소문을 듣고 이곳을 찾아온 것이었다.

그런데 곧 초설은 자신의 몸을 뱀처럼 훑어보고 있는 남궁유한을 보며 가벼운 경기를 일으켰다.

초설은 속으로 긴 한숨을 내쉬었다.

'소가주 역시 내 몸만을 탐하던 다른 이들과 별다른 점이 없는 것인가…….'

그리고 이어진 남궁유한의 한마디.

"오늘 밤 내 시중을 들겠느냐?"

대뜸 그렇게 말하는 남궁유한을 보며 초설이 크게 실망했다.

'아! 역시나…….'

"나와 밤을 지새우겠느냐?"

소가주가 초설에게 물었다.

"오늘 밤을 나와 함께 보낸다면 너를 천하제일 여협객으로 만들어주마."

초설은 크게 실망한 눈빛으로 이를 앙다물었다.

몸을 팔아 무공을 얻고 싶지는 않았다.

그렇게 얻은 더러운 무공 따위는 필요없었다. 그럴 바에는 차라리 죽는 편이 나았다.

"그러고 싶지 않사옵니다."

소가주인 자신에게 그렇게 답한 초설을 보며 남궁유한이 짐짓 위협하며 말했다.

“내 요구를 거절하면 나는 너를 이 자리에서 죽일 수도 있다. 기녀 하나 죽였다고 남궁세가의 소가주에게 그리 흠될 것도 없으니.”

생명의 위협을 가했음에도 초설은 잠시도 고민하지 않고 답했다.

“그렇다면… 차라리 죽여주시옵소서!”

“그래?”

남궁유한이 입가에 실소를 머금더니 곧 유쾌하게 웃었다.

“하하하!”

그러며 남궁유한은 초설 뒤편에서 잡초를 뽑고 있는 잡놈 하나를 바라보며 물었다.

“네 생각에는 어떻게 하면 좋겠느냐?”

잡놈이 답했다.

“죽이기에는 미모가 아까우니 제가 잘 아는 기방에 팔아넘기는 것이 좋을 것 같습니다. 소주제일명기 초설이라면 족히 은자 일만 냥 이상의 값어치는 할 몸뚱이입니다.”

“하하하! 너는 천하의 잡놈이구나!”

“흐흐흐! 잡놈이 잡놈다워야지, 잡놈이 성인군자 흉내 내면 제명에 못 죽지요. 근본도 모르는 뜨내기가 명문세가 소가주 노릇 하려 들다가는 오늘 밤을 넘기기 힘들 듯이 말입니다.”

흠칫!

"근본도 모르는 뜨내기?"

그 말이 자신을 가리키는 것임을 단숨에 알아챈 남궁유한이 다시 한 번 크게 웃었다.

"그래? 이 잡놈아, 우리 내기를 할까? 내가 오늘 밤을 넘길지 못할지를 두고 말이다."

잡놈은 웃으며 답했다.

"호호호! 오늘 밤을 넘긴다는 쪽에 이 잡놈이 걸게 해준다면 얼마든지 내기에 응하겠습니다."

"근본도 모르는 뜨내기가 오늘 밤을 넘길 것 같으냐? 나는 단전도 파괴된 폐인이다. 자객 하나 사서 보내면 간단할 듯싶은데 말이다."

남궁유한은 잔뜩 흥미가 동한 듯싶었다.

"호호호! 남궁세가 소가주 자리가 죽을 자리인 것을 알면서도 달려드는 뜨내기라면, 천하의 바보거나 천하를 통째로 삼켜도 시원찮을 정도의 배포를 가진 자겠지요. 멍청이라면 영 재미가 없을 테니, 아무래도 천하를 통째로 삼킬 배포의 소유자 쪽으로 걸어야겠습니다."

잡놈이되 범상치 않은 잡놈이었다.

"네 이름이 무엇이냐?"

"복삼(福三)이라고 합니다."

"본명을 알려달라 하면 어떻게 답할 테냐?"

"호호호! 피차 사정 다 아는 선수끼리 왜 그러십니까?"

“선수끼리?”

소가주 당신도 신분을 숨기고 있으니 자신이 신분을 숨기는 것에 대해 뭐라 하지 말라는 의미였다.

“하하하하! 복삼이 네가 마음에 드는구나.”

남궁유한은 유쾌하게 웃으며 어딘가 모자라 보이는 얼굴을 가진 칠 척 거한에게 향했다.

딱 보기에도 온몸이 온통 근육질로 뒤덮여 있는 거한이었으나, 순진한 건지 백치인 것인지 모를 정도로 순박한(?) 얼굴을 하고 있었다.

“네 이름은 무엇이냐?”

태양 아래서 유난히 밝게 빛나는 대머리를 가진 거한이 수줍은 듯 말했다.

“이, 이름은 없고, 과거 주인님들이 매, 매타자(賣打子)라고 불렀지라.”

“매타자? 매를 파는 사람? 세가에 오기 전에는 무엇을 했느냐?”

“시장통에서 돈을 받고 사람들에게 맞는 일을 했었지라.”

“시장통에서 매 맞아 돈을 버는 것이 지겨워졌느냐?”

그러자 매타자가 머리를 긁적이며 말했다.

“그, 그것이 아니라, 매를 맞아도 시장통보다는 이름이 드높은 남궁세가에서 맞는 것이 그나마 나을 것 같아서…….”

“세가에서 맞는 매가 시장통에서 맞는 매보다 나을 것 같아서라?”

그러자 매타자가 자신의 대머리를 딱 소리가 날 정도로 때리면서 말했다.

“정확하지라, 소가주님.”

“너는 어느 정도나 매를 맞아보았느냐?”

“그러니께는…….”

매타자가 손가락 몇 개로 무언가를 세려 시도하다가 솥뚜껑 같은 손으로 자신의 대머리를 쿵쿵 때려가며 자책하기 시작했다.

“전 주인님이 비 오는 날 먼지 나도록 맞고 한 대 더 맞아도 끄떡없는 몸뚱이를 가지고 있다 했고, 그 전전 주인님은 복날 개 패듯 두들겨 맞아도 이놈은 아무 상관 없다 했고, 전전전 주인님은 매타자랑 복어는 세 시진마다 한 번은 두들겨 패야 제 맛이라고 했고, 그리고…….”

끝없이 이어질 것 같은 매타자의 말을 남궁유한이 끊으며 물었다.

“그런데 네 전 주인은 어떻게 됐느냐?”

그 물음에 매타자가 갑자기 덩치에 맞지 않게 훌쩍이며 말했다.

“주인님은 도사들에게 맞아 죽었지라. 이놈이 대신 맞으려 했는데 도사들은 이놈은 물론 주인님까정 두들겨 팼지라. 주인님은 죽고, 이놈만 혼자 남응게 우찌해야 할지 모르고 있었는데 이곳 남강세가에서 힘 좋고 몸 튼튼한 놈 구한다길래 냉큼 달려왔지라. 그런께 주인님, 이놈 쫓아내면 아니 되지라."

"하하! 남강세가? 이곳은 남궁세가니라. 그건 그렇고, 내가 너를 쫓아내지 않으면 너는 나에게 해주겠느냐?"

"원하는 것을 말씀만 하시지라."

"나를 대신해 네 몸뚱이로 적의 검을 맞아주겠느냐?"

"물론이지라."

"세가를 지키는 강철 방패가 될 수 있겠느냐?"

"원하시면 얼마든지라."

"내가 너를 버리지 않으면 너도 나를 버리지 않겠느냐?"

"후미, 주인님이 저를 버려도 저는 주인님을 버리지 않을 것이지라. 주인님 버리면 지옥 유황불에서 세상 끝날 때까정 타 죽는다고 배웠지라."

남궁유한은 어딘가 많이 모자라 보이는 이 매타자가 무척 마음에 들었다.

재능보다 중한 것은 마음이었고, 이 매타자는 그 마음을 가지고 있었다.

'폭풍대원들도 이 매타자처럼 말했었다. 내가 그들을 버려도 그들은 나를 버리지 않겠다고.'

남궁유한은 매타자를 보며 이미 죽은 폭풍대원들을 떠올리고는 순간 애절한 심사에 빠져들었다.

"매타자, 나 역시 너를 버리지 않을 것이다. 그러니 네가 나를 지켜주거라."

매타자는 그 말의 의미도 정확히 모른 채 답했다.

"알겠지라."

순박한 얼굴의 거한 매타자 다음으로 허리가 굽은 노인에게 시선을 돌렸다.

그 노인을 보는 남궁유한의 시선이 예사롭지 않았다.

남궁유한의 눈에서 순간 안광(眼光)이 쏟아졌다.

"소가주님, 그리 무섭게 노려보시면 이 늙은이는 감당하기 어렵습니다."

허리를 굽힌 채로 잡초만 뽑고 있던 노인은 뒤에서 바라보고 있는 남궁유한의 기세를 진작에 느끼고 있던 것이다.

"아무리 봐도 노인은 이런 곳에 있을 사람이 아닌데……."

아마도 그럴 것이다.

"나처럼 쓸모없는 노인을 세가에서 거둬주는 것만으로도 감지덕지인 것을요."

"그런가?"

남궁유한은 이 노인에 대해 더 알고 싶었으나, 그 호기심을 억지로 누르며 말했다.

"노인장의 뜻이 그러하다면 더 이상 묻지 않겠소. 그런데 앞으로 노인장을 무어라 부르면 되겠소?"

"진 노인으로 불러주시면 될 듯합니다."

"진 노인이라······."

남궁유한은 진 노인을 보며 미소를 지었다.

그러더니 마지막으로 세가를 상징하는 청의 무복을 입고 있는 사내에게 다가갔다.

풍채가 제법 빼어난 것이 이 자리에 모인 이 중에서 그만이 세가의 무인처럼 보이는 사내였다.

"창룡대(蒼龍隊) 제일조장 이광(李光)이라고 합니다!"

절도있는 동작과 우렁찬 목소리로 대답하는 이광이었다.

그런데 그런 그를 보고 남궁유한이 묘한 미소를 지으며 말했다.

"그대는 돌아가라."

전혀 의외의 말.

여기 모인 이들 중 그나마 제대로 된 자신에게 돌아가라 명하자 이광 역시 적잖이 당황했다.

"무슨 명이신지 모르겠습니다."

"말 그대로다. 그대는 원래 있던 곳으로 돌아가라."

이광은 그 소리에 우렁찬 목소리로 소리쳤다.

"소가주님과 함께 세가의 옛 영광을 찾는 데 동참하고 싶습니다!"

남궁유한이 비웃었다.

"세가의 옛 영광은 우리끼리 알아서 찾을 것이니 그대는 있던 곳으로 돌아가라는 데도."

이광이 크게 당황하며 남궁유한을 향해 포권을 하며 간절히 부탁했다.

"한 손 거들게 해주십시오!"

남궁유한이 웃으며 잡초를 뽑고 있는 다른 이들을 가리키며 말했다.

"소년 둘, 주정뱅이, 잡놈, 기녀, 매타자, 노인까지 모여 있는 자리다. 그런 자리에 번듯한 창룡대 제일조장이 섞여 있다니 매우 이상하지 않은가?"

"그, 그것은……."

그 물음에 이광이 말을 더듬기 시작했다.

"너를 누가 보냈는지는 모르나 그들에게 전해라. 나에게는 관심 끊으라고 말이다."

"무, 무슨 말씀이신지 모, 모르겠습니다."

남궁유한이 이광의 어깨를 두드리며 말했다.

"하늘을 우러러 거리낄 것이 전혀 없다면 말을 더듬거리지 말아야지. 복삼, 숨기고 싶은 비밀이 들통났을 때 대개의 사람들이 보통 말을 더듬지 않던가?"

잡놈 복삼이 웃으며 답했다.

"물론 이쪽 세계에서 닳고 닳은 놈이라면 웃으며 상대에게 칼도 꽂지요. 그러나 어수룩한 것들은 자신의 마음을 당최 숨길 줄을 모르지요. 바로 저놈처럼 말입니다."

"복삼이 그렇다는군."

그러며 남궁유한이 이광을 노려봤다.

"정녕 피를 봐야 꺼지겠느냐?"

그를 노려보는 남궁유한에게서 순간 폭사되기 시작한 기세는 무시무시했다.

단전이 파괴돼 내공은 잃었으나, 마도시대를 살았던 마인의 살기만은 전혀 들어줄지 않았던 것이다.

'이, 이런!'

이광은 감히 남궁유한의 눈조차 마주칠 수 없었다.

그의 등에서 식은땀이 흘렀다.

쥐고 있는 주먹에도 땀이 흥건하게 고였다.

그리고 그의 몸은 자신도 모르게 사시나무처럼 바르르 떨고 있었다.

"소가주님, 그만 하시지요. 저놈 선 채로 오줌 지릴까 걱정됩니다. 흐흐흐!"

복삼이 남궁유한의 기세에 완전히 눌려 버린 이광을 놀렸다.

"꺼져라!"

남궁유한이 대갈(大喝)을 터뜨리자 이광은 곧바로 혼비백산해 도주하기 시작했다.

이처럼 허약하기 그지없는 이광을 비웃으며 남궁유한이 다른 일곱 사람을 향해 선언했다.

"오늘부터 너희가 폭풍대(暴風隊)다! 너희와 내가 폭풍무적(暴風無敵)이며, 절대투마(絶對鬪魔)다!"

마도시대에 가장 유명했던 폭풍대가 백여 년을 거슬러 올라와 새롭게 탄생하는 순간이었다.

第二章 세가풍운

無敵世家

남궁세가 가주의 거처.

한때 무림제일세가로 불렸을 정도로 영화를 누리던 남궁세가 가주의 거처다웠다. 크기만큼은 그 어디에 내놓아도 빠지지 않을 정도로 컸으니.

벽에는 유구한 세월을 상징하는 듯 수십 점에 달하는 역대 가주들의 초상화가 순서대로 걸려 있었다.

그리고 그 초상화 중앙에는 남궁세가 초대 가주인 검왕(劍王) 남궁창천(南宮蒼天)이 힘있는 필체로 써놓은 '심검합일(心劍合一)'이란 글귀가 적힌 편액이 걸려 있었다.

또한, 검왕 남궁창천의 의형으로 알려진 시선(詩仙) 이태백

이 직접 써서 선물한 '월하독작(月下獨酌)'의 시가 적힌 편액
또한 벽 한쪽을 장식하고 있었다.

그리고 남궁세가의 가주임을 상징하는 두 자루의 전설적
인 명검, 군자검(君子劍)과 월하검(月下劍)이 남궁세가의 위엄
을 상징하고 있었다.

벽면을 따라서는 믿을 수 없게도 춘추시대의 명장(明匠) 노
반(魯班)이 직접 만들었다고 전해지는 최고급 자단목 가구들
이 줄지어 붙어 있었다.

그 빼어난 가구 위에는 송대에 제작된 강남 특산 도자기들
이 각양각색의 화려함을 뽐내고 있었다.

넓은 거처 안쪽에는 수정 주렴이 쳐진 침상 하나가 놓여 있
었다.

침상의 이불은 중원 최고의 비단 생산지로 알려진 소주(蘇
州) 산 비단으로 만들어졌고, 금실과 은실로 정교하게 봉황이
수놓아져 있었다.

침상을 이루고 있는 것은 북해에서 통째로 캐온 만년한옥(萬
年寒玉)이었다.

한옥은 한옥이되, 그 위에 누워 자는 이들에게 오히려 따스
함과 포근함을 주는 절세의 명품이었다.

또한 누워 자기만 해도 내공이 증진되고 노화가 방지되며,
강건한 육체로 만들어주는 신비한 효능까지 가지고 있었다.

남궁세가가 과거 누렸던 영화와 영광이 어느 정도인지를

능히 짐작하게 해주는 거처였다.

그러나 그러한 것들이 과거의 미망(未忘) 속으로 사라졌음을 곧바로 알 수 있었다.

수북이 쌓여 있는 먼지.

다른 곳도 아닌 세가주의 거처에 쌓여 있는 먼지만큼 남궁세가의 쇠락을 여실히 드러내 주는 것도 없었다.

세가에 여전히 오백의 식솔이 있었지만, 가주의 거처를 제대로 청소조차 하지 않고 있는 것이 남궁세가의 현실이었다.

"오라버니, 아니, 숙부님, 이런 모습 보여 드려서 송구합니다."

손으로 먼지를 만지고 있는 남궁유한을 향해 남궁아연이 민망한 듯 고개를 숙였다.

세가의 존속을 위해 내세운 가짜 소가주에 불과했지만, 아연은 남궁유한을 진짜 숙부를 대하듯 공손히 말했다.

사실 이제부터는 지켜보는 눈과 귀가 수도 없을 것이니, 그리 해야 하는 것이 안전하기도 했다.

남궁유한이 말없이 의자에 앉자 아연은 서가에서 몇 권의 책을 꺼내 그 앞에 내려놓았다.

"세가의 족보입니다. 그리고 이것은 세가의 가법(家法)을 기록한 책이며, 이것은 세가의 재산 현황을 간단히 기록한 것입니다."

남궁유한은 다른 무엇보다도 먼저 세가의 재산 목록이 적혀 있다는 책을 먼저 펼쳤다.

남궁세가 본가가 자리하고 있는 안휘성 합비에 있는 창천장원(蒼天莊園)을 비롯해 남궁세가는 강소성 소주의 벽라장원(碧羅莊園)과 절강성 항주에 있는 용정장원(龍井莊園), 호북성 은시(恩施)에 있는 옥로장원(玉露莊園) 등 총 네 개의 장원을 소유하고 있었다.

창천장원을 제외하면 장원의 이름 자체가 벽라(碧羅)와 용정(龍井), 옥로(玉露)처럼 중원십대명차의 이름이었다.

즉, 그 장원들은 단순한 별장 개념이 아니라 남궁세가가 중원 전체에서 펼치고 있는 차 사업의 지부 같은 성격이었다.

"황산모봉(黃山毛峰), 태평후괴(太平帿魁), 기문홍차(祁門紅茶), 육안과편(六安瓜片) 등의 명차를 생산하는 농장이 안휘성 내에 각기 세 곳이 있군."

남궁유한이 안휘성 내 차 농장에 대해 운을 떼자 아연이 답했다.

"안휘성 차 사업은 고래로 저희 남궁가의 입김이 닿지 않는 곳이 없었지요. 지금이야 꼭 그렇지도 않지만……."

씁쓸한 어조로 말하는 아연을 보며 유한이 말했다.

"쌀을 재배하는 농장이 다섯 군데, 면화 농장이 둘, 목장이 셋, 그리고 조정의 위탁을 받아 운영하는 철광과 은광, 구리광산도 있고……."

중원 천하의 모든 광산은 황제의 소유였다.

지방 세가들은 단지 황제에게 운영을 위탁받아 관리하는 것에 불과했다.

그런데 광업권을 두고 세가와 조정 사이에 거액의 뇌물이 오간다.

그 결과, 실질적으로 지방 세가가 그해에 지정된 양의 철과 은을 공납하기만 하면 그 후로 더 채굴하는 것을 조정에서는 어느 정도 눈감아주는 것이 관례였다.

"가주를 정점으로 총사와 총관이 있고, 총사가 남궁사대(南宮四隊)와 수로당(水路堂), 철기당(鐵器堂), 마방(馬房) 등을 관리한다라……. 그리고 총관은 재당(財堂)과 외당(外堂), 물자를 쌓아놓는 합비창(合肥倉) 등을 운영하는군."

남궁유한이 세가의 운영 체계를 보며 말하자 남궁아연이 그 말을 받았다.

"과거에는 그러했지만 현재는 구달 총관이 세가 살림 전부를 총괄하고 있지요. 심지어 세가 아녀자들의 처소인 내당(內堂)마저 그의 눈을 피하지 못한답니다."

남궁유한의 입꼬리가 올라가며 빈정댔다.

"흥! 그 쥐새끼 같은 놈이!"

남궁유한 역시 듣는 귀가 있음을 알고 있었지만, 그는 거침없이 구달 총관을 쥐새끼라고 불렀다.

태어나 오직 교주 한 사람만을 두려워했던, 아니, 마지막에는 교주마저 두려워하지 않았던 그가 하늘 아래 두려워할 존재는 없었다.

그런 남궁유한에게 총관 구달은 교활한 한 마리 쥐새끼 그 이상도 이하도 아니었다.

"창천장원도 제대로 돌아가지 않는데 다른 곳에서 벌이고 있는 사업은 완전히 엉망이겠군."

세가에 달리 무력이 필요한 것이 아니었다.

벌여놓은 사업이 워낙 많다 보니 지방 토호들이나 녹림, 흑도방(黑道房, 뒷골목 깡패) 등과 마찰이 심할 수밖에 없었다.

그들이 감히 세가의 사업에 끼어들지 못하도록 사전에 압도해야 했다. 혹여 분쟁이라도 생기면 신속하게 해결하기 위해 강력한 무력이 필요했던 것이다.

그러나 마교와의 싸움 이후 완전히 무력이 궤멸된 남궁세가 본가는 현재 모든 사업을 거의 통제하지 못하고 있는 형편이었다.

남궁유한은 한심한 지경에 이른 세가의 현황을 살피며 아연에게 말했다.

"이제부터는 내가 알아서 볼 것이니 너는 물러가도 좋다."

그러자 아연은 잠시 머뭇거리다 조심스럽게 말했다.

"가주와 내당 아녀자들을 호위하는 비룡대라도 밖에 세우는 것이……"

아연은 유한의 안전이 걱정됐던 것이다.

오늘 당장에라도 남궁세가 소가주의 등장을 달가워하지

않는 이들이 자객을 보내올지도 모를 일이었다.

"훗! 썩은 짚단 더미 같은 것들 몇을 세워봐야 무엇 할까? 너는 걱정 말고 네 처소로 가서 쉬도록 해라."

언제나 퉁명스러운 말투였던 유한이 아연에게만은 마치 친오라비가 동생을 다독이는 것 같은 따뜻한 어조로 말했다.

"그러나……."

"걱정은 접어두어라, 거처 밖에 서 있는 매타자 하나면 충분하니."

남궁유한이 거듭 그렇게 주장하자 아연은 어쩔 수가 없었다.

아연은 그를 향해 가볍게 허리를 숙이며 말했다.

"숙부님, 그럼 편히 쉬십시오."

"아연아, 둘이 있을 때는 편히 오라버니라고 부르도록 해라."

"그, 그래도……."

예법에 따르면 절대 그리 부를 수 없는 노릇이었다.

남궁유한이 비릿한 미소를 지었다.

"이제부터 내가 곧 남궁세가의 법이다. 그러니 내 말을 따르도록 해라."

'내가 곧 남궁세가의 법'이라고 말하는 남궁유한의 어조에는 감히 거역할 수 없는 압도적인 위압감이 서려 있었다.

아연 역시 그 위압감에 짓눌릴 수밖에 없었다.

“그, 그럼, 그리하겠습니다, 오라버니.”

그러며 남궁아연이 가주의 처소를 나섰다.

'할머니께서 내세운 대역에 불과하지만, 오라버니는 태어나면서부터 세가에서 자라온 것처럼 완벽하게 적응하고 있어. 나조차도 저 안에서는 진짜 가주를 뵙고 있다고 착각했을 정도니⋯⋯.'

아연은 처음에는 주위의 이목을 피하기 위해 일정 부분 연기를 한 것이었다.

그러나 몇 마디 나누기 시작한 후부터는 어느새 진실로 가주를 대하고 있는 것처럼 행동하고 있었다.

정말 알 수 없는 노릇이었다.

그러나 그것보다는 다른 감정이 그녀의 가슴과 뇌리를 가득 채우고 있었다.

'정말 든든한 오라버니가 있다면 이런 느낌일까? 왠지 존재하는 것만으로도 마음이 놓여. 오라버니 곁에서 좀 더 오랜 시간을 보냈으면 좋겠구나.'

몰락한 세가의 불안하기 그지없는 후손인 남궁아연.

그녀는 선친의 타계 이후 처음으로 안도감을 느끼며 가주의 처소를 나서고 있었다.

남궁아연이 떠난 후에도 남궁유한은 처소에서 밤늦게까지 불을 밝힌 채 남궁세가에 대한 서적들을 읽었다.

물론 하루이틀 사이에 다 익힐 수 있는 것들은 아니었으나, 노력할 수 있는 데까지 최대한 해볼 셈이었다.

남궁세가에 대해 얼마나 빨리 파악하느냐에 따라 세가를 완전히 자신의 수중에 움켜쥘 수 있는 시기가 결정된다는 것쯤은 잘 알고 있었다.

'내가 마도시대를 살았다고 해도, 혼자 힘으로는 삼 년 후 발발할 정마대전을 막을 수 없다. 그전에 충분히 세력을 구축해야 한다. 남궁세가 정도면 꽤 쓸 만한 발판이라고 할 수 있을 터다.'

태상부인 당혜는 단지 남궁아연이 시집가기 전까지만 남궁세가의 편액이 유지되기를 바라고 남궁유한을 가짜 소가주로 내세운 것이었다.

그런데 당혜의 예상과는 달리 임시로 내세운 소가주 남궁유한은 남궁세가를 통째로 집어삼킬 궁리를 하고 있었다.

"이거 꽤 힘들군."

몇 시진째 세가의 현황에 대한 책들을 살펴보고 있던 남궁유한이 목과 허리를 만지며 말했다.

병석에서 일어났다고는 하나 완전히 쾌차한 몸 상태가 아니었기에 더욱 쉽게 피로를 느꼈다.

내공이라도 있었다면 훨씬 나았을 것이나 더 이상은 무리라는 판단이 들었다.

"이만 잠자리에 들어야겠군."

의자에서 일어난 남궁유한은 가주실 천장을 한 번 힐끔 보더니 묘한 미소를 지었다.

그러더니 곧 만년한옥으로 된 침상에 몸을 뉘었다.

낯선 잠자리였으나 남궁유한은 금세 잠이 들었다.

남궁유한이 잠자리에 들고 한 식경쯤 지났을까?

가주 거처의 바닥이 사르륵 움직이며 곧 조그만 통로가 나타나기 시작했다.

그리고는 그 통로를 통해 검은 복면을 둘러써 얼굴을 온통 가리고 있고, 온몸에 흑의를 입고 있는 사내 하나가 기어올라왔다.

사락! 사락! 사락!

사내는 숨소리와 발소리까지 모조리 죽여가며 조심스럽게 남궁유한이 자고 있는 침상으로 다가왔다.

그는 남궁유한이 자고 있는 것을 확인했다.

그리고는 곧바로 독이 묻어 퍼렇게 빛나는 단검을 조심스럽게 치켜들었다.

사내는 남궁유한을 향해 단검을 내리찍었다.

휙!

흑의사내가 자고 있는 남궁유한의 심장에 그 단검을 막 박아 넣는 데 성공하려는 찰나,

챙!

돌연 천장에서 철검 한 자루가 날아와 사내가 손에 든 단검을 간단히 쳐냈다.

예상치 못한 상황이 벌어지자 사내는 대경실색해 곧바로 허리춤에 차고 있던 장검을 뽑아 들었다.

사내가 막 장검을 들고 공격하려던 때였다.

단검을 쳐낸 철검이 허공에서 풍차처럼 뱅그르르 회전해 오더니 사내의 목을 향해 날아왔다.

쉬익!

철검은 가차없이 사내의 목을 단숨에 쳐냈다.

"윽!"

사내는 외마디 비명을 질렀다.

그리고는 목이 몸통에서 단번에 분리돼 차가운 바닥에 쓰러지고 말았다.

콸콸콸콸!

목과 분리된 몸통에서 붉은 피가 폭포수처럼 쏟아졌다.

그렇게 사내의 목을 자른 철검은 어느새 한 손에 술병을 들고 있는 주정뱅이의 손에 들렸다.

"곽상… 인가?"

그때서야 잠에서 깬 남궁유한이 철검을 들고 있는 사내 곽상에게 말했다.

곽상이 입꼬리를 씰룩거리며 말했다.

"천하 명주들로 꽉 찬 연못에 나를 빠져 죽게 해줘야 하지

않겠소? 그전까지 소가주는 죽고 싶어도 죽을 수 없는 운명이
지요."

벌컥벌컥!

곽상은 그러면서 손에 들고 있던 싸구려 화주를 입 안에 퍼
부어대기 시작했다.

"신세를 졌군."

"클클클클! 신세요? 저 바닥에 설치해 놓은 나무젓가락들
을 보면 꼭 그렇지도 않은 것 같습니다만……."

곽상의 손가락이 가리킨 나무젓가락은 북두칠성 형태로
교묘하게 침상을 둘러싸고 있었다.

이런 쪽에 조예가 깊은 자라면 그것이 진법이나 술법의 한
종류라는 것을 그리 어렵지 않게 알아낼 수 있을 것이다.

"그저 잔재주에 불과한 것이지. 어쨌든 나는 단전이 파괴
된 몸이니 저런 재주라도 부려야 오늘 하루를 넘기지 않겠
나?"

남궁유한의 그런 말에 곽상이 알 수 없는 미소를 지었다.

"소가주가 굳이 그렇다고 우기니 어쨌든 나한테 신세진 것
으로 합시다. 그러니 신세 갚는 셈 치고 술값이나 주시구려."

"술값?"

"술값이 다 떨어져서 말이오."

"옻칠이 된 서랍 안에 은자가 얼마간 들어 있을 것이네. 알
아서 꺼내 쓰게."

남궁유한은 그렇게 말하더니 아무 일 없었다는 듯이 몸을 다시 침상에 뉘었다.

침상 바로 앞에 목과 몸통이 분리돼 피를 콸콸 쏟아내고 있는 시체가 있음에도 태연히 잠자리에 드는 남궁유한을 보며 곽상이 웃었다.

'대체 무엇을 하다 온 자인가? 배포 하나는 상당하구나. 아무리 봐도 평범한 삶을 살아온 이는 아닌 듯한데……'

곽상은 잠시 고개를 갸웃거리더니 처소 밖에서 경비랍시고 서 있는 매타자를 불렀다.

"매타자야, 일번 자객 죽어 나자빠졌다. 시체 치워가라 전해라."

곽상은 술병에 남아 있던 화주를 마저 다 들이켰다.

다음날 아침.

지난밤 암습에 실패해 죽은 자객이 흘린 피가 채 마르지도 않은 시점이었다.

"소가주님, 세안(洗顔)하실 물을 떠왔습니다."

시녀 하나가 대야에 세숫물을 담아왔다.

이 시녀는 지난 며칠 동안 남궁유한을 성심성의껏 모셔온 시녀였다.

워낙 헌신적이었기에 남궁유한 역시 어느 정도는 신뢰하고 있었다.

“알았다.”

그런데 남궁유한이 세숫물에 손을 담그고 얼굴에 막 물을 묻히려는 때였다.

돌연 시녀의 얼굴 전체에 살심(殺心)이 짙게 번지기 시작했다.

그러더니.

쉬익!

시녀가 품에서 꺼낸 단검이 순식간에 남궁유한의 목줄기를 향해 찔러 들어왔다.

얼굴에 막 물을 묻히며 고개를 숙이고 있던 때라 유한은 그 단검이 날아오는 것을 볼 수 없었다.

그러나 그의 감각만은 여전히 살아 있었다.

남궁유한은 본능적으로 살기를 느끼고는 바로 고개를 숙였다.

쉭!

단검은 털끝만 한 차이로 남궁유한의 정수리 부근을 스쳐 지나갔다.

땅!

유한이 재빨리 그 단검을 피해내자 단검의 첨미(尖尾)가 대야에 강하게 부딪치며 금속성을 냈다.

휘익!

유한은 그 순간을 놓치지 않았다.

탁!

단검을 들고 있는 시녀의 팔을 금나수(擒拿手)로 바로 낚아 챘다. 그리고는 시녀 쪽으로 시녀의 팔을 강하게 구부렸다.

그러자 시녀의 팔에 들린 단검이 도리어 시녀를 향해 서서히 움직이기 시작했다.

"이, 이, 이……."

시녀가 흉측하게 인상을 썼다.

그러면서 자신의 목줄기를 향해 점점 다가오는 자신의 단검을 보며 악다구니를 썼다.

"으, 으, 으……."

시녀는 단검을 피해보려 필사적으로 몸부림을 쳤다.

그러나 유한의 기이한 금나수법에 팔이 완전히 제압당한 상태.

모든 것이 허사로 돌아갈 수밖에 없었다.

어느새 남궁유한에 의해 꺾인 손에 들린 단검의 첨미가 그녀의 목줄기 피부에 선명한 한줄기 혈흔을 만들기 시작했다.

주르륵!

시녀의 하얀 목살에 피어나기 시작한 조그만 혈화(血花).

그 꽃은 죽음의 꽃이었다.

발악을 하던 시녀의 태도가 그때부터 돌변했다.

"요, 용서를……. 부디 자비를……. 제발 목숨만은……. 병든 노모와 형제들이……."

그러나 용서는 결코 없었다.

쑤욱!

단검의 날이 그녀의 목을 꿰뚫기 시작했다.

곧 손잡이 끝 부분까지 통째로 시녀의 목줄기를 그대로 관통하고 말았다.

숨통이 끊긴 시녀의 몸뚱이가 바닥에 허물어졌다.

남궁유한이 시체를 보며 코웃음 쳤다.

"상대의 목숨을 노렸으면 너 또한 목숨을 걸어야 할 터. 암습 실패 후 구차하게 목숨을 구걸하다니. 그리고 노모니 형제들이니 하며 구질구질한 변명하지 마라."

남궁유한은 매우 불쾌했다.

"매타자야, 시체 치워라!"

그러더니 남궁유한은 태평한 얼굴로 암습 이전에 하다 만 세안을 계속했다.

세안을 마치고 남궁유한은 소주(蘇州) 비단으로 만든 청의 장삼을 걸쳐 입었다. 이마에는 영웅건(英雄巾)을 두르고 허리에는 취옥 요대(翠玉腰帶)를 둘렀다.

번듯한 청년 소협의 모습으로 탈바꿈한 남궁유한이 태상부인 당혜의 처소로 향했다.

"어머님께 소자 유한이 문후 여쭈러 왔다고 전해라."

태상부인 처소에서 일하는 시녀가 남궁유한이 왔음을 알리고 문을 열었다.

"어머님, 밤새 평안하셨습니까?"

남궁유한의 얼굴을 본 당혜가 근심스런 표정으로 물었다.

"야밤에 자객이 들었다는 소리를 들었다. 괜찮은 것이냐?"

남궁유한이 웃었다.

"지난밤은 물론이고 자객이 아침에도 또 한 번 들었더이다."

그 소리에 당혜의 얼굴이 새하얗게 질렸다.

"그, 그랬느냐?"

"하지만 걱정 놓으소서. 소자 유한이는 고작 그런 일로 죽지 않습니다."

고금제일신마인 교주의 손아래에서도 살아남은 질긴 생명이었다.

이 시대 사람에게 죽고 싶은 생각은 손톱만큼도 없었다.

"내 조량 대주에게 경호를 철저히 해달라 신신당부해야겠구나."

"하하하! 번거롭게 그리하실 필요 없습니다. 자객을 보낼 테면 얼마든지 보내라 하십시오. 단, 해우소(解優所)에서 엉덩이 까고 있는 민망한 상황에서는 자객과 대면하기 부끄러우니 그곳만은 제발 피해줬으면 할 뿐입니다. 하하하!"

"푸훗!"

할머니 당혜에게 문안 인사를 왔던 남궁아연이 그 소리에 웃음을 참지 못하고 피식거렸다.

오라버니 유한을 노리고 자객이 들었다는 소식에 직전까지 두려워하고 걱정하던 아연이었다. 그러나 막상 유한의 얼굴을 보니 그런 걱정근심이 눈 녹듯이 사라지며 유쾌한 기분이 들기 시작했다.

그런 아연과 달리 당혜는 호방한 정도를 넘어 오만에 가까워 보이는 행동을 하는 남궁유한을 보며 생각했다.

'혹 대역으로 내가 감당할 수 없는 이를 고른 것은 아닐까?

처음에는 숨겨진 칼로부터 허수아비 소가주 남궁유한이 제발 조금이라도 오래 버티게만 해달라는 심정이었다.

그런데 막상 세상에 두려울 것이 없어 보이는 남궁유한을 보고 있자니 그에게서 무시하기 힘든 대단한 기세가 풍겨오는 것을 절로 느낄 수 있었다.

'하지만 삼신혈뇌고가 있으니, 이 녀석이 딴 맘을 먹는다면 언제든 제압할 수 있을 것이다.'

당혜는 여전히 당가비전의 삼신혈뇌고를 철석같이 믿고 있었다.

"오라버니, 두렵지 않으세요? 하룻밤 새에 두 차례나 자객을 맞았는데……."

당혜의 처소를 함께 나온 아연이 유한에게 물었다.

"무서워? 나는 세상에서 오직 한 사람만 두려워했다. 그리고 지금은 그 사람도 존재하지 않는다.”

유한이 지칭한 그 사람은 물론 고금제일신마였던 교주였다.

유한을 보며 아연이 조심스럽게 청했다.

“저도 오라버니를 돕게 해주세요.”

“나를 도와?”

아연이 허리에 요대 대신 차고 있는 연검(軟劍)을 가리켰다.

“팽가에서 혼약의 증표로 준 유리연검(琉璃軟劍)이라는 유명한 검이어요. 그리고 저도 가전의 검법을 익혔구요.”

잘 알려져 있지 않아 무림십대기병(武林十大奇兵)에 속해 있지는 않았지만, 어지간한 보검은 두부처럼 잘라낼 위력을 가진 명검이 유리연검이었다.

“흠······.”

“오라버니, 저도 돕게 해주세요. 네?”

아연은 마치 친 오라비에게 떼를 쓰는 귀여운 누이 같았다.

만난 지 얼마 되지도 않았고, 유한과 아연은 아무 혈연 관계가 없었음에도 아연은 벌써부터 유한을 마치 친오라비처럼 대하고 있었다.

정에 굶주려 있어서일까?

아니면 다른 기이한 이유가 있어서일까?

그도 아니면 전생의 인연이나 숙명적인 인연으로 엮여 있기에 그런 것일까?

그도 아니면 역행(逆行)일까?

"오라버니가 거절하면 나 비뚤어질지도 몰라욧!"

어리광을 부리고 있는 아연이었다.

천성이 쾌활한 성격이기도 했지만, 아연은 유한을 무척 가깝게 느끼고 있었다.

"곧 팽가로 시집갈 텐데 그전에는 편히 쉬는 편이 좋을 것인데……."

그런데 아연이 팽가로 시집간다는 생각을 하자 유한은 가슴 한구석이 텅 비는 것 같은 느낌이 들었다.

지금 이 순간 유한은 아연에게서 자신의 연인 소소를 보고 있었다.

'아연은 소소가 아니다.'

그렇게 생각하려 노력했다. 그러나 소소와 너무나 닮은 아연을 소소와 동일시 보게 되는 것은 유한으로서도 도저히 어찌할 수가 없었다.

마음의 행사는 의지로 되는 것이 아니었기에.

"쳇! 차일피일 혼인을 미루고 있는 팽가인 것을요. 어쩌면 나… 파혼당한 비련의 여인이 될지도 몰라요."

'차라리 그렇게 됐으면…….'

파혼당하는 것은 대단한 수치였다. 그러나 아연은 시시콜콜한 이유를 들어 차일피일 혼인을 미루는 팽가에 대해 은근히 반감을 가지고 있었다.

아마 팽가가 그러는 것은 남궁가가 몰락했다는 이유가 가장 크게 작용했을 것임을 능히 짐작할 수 있었다.

그런 상황에서 오라버니라고 부르고는 있지만, 피 한 방울 섞이지 않은 멋진 청년 유한이 눈앞에 나타나자 아연의 마음이 크게 흔들리고 있는 것이다.

"그 얘기는 나중에 하도록 하자. 게다가 너는 형수님에게 문안드리러 가야 한다고 들었다."

당혜의 결정으로 인해 유한은 당혜의 아들로 입양됐기에 단목주혜를 형수라고 불렀다.

"큰어머니는 나를 싫어해요. 그러지 않았으면 좋겠지만……."

갑자기 시무룩한 표정으로 변한 아연이었다.

"훗! 형수님이 그리 싫은 것이냐?"

"싫다기보다는… 무서워요."

"하하하! 그리 무섭다면 내 같이 가줄까?"

그 소리에 아연이 크게 반색을 했다.

"정말요? 진짜죠?"

유한이 말했다.

"나는… 허언(虛言)은 하지 않는다."

유한은 아연과 함께 단목주혜의 처소로 향했다.

"유한과 아연이 형수님을 뵈러왔다고 전해라."

그렇게 짧게 말하더니 시녀가 미처 그 사실을 안에 고하기도 전에 유한이 대번에 문을 열어젖히고 들어갔다.

"형수님, 유한이 왔습니다. 아, 구 총관도 계셨소? 그런데 두 분의 모습이 참으로 보기 좋소이다. 미망인과 홀아비가 아침부터 다정하게 있는 모습 말이오. 하하하!"

유한의 뜬금없는 소리에 머리를 맞대고 무언가를 긴히 상의하고 있던 구달이 적잖이 당황했다.

"소가주님, 대체 무, 무슨 말씀이시온지……."

속에 구렁이가 아홉 마리쯤 살고 있을 것 같은 구달이었다. 그러나 그라고 해도 아침부터 대뜸 치고 들어와 자신이 감히 선대 가주의 미망인과 그렇고 그런 사이인 것처럼 매도해 버리는 유한의 말에는 도저히 평정심을 유지할 수가 없었다.

"농 한번 던져 본 것인데 왜 그리 놀라시오?"

유한이 구달을 보며 상대로 하여금 절로 불쾌감을 들게 하는 미소를 지었다.

마음에 들지 않는 사람의 속을 뒤집고 상대의 폐부를 살살이 훑고 있는 듯한 불쾌한 느낌을 주는 묘한 미소.

유한의 특기 중 하나로, 내공이 없어도 사용할 수 있는 마혼소(魔魂笑)였다.

마도시대의 무인들도 그 미소에 홀려 자신도 모르게 흥분해 헛되이 목숨을 잃은 자가 부지기수였다.

그러니 겨우 구달 따위가 마혼소의 마성을 견딜 수 있을 리 없었다.

구달은 자신도 모르게 두 주먹을 움켜쥐고 욕설을 퍼부으려 했다.

"이……."

그런데 구달의 심상치 않은 모습을 보며 단목주혜가 급히 제지하며 물었다.

"아침부터 대체 무슨 일로 찾아온 것이더냐?"

불쾌함이 가득 담긴 단목주혜의 말투였다.

"하하하! 이 유한이가 첫날을 무사히 넘겼다는 보고를 두 분에게 드리러 오는 길이었습니다. 그런데 마침 아연이 형수님께 문후 여쭈러 가는 길이라기에 동행했소이다."

단목주혜가 아연을 한 번 노려보더니 말했다.

"알았으니 둘 다 물러가거라."

유한이 미소를 지으며 허리를 숙였다.

"그럼 이만 물러가겠습니다."

곧바로 유한과 함께 황급히 단목주혜의 처소를 나온 아연이 안도의 한숨을 쉬며 웃었다.

"평소 같으면 큰어머니께 반 시진은 족히 행실에 대해 훈계를 들어야 했는데……."

아무리 철저하게 준비를 하고 가더라도 소용없었다.

옷매무새가 흐트러졌다느니, 화장이 진해 천박해 보인다

느니, 누굴 유혹하려고 그런 교태 가득한 웃음을 흘리냐느니,
태생이 비천해 예의를 전혀 모른다느니…….

지적한 부분에 대해 설명이라도 조금 할라 치면 어디 천한
것이 감히 말대꾸를 하냐며 몰아세웠다.

그런 단목주혜에게 매일같이 고문에 가까운 폭언을 들어
야 했던 아연이다.

십 년 넘게 그래 왔으니 이제는 면역이 될 법도 했지만, 아
연은 아침 문안 인사만 떠올리면 여전히 밤에 잠들기가 무서
울 정도였다.

그런데 오늘은 들어서자마자 고문 같은 문안 인사 없이 바
로 넘어갈 수 있었으니 정말 기쁜 아연이었다.

'진작에 이런 오라버니가 있었으면 좋았을 텐데…….'

아연은 속으로 그렇게 생각하며 듬직한 오라버니와 함께
가주실로 향했다.

"모두 모였는가?"

유한이 물었다.

그러자 굵직한 저음 하나, 소년의 목소리 둘, 옥구슬 굴러
가는 것 같은 여인의 목소리 하나, 노인의 힘없는 음성 하나,
기름기 좔좔 흐르는 목소리 하나, 그리고 술 취한 음성 하나
가 들려왔다.

아직은 보잘것없으나 유한이 신(新)폭풍대로 명명한 일곱

이었다.

"자, 모두 모였으며 철기당에 가볼까?"

남궁유한은 일곱의 신폭풍대를 이끌고 세가의 병장기를 관리하는 철기당으로 향했다.

철기당은 가주실이 있는 중각(中閣)의 동쪽에 있었고, 가주실과는 상당히 떨어진 곳에 위치해 있었다.

상주 인원만 오백이 넘는 남궁세가였기에 세가 식솔들이 쉴 새 없이 장원 내부를 오가게 된다.

그랬기에 철기당으로 향하는 유한 일행과 식솔들은 필연적으로 얼굴을 마주칠 수밖에 없었다.

그러나 소가주인 남궁유한을 향해 허리를 굽히거나 고개를 숙이는 식솔은 하나도 없었다.

남궁아연과 동행하고 있었기에 설혹 얼굴을 모르더라도 유한이 소가주임을 능히 짐작할 수 있었음에도.

세가 식솔들은 남궁유한을 일부러 무시하는 것으로도 모자라, 남궁유한이 마치 전염병에라도 걸린 사람처럼 그를 보자마자 심하게 인상을 썼다.

"흥!"

남궁유한은 저들이 일부러 자신을 무시하고 있으며, 자신을 소가주로 받들 생각이 전혀 없다는 것을 알아채고는 코웃음을 쳤다.

그렇다고 화가 나는 것은 아니었다.

　저들의 행동이 괘씸하기는 했지만, 저들도 윗선의 지시를 따르고 있을 뿐이라는 것을 능히 짐작할 수 있었기 때문이다.
　그러던 와중에 모자로 보이는 여인과 어린 소년이 남궁유한과 얼굴을 마주쳤다.
　"어머니, 저기 소공녀님과 함께 가시는 분이 혹 새로 소가주님이 되신 분이 아닙니까?"
　열 살이나 먹은 것으로 보이는 소년 하나가 그렇게 말하며 남궁유한에게 막 인사를 하려 했다.
　그런데 어미로 보이는 여인이 소년의 등짝을 때리며 말했다.
　"그러지 말거라. 네가 그리하면 어미와 아비가 크게 경을 친단다. 이리, 이리로 가자꾸나."
　소년의 어미로 보이는 여인이 서둘러 아들의 행동을 막으며 가던 방향을 돌려 남궁유한 일행을 피했다.
　"그래도 소가주님이신데……."
　"이 녀석아, 저 사람은 소가주님이 아니라 어릿광대라는데도!"
　"광대요? 그 바보같이 생겨서 사람들의 비웃음을 사는?"
　광대와 바보를 동일하게 생각하는 어린 아들의 물음에는 대답하지 않고, 여인은 아들의 손을 붙잡고 총총걸음으로 다른 곳으로 향했다.
　그 광경을 보며 남궁유한이 혼잣말로 중얼거렸다.

"내가 무슨 흉물이라도 된 것 같은 느낌이군. 그리고 내가 어릿광대였었나?"

쓴웃음을 지을 수밖에 없었다.

그 이후로 세가 식솔 몇이 남궁유한 일행 곁을 지나갔으나, 그들 역시 처음부터 남궁유한 일행이 마치 존재하지 않는 것처럼 행동했다.

더군다나 소공녀 남궁아연이 함께 있었음에도 그들은 고개 한번 숙이지 않고 뻔뻔한 얼굴로 곁을 지나갔다.

완벽한 무시였다.

남궁유한을 소가주로 절대 인정할 수 없다는 강력한 표시였다.

이전에도 세가 식솔들이 소공녀 아연을 두려워했던 것은 아니었으나, 남궁유한과 함께 있다는 이유로 이제는 그녀마저도 식솔들에게 깨끗이 무시당하고 있었다.

"참으로 잘 돌아가고 있는 세가이지요?"

잡놈 복삼이 그런 상황을 지켜보더니 허연 이를 드러내며 웃었다.

남궁유한은 그런 복삼을 향해 그저 피식 웃더니 철기당으로 향하는 속도를 더욱 높였다.

"병기고 문을 열어라!"

"그럴 수 없소이다!"

"이놈이고 저놈이고 안 된다는 놈 천지군."

남궁유한의 말에 바로 반박한 사내는 철기당(鐵器堂) 소속의 오궁이라는 작자였다.

"그대는 감히 소가주님의 명을 거역하겠다는 건가?"

소공녀 남궁아연이 오궁을 질책했다.

"소공녀님, 당주님의 명 없이는 병기고를 절대 열지 말라는 명이 내려왔습니다."

"소가주님의 명보다 철기당주의 명이 더 무섭다는 것이냐?"

아연이 그렇게 따지자 오궁은 뻔뻔한 얼굴로 답했다.

"당주님은 확실한 신분을 가진 분이시지만 소가주님은 그렇지 않다 들었습니다. 어디서 굴러먹다 온지 모르는 개뼉다귀에게 병기고 문을 열 수는 없습니다. 대(大) 철기당과 병기고를 지키는 이 오궁은 그리 허술하지 않습니다!"

오궁이 지난밤 남몰래 웅담이라도 꿀꺽했는지 남궁유한의 면전에서 이렇듯 무례하게 말하고 있었다.

오궁은 믿는 바가 있었다.

철기당주는 구달 총관의 수족과 같은 인물. 총관이 뒷배를 보아주는데 세가에서 무서울 것이 없었다.

게다가 소가주란 작자는 단전이 파괴된 폐인이라 들었다.

뒤편에 서 있는 것들도 심부름이나 하던 아이 둘, 마당이나 쓸던 노인, 하오문(下午門)에서 굴러먹다 온 잡놈 하나 등등이었으니 무서울 것이 전혀 없었다.

오궁 자신의 무공이 일류라 할 수는 없으나, 그래도 틈틈이 익히고 있는 흑사장(黑砂掌)은 꽤 쓸 만한 것이라는 믿음이 있었다.

'이를 기회로 삼아 구달 총관의 눈에 들 수도 있을 것이다. 세상물정 모르고 날뛰는 저 소가주란 자를 혼쭐내 주고 이 오궁님의 뛰어남을 보여주기만 한다면… 흐흐흐!'

폐인 소가주에 잡배 일곱 정도는 혼자서도 너끈히 처리할 수 있으리라 믿었다.

다만 소공녀 남궁아연이 마음에 걸리기는 했으나 고귀한 신분인 소공녀가 설마 자신과 험한 드잡이질을 하랴 싶었다.

"훗!"

남궁유한이 피식 웃더니 오궁에게 다가갔다.

아무런 기세도 느껴지지 않았고, 그저 걸어오고 있을 뿐이었다.

'폐인 주제에 지가 다가와 봤자다. 아니, 공격할 기미만 보여봐라. 이 오궁님이 바로 아작 내줄 것이니.'

오궁은 그런 남궁유한을 보며 속으로 크게 비웃었다.

그는 소가주 남궁유한이 폐인이라고 굳게 믿었다.

실제로 단전이 파괴된 것이 사실이기도 했다.

그런데 남궁유한이 몇 걸음 더 걸어왔다고 느끼는 순간이었다.

퍽!

오궁은 갑자기 숨이 턱턱 막히더니 단숨에 다리가 풀려 버렸다.

한 방, 딱 한 방이었다.

게다가 내공 한 점 담겨 있지 않은 단순한 주먹질 한 방이었다.

그러나 오궁은 그 한 방을 견디지 못하고 볼썽사납게 바닥에 머리를 처박고 말았다.

“우엑! 우엑!”

오궁은 곧 속에 든 것을 남김없이 밖으로 게워내기 시작했다.

“그것 좀 줘봐라!”

남궁유한은 복삼이 들고 있던, 개 잡을 때나 쓸 법한 몽둥이를 가리켰다.

“원하신다면야.”

몽둥이를 건네받은 남궁유한은 바닥에 쓰러져서 연신 토하고 있는 오궁을 무자비하게 두들겨 패기 시작했다.

“주인도 몰라보고 덤비는 미친개는 때려서 가르친다!”

퍽! 퍽! 퍽! 퍽! 퍽!

남궁유한은 오궁의 대가리, 몸통, 팔다리 할 것 없이 사지 육신이 피떡이 될 때까지 난타했다.

요혈을 중심으로 때리는 것도 아니었다.

그저 시장통 잡놈들이 개싸움할 때처럼 죽어라고 두들겼다.

이빨이 부러지고, 얼굴이 퉁퉁 부어 만시창이로 변했다. 뼈다귀 여러 곳이 부러지고 유혈이 낭자했다.

완전히 피떡이 돼 정신을 놓기 일보 직전 오궁이 빌기 시작했다.

"자, 잘못했습니다. 제발 요, 용서를……."

단호한 한마디.

"주인은 미친개하고는 대화하지 않는다!"

퍽! 퍽! 퍽! 퍽!

때리고 또 때렸다.

남궁유한의 얼굴은 그러나 이런 무자비한 구타를 즐기고 있다거나 분노를 억제하지 못하는 그런 표정이 아니었다.

무심한 표정 그 자체.

그저 가르침이 필요하기에 가르침을 내릴 뿐이라는 그런 표정만을 짓고 있었다.

탁!

오궁이 견디다 못하고 기절해 정신을 놓자 그때서야 그를 복날 개 패듯 두들겼던 막대기를 땅바닥에 내던졌다.

"매타자, 병기고 문을 부숴라!"

남궁유한이 그렇게 말하자 칠 척이 넘는 거한 매타자가 어깨를 디밀어 병기고 문을 향해 돌진하기 시작했다.

쿵! 쿵! 쿵!

거대한 소리가 몇 번 들리더니 이내 병기고 문이 산산조각 나며 부서졌다.

"들어가자!"

남궁유한이 자신을 따라온 이들을 이끌고 병기고 안으로 들어갔다.

병기고 내부 서쪽에는 정성 들여 제련한 청강검(靑鋼劍) 수백 자루가 가지런히 정렬돼 있었다.

검신(劍身)에 청죽(靑竹) 문양이 음각되어 있어 '청죽고검(靑竹古劍)'이라 불리는 남궁세가 고유의 검이었다.

청죽고검 옆으로는 기름에 절인 등나무 껍질을 아홉 겹 포갠 후, 그 사이를 아교로 발라 더할 나위 없이 단단하게 제작한 방패인 구등패(九籐牌)가 백여 개 있었다.

동쪽에는 특이하게도 검의 명가인 남궁세가와 어울리지 않게 장창 유가 있었다.

그 사이사이에는 기마를 벨 때 사용하는 거대한 참마도(斬馬刀)와 수중에서 사용하기 쉽게 만들어진 유선형의 칼인 아미분수자(峨嵋分水刺)도 줄지어 놓여 있었다.

남궁지화 이전, 장강수로십팔채와 장강의 수로 사업 일부를 두고 다툴 목적으로 제작된 아미분수자 이외에도 수중 병기가 종종 눈에 띄기도 했다.

북쪽에는 몸통의 주요 부위를 보호하기 위해 겉옷 속에 받쳐 입는 얇은 수호갑(守護鉀) 수백 벌이 놓여 있었다.

수호갑은 강사를 촘촘히 엮어 가슴과 등을 동시에 가리는 호신갑의 일종이었다.

남쪽에는 신호를 올리는 데 사용하는 향전과 신호탄, 표창이나 투침 같은 간단한 암기류, 교룡삭(蛟龍索) 같은 밧줄, 묵색의 강철 장갑, 땅이나 수풀 사이에 은신하기 위해 그와 색깔이 유사하게 만든 토형피(土形皮)와 초피(草皮), 등에 걸치는 피풍의(皮風衣) 등이 쌓여 있었다.

그리고 한쪽 구석에는 특이한 물건들이 소수나마 자리하고 있었다.

단혼사(斷魂沙), 독질려(毒疾藜), 그리고 녹피 장갑!

남궁세가와 대대로 우호 관계로 맺어온 사천당가가 남궁세가에 크게 경하할 일이 있을 때 예물로 보내온 당가비전 암기들이었다.

아무리 쇠락했다 하나 근 천 년을 이어온 남궁세가의 병기고답게 상당히 실속있는 창고였다.

하지만 남궁유한은 그것들에는 전혀 눈길을 주지 않았다.

"여기에는 쓸 만한 물건이 없다."

남궁세가의 병기답게 고르고 골라 엄선된 것들이었다. 그러나 그는 세가의 보통 무사들을 위해 제작된 무기에는 전혀 관심이 없었다.

그는 병기고 가장 안쪽으로 성큼성큼 걸어가더니 북쪽의

수호갑들이 놓여 있는 바닥을 주먹으로 두드렸다.

습기가 올라오는 것을 방지하기 위해서인지 짚단으로 바닥을 덮어놓은 곳을 헤치며 꼼꼼하게 바닥을 살폈다.

그렇게 한참이나 바닥을 더듬거리더니 어느 지점에 멈춰서서는 과일 속을 확인하려는 것 같은 동작으로 동일한 지점을 몇 번이나 두드렸다.

그러더니 살며시 웃었다.

"역시 존재하고 있었군."

그러며 남궁아연을 바라봤다.

"아연아, 네가 가지고 있는 비룡패를 잠시 나에게 다오."

"비룡패를요?"

"그래."

아연이 건넨 비룡패와 함께 남궁유한 자신이 갖고 있는 비룡패를 합쳐 두 개의 비룡패를 바닥에 패인 홈에 세로로 정확히 밀착시켰다.

그리고는 비룡패를 우측으로 돌렸다.

끼이익! 끼이익!

부자연스런 진동음이 잠시 들리더니 곧 병기고 바닥 아래로 또 하나의 바닥이 드러났다.

새로 나타난 바닥의 전체적인 모습은 바둑판과 매우 흡사해 보였다.

세로와 가로가 교차하며 생기는 십자형, 바둑에서 보통 한 집이라고 말하는 공간들이 연달아 있는 형상이었다.

그리고 그 집 위에는 붙였다 떼어냈다 할 수 있는 무수한 석판이 줄지어 놓여 있었다.

바둑판에 가로와 세로로 열아홉 줄씩 총 삼백육십일 개의 집이 있다면, 이 정방형에는 가로와 세로가 총 여덟 줄씩 육십사 개의 집이 있다는 것만이 다르다면 다른 점일까?

그 육십사 개의 집을 보며 유한이 나직한 목소리로 말했다.

"팔괘에 팔괘를 승(乘, 곱셈)하면 육십사괘가 되는 것이다. 하지만 이 육십사괘는 세상에서 가장 조화로운 육십사괘지."

유한은 그러면서 석판 가장자리에 획 사이사이로 먼지가 잔뜩 끼어 있어 쉽사리 알아보기 힘든 문구 하나를 묵묵히 바라봤다.

尹口子拜朏(윤구자배비).

전혀 알 수 없는 의미였다.

그런데 그 문구를 바라보던 유한의 눈가에서 무슨 이유인지 이슬이 살포시 고이기 시작했다.

그는 이곳에 같이 왔던 한 여인을 떠올리고 있었다.

"윤구자배비는 간단한 파자(破字)예요. 윤(尹)과 구(口)를 합하면 군(君)이 되니 뒤의 자(子)와 합하면 군자(君子)가 되죠."

그러나 그 정도로는 알 수가 없었다.

소소는 그런 자신을 보며 '拜(절 배)'는 전서체의 일종인 소전체(小篆體)에서 ‘手手’와 ‘下’로 구성된 글자라고 설명했다.

그리고 ‘朏(먼동 틀 비)’를 파자하면 ‘月’과 ‘出’이 된다고도 덧붙였다.

“그럼, 군자수수하월출(君子手手下月出)이 되는 것이죠.”

그때까지도 자신은 그 문구가 무슨 의미인지를 알지 못했다.

“그 문구를 군자수 수하월 출의 부분으로 나눠보면요?”

그래도 고개를 갸웃했다.

“하월을 역으로 바꿔 군자수 수월하 출이라고 읽게 되면요?”

그러자 자신의 뇌리에 스치는 문구 하나가 있었다.

일곱 글자 중 네 글자가 무인인 자신에게 너무나 낯익은 것들이었다.

“군자월하(君子月下)!”

소소가 웃었다.

“군자(君子)와 월하를 들고 있는 두 손[手手]의 모습이 출(出)한다!”

천하의 재녀(才女)였던 남궁소소.

그녀는 그 문구를 보자마자 이를 간단히 풀어냈었다.

“이 문구는 군자월하(君子月下)가 여기에 있다는 것을 가리키고 있지요.”

군자월하검은 고금십대병기 중 하나로 꼽히는 천하의 명검이었다.

그리고 그 검은 남궁세가주를 상징하는 신물이기도 했다.

그녀는 그러면서 이 바둑판처럼 생긴 육십사 개의 집이 가진 의미를 풀어내기 시작했다.

"양의(兩儀)가 사상(四象)으로 변하고, 사상이 팔괘가 되며, 팔괘가 육십사괘가 되는 거랍니다. 하지만 이 육십사괘는 가로와 세로의 수를 가산(加算, 덧셈)하면 각기 팔괘 전부의 합이 동일하게 이백육십으로 떨어지게 돼 있는 조화로운 것이지요."

병기고 아래에서 새로 나타난 바닥의 석판들은 마방진의 형태, 그중 팔괘를 기반으로 하는 '팔방진(八方陣)' 이었다.

가로 여덟 개의 괘와 세로 여덟 개의 괘를 각각 가산했을 때, 전부 동일한 합이 나오게 만드는 것이 팔방진이다.

하지만 팔괘와 팔괘의 숫자를 배합해 동일한 이백육십의 합을 만들기 위한 총 변화의 수만도 무려 사천구십육 종이나 돼 복잡하기 그지없는 것이었다.

고대 하나라 임금인 우(禹)가 낙수(洛水)의 치수 공사를 할 때 나타난 거북의 등껍데기에 이와 유사한 그림이 새겨져 있었다고 한다.

그 그림을 낙도(洛圖)나 하도(河圖), 낙서(洛書) 등으로 부른 데서 마방진이 기원하고 있었다.

방진은 역법과도 깊은 관련이 있으며, 이를 통해 세상사의 길흉화복을 점치기도 했다.

"송(宋)나라 시대에 지어진 양휘산법(揚輝算法)이란 책에 삼방진부터 팔방진까지가 기록돼 있죠. 류한 오라버니도 알아두면 많은 도움이 될 거예요. 방진에 포함된 양의, 사상, 팔괘의 원리는 무학의 기본 원리와도 일맥상통하며, 병법과 진법, 술법 등의 원리가 되는 것이니까요."

그러며 그녀는 차분히 유한에게 이 팔방진을 푸는 방식에 대해 설명했다.

"사상(四象) 중 태양(太陽)에 속하는 건(乾)과 태(兌)는 남과 동남, 소음(少陰)에 속하는 이(離)와 진(震)은 동과 동북, 소양(少陽)에 속한 손(巽)과 감(坎)은 남과 서, 태음(太陰)에 속하는 간(艮)과 곤(坤)은 서북과 북이지요."

그러며 그녀가 아무 의미 없이 난잡하게 배열돼 있던 육십사괘의 석판을 팔괘의 순서에 따라 배열하기 시작했다.

그러자 곧 신기하게도 각 가로와 세로는 물론 대각을 일루는 팔괘의 합까지도 총 이백육십으로 전부 동일하게 떨어졌다.

유한은 신기하기도 하고 놀랍기도 한 표정으로 그런 소소를 바라봤었다.

정마대전 당시 별의별 신기한 무공을 다 봐온 그였지만, 소소가 풀어낸 팔방진의 묘리가 그보다 더욱 경이로워 보일 정도였다.

처음에는 육십사괘가 있는 팔방진은 물론이고, 기본이 되는 간단한 삼방진마저 풀지 못했던 유한이다.

그런 자신을 보며 소소는 팔을 가볍게 꼬집으며 웃었다.

그리고 말했다.

"공부하세욧!"

그래서 공부했다.

그 기억이 떠올라 기쁘기도 했지만, 한편으로는 소소가 이제는 세상에 없다는 생각에 애절한 심사에 빠지기도 했다.

거침없이 팔방진을 풀어냈던 소소와 달리 지금의 유한은 팔방진의 해법을 풀어내는 것이 그리 쉽지만은 않은 듯 손가락으로 연신 머리를 긁적였다.

그러다 한참이나 걸려서야 겨우겨우 육십사괘의 마지막 석판을 내려놓는 데 성공할 수 있었다.

무학의 무리에는 정통했지만, 이런 산술(算術)에는 아무래도 재능이 없는 그였다.

쿠르르릉! 루크르릉!

유한이 간신히 육십사괘의 팔방진을 풀어내자마자 병기고 바닥이 크게 흔들리기 시작했다.

천지사방으로 먼지가 풀풀 풍기기 시작한 지 얼마 후, 병기고의 이중 바닥 밑으로 지하로 통하는 새로운 통로 하나가 서서히 그 모습을 드러냈다.

“병기고에 비밀 통로가 있다는 얘기는 못 들었는데…….”

아연은 그 통로를 보더니 무척 의외라는 표정이었다.

가주실이나 내당의 중요 거처에는 세가 직계들이 위급한 상황에 처할 경우 급하게 탈출할 수 있도록 비밀 통로가 존재한다는 것쯤은 아연도 익히 알고 있었다.

그런데 병기고에 왜 비밀 통로가…….

그녀의 의문이 풀릴 새도 없이 유한이 말했다.

“들어가자.”

남궁유한의 지시에 따라 아연을 포함한 일행 여덟 명이 차례로 지하 통로로 내려갔다.

일행이 전부 내려가자 유한은 비룡패를 뽑아 이중 바닥을 감추고 짚단을 다시 제멋대로 헤쳐 놓아 이곳에 입구가 있다는 사실을 은폐했다.

설사 이곳에 입구가 있다는 사실을 알아도 팔방진을 풀지 못한다면 입구에 들어오지 못할 터였다.

육십사괘 팔방진의 해법은 그리 녹록한 것이 아니었으니.

‘윤구자배비’의 문구를 보고 어렴풋이 이곳에 군자월하검이 있을 것이라고 추측했던 남궁세가의 가주들도 수백 년 동안 풀지 못했을 정도로 까다로웠다.

어둠이 가득한 비밀 통로 입구 사이사이에는 야명주(夜明珠)와 비슷한 기능을 하는 구슬들이 박혀 있었다.

어둠 속에서도 환하게 광채를 뿌리는 야명주의 밝기에는

턱없이 못 미쳤다. 그러나 눈을 부릅뜨면 어둠 속에서도 충분히 걸을 수 있을 만한 밝기였다.

지하 통로를 통해 한참 동안이나 이어져 있는 이곳은 천연 동굴이었다.

처음 창천장원을 지을 당시부터 이 동굴 근처에 장원을 건축한 것이었다.

'남궁세가가 멸망할 때, 소소를 창천장원에서 탈출시킬 때도 이 길을 이용했었지. 모든 것이 변했지만 이 동굴만은 변함이 없구나.'

남궁유한은 앞으로 백 년 후에 있을 아비규환의 현장을 떠올리며 계속해서 동굴을 걸었다.

"오라버니, 오라버니가 저도 모르는 이 길을 어찌 아시는 것이어요?"

당연한 의문이었다.

소공녀인 자신도 모르는 길을 어쩌면 외인(外人)이라 할 수 있는 남궁유한이 알고 있다는 사실은.

"소소가 가르쳐 줬다."

그것은 거짓이 아니었다.

단지 그것이 백삼 년 후의 일이기는 하지만.

"그런가요?"

아연은 소소란 여인이 아버지가 하남성 낙양 땅을 유람할 때 만났던 여인 사이에서 태어난 자식일 것이라 추측하고 있었다.

조량 대주는 사내아이였다고 말했지만, 어린아이를 보고
어쩌면 조량 대주가 착각한 것일 수 있다고 짐작했다.

아마 아버지 남궁선이 여인에게 이 길을 말해줬고, 여인이
딸인 소소에게 말했을 것이다.

'하지만 왠지 서운한걸? 아버지는 왜 내 어머니나 나에게
는 이런 통로에 대해 말해주지 않으셨을까?'

섭섭한 감정이 생기기도 했지만, 한편으로는 세가의 비밀
통로까지 상세히 알고 있는 것으로 보아 남궁유한이 단순한
외인이 아닐 것이라는 생각에 적잖이 마음이 놓였다.

소소란 이름을 가진 이복 언니의 남편이 돼 어쩌면 자신에
게는 형부가 됐을지도 모른다는 생각을 하게 되자 남궁유한
이 왠지 더욱 가깝게 느껴졌다.

"이제 다 왔다."

남궁유한이 약한 빛을 통해 비치고 있는 천연 석실 하나를
가리켰다.

"히야아~ 남궁세가의 비밀스런 곳이라……. 왠지 손이 근
질거리는걸."

복삼이 입맛을 다시며 말했다.

"소가주님, 그런데 우리 같은 이들을 어찌 믿고 서슴없이
세가의 비밀스런 곳까지 데려온 것입니까? 우리가 혹 소가주
를 죽이고 세가의 보물을 모조리 강탈할지도 모르는데."

그 소리에 돌연 아연의 낯빛이 파랗게 질렸다.

요즘 세가 돌아가는 꼬락서니로 보건대, 이것도 충분히 가능한 얘기였다.

게다가 이곳은 지금 여기 있는 이들 외에는 아무도 모르는 비밀스런 공간.

만약 이들이 딴마음을 먹기라도 한다면 속수무책으로 당할 수도 있었다.

"그런가? 나는 그럴 거라고는 전혀 예상하지 못했는데."

남궁유한이 웃는 듯 마는 듯 묘한 표정으로 복삼을 바라봤다.

"나는 천하의 잡놈이라 추악한 짓도 서슴지 않습니다."

복삼의 눈빛이 순간 빛났다.

"정 그렇다면 할 수 없는 일이겠지. 자, 여기서 나를 죽이고 보물들을 한번 가져가도록!"

남궁유한이 돌연 가슴을 풀어헤치며 복삼 쪽으로 들이밀었다.

남궁유한은 웃고 있었다.

그리고 그의 얼굴에서 두려움 따위는 전혀 찾을 수 없었다.

오히려 한번 해볼 테면 해보라는 식. 감히 너 정도가 자신을 해할 수 있겠는가 하는 자신만만한 태도였다.

그런 남궁유한을 보며 복삼이 속으로 생각했다.

'준비된 한 수라도 있는 것인가? 소가주는 단전이 파괴된

폐인으로 알고 있는데……. 그런 이라면 그리 힘들지 않게 해치울 자신이 있다.'

복삼은 내심 남궁유한을 찌르고 여기서 모든 일을 마무리하고 싶은 욕망도 잠시 샘솟았다.

"왜 그러나? 감당하기 힘든 적군을 맞아 제갈공명이 성문을 열고 가야금을 탔던 허장성세를 나 역시 따라 하고 있을지도 모르는데?"

정말 허세일 수도…….

꿀꺽!

복삼이 자신도 모르게 침을 한 번 꼴깍 삼켰다.

"……."

복삼은 아무 말 없이 남궁유한을 한동안 바라봤다.

'사실이야 어떻든 배짱 하나는 타고난 작자로구나. 금빛 연꽃께 남궁세가에 잠룡 하나가 똬리를 틀고 있다 보고해야겠구나. 그리고 이 작자의 배포… 은근히 멋있지 않은가?'

복삼은 따로 모시는 주인이 있었다.

하지만 그는 시간이 지날수록 남궁유한에게 묘한 매력을 느끼고 있었다.

"푸흡!"

복삼이 웃었다.

"사실 찌를까도 생각했는데 이대로 죽이기에는 소가주가 앞으로 어떻게 해나갈지가 궁금하군요."

복삼의 뜻을 읽은 유한이 그의 어깨를 두드리며 말했다.

"잘 생각했다. 이따위 보물, 앞으로 얻게 될 것에 비하면 아무 것도 아닐 테니까. 나를 찔렀으면 복삼 그대는 아마 희대의 멍청이가 됐을 것이다."

"흐흐흐! 그런가요? 뭐, 제가 찔렀으면 소가주가 앞으로 얻게 될 미래도 없을 텐데요?"

상식적이라면 그 말이 옳았다.

남궁유한이 웃으며 말했다.

"그래도 미래는 있다. 미래에도 나는 존재하니까."

이미 미래를 산 남궁유한이었기에 서슴없이 이런 말을 할 수 있었다. 그러나 다른 이들은 남궁유한이 지금 무슨 의미로 그런 말을 하고 있는지를 전혀 이해할 수 없었다.

사람들이 그렇게 어리둥절해하고 있을 때, 남궁유한이 말했다.

"이제 다 왔군."

남궁유한이 유달리 빛나는 구슬, 앞서 동굴을 밝혔던 구슬과는 비교도 안 될 정도로 밝게 빛나는 야명주를 가리켰다.

"음, 아무리 봐도 저것은 진짜 야명주인 것 같은데……."

복삼이 마치 감정사처럼 말했다.

"물론 저것도 챙겨 가야겠지. 천하를 움직이는 것 중 하나는 금력(金力)이니까. 하지만 정작 중요한 것은 여기에 있다."

유한이 천연 석실 안으로 들어가더니 촘촘하게 엮여 있는 비단옷 같은 것을 들었다.

"이것은… 천잠보의(天蠶寶衣)다!"

귀하디귀한 서장 특산의 천잠사(天蠶絲)로 짜 가볍고 질기며 도검불침(刀劍不侵)의 기능을 가지고 있다고 널리 알려진 보의(寶衣)였다.

황금이 아무리 많아도 구할 수 없다고 알려진 보물이었다.

"명문세가의 전통은 하루아침에 이뤄진 것이 아닙니다. 검왕 조사님부터 역대 가주님들이 거의 팔백 년 가까이 조금씩 쌓아올린 것이지요. 그중 하나인 천잠보의. 남궁세가에서 백 년에 한 벌 정도 구했다면 그리 터무니없는 일도 아니겠지요."

소소가 남궁유한 자신에게 천잠보의를 들어 올리며 했던 말이 다시금 떠올렸다.

'사실 마도시대에 천잠보의니 금강불괴신공이니 하는 것은 제 한 몸 지키지 못하는 약한 자들이나 입고 배웠던 것이다. 마도시대의 고수들은 천잠보의 따위는 헌 면사 옷처럼 찢어발겼고, 금강불괴신공 따위는 지공(指功)으로도 간단히 뚫어버렸으니.'

하지만 현재 자신의 상태나 이 시대의 무공 수준을 따져 보면 천잠보의는 보물 중의 보물이었다.

그리고 내공 한 점 없는 몸이 된 자신이 불의의 일격으로 죽지 않기 위해서라도 천잠보의는 반드시 필요했다.

마도시대에도 철혈투마, 철혈투신으로 불리던 강자였던 자신이 고작 이런 것에나 의지해야 하는 꼴이 우스웠다.

그렇다고 유한은 꼭 필요한 것을 단지 수치스럽다 하여 피하는 성격이 아니었다.

또한 아직 무공이 형편없는 신 폭풍대 일곱에게도 천잠보의는 꼭 필요한 물건 중 하나였다.

"한 벌씩 가져가도록 해라."

남궁유한이 아연과 폭풍대 칠 인에게 그렇게 말했다.

그러자 이런 보물을 아무 대가 없이 준다는 사실이 당최 믿기지가 않는 기녀 출신의 초설이 물었다.

"정녕 가져도 되는 것이오니까?"

"나는 이렇게 생각한다. 상대에게 무엇을 요구하기 전에 내가 상대에게 무엇을 해주었는가를 먼저 떠올려야 한다고. 나도 그대들이 나와 같이 생각해 줬으면 한다."

무조건적인 충성?

사실 웃기는 얘기다.

인간은 본디 복잡하기 그지없는 존재다.

남궁유한은 나름대로의 기준으로 이들을 선별하기는 했지만 만난 지 얼마 되지도 않은 이들에게 무조건적인 충성을 요구할 수는 없었다.

또 그들이 그러하기를 바라는 것 또한 어불성설이다.

일단 자신이 먼저 십을 베푼다.

그리고 상대에게 십을 주고 오라도 되돌려 받으면 다행이라고 생각하는 쪽이 마음 편했다.

한번 믿기 시작하면 끝까지 믿지만, 완전히 믿기 전까지의 과정이 극히 까다로운 남궁유한이었다.

유한의 말을 들은 초설이 무언가를 느꼈는지 고개를 끄덕였다. 그리고 진 노인 역시 그 말에 동의를 표했다.

그런 그들을 보며 유한이 속으로 생각했다.

'천잠보의가 당금 시대에 귀하기는 하지만 나는 이것이 어디에 상당량 묻혀 있는지를 알고 있다. 지금 당장에는 갈 수 없는 곳이라 할지라도.'

그사이 초설이 가장 먼저 천잠보의를 받았고, 아평과 아소 형제, 매타자, 곽상, 복삼, 그리고 진 노인 순서로 천잠보의를 받았다.

그때, 남궁유한이 정체를 숨기고 있음이 틀림없는 진 노인을 보며 말했다.

"진 노인 정도면 이런 보의는 그다지 필요도 없을 것 같소만."

보의를 받아 드는 진 노인을 보며 남궁유한이 그렇게 말했다.

"그렇게 봐준다니 고맙기 그지없습니다."

번쩍!

남궁유한은 극히 짧은 순간 눈빛을 번뜩인 진 노인을 바라봤다.

'진 노인은 상당한 고수다. 거의 반박귀진(返縛歸眞)의 경지에 달한. 모두의 눈을 속일 수는 있어도 내 눈은 속이지 못한다.'

남궁유한은 그렇게 생각하며 천천히 석실 안쪽을 향해 걸어갔다.

천잠보의도 중요하지만 자신이 정작 찾고자 하는 것은 따로 있었다.

그는 석실 가장 안쪽으로 향하더니 먼지가 잔뜩 쌓여 있는 석함 하나와 검집 자체가 완전히 녹이 슬어버린 검 두 자루를 들었다.

"역시 있었구나."

남궁유한은 꽤 흡족한 미소를 짓고 있었다.

"오라버니, 그것들이 무엇이오니까?"

아연의 물음에 남궁유한이 웃으며 답했다.

"이것이 군자검과 월하검이다."

남궁세가를 세운 불세출의 검왕 남궁창천의 애검(愛劍)으로 널리 알려진 두 자루의 검을 합쳐 '군자월하검' 으로 불렸다.

군자월하검은 고금십대병기 서열에서도 당당히 세 번째를

차지하고 있을 만큼 무가지보(無價之寶)였다.

"군자월하검은 가주실 벽에 걸려 있는 것인데……."

아연은 도저히 이해할 수 없다는 어조로 말했다.

"그것은 위조품(僞造品)이다. 이것이 진정한 군자월하검이다."

녹슨 검집에서 두 자루의 검을 뽑아 들자 서슬 퍼렇게 빛나던 검이 스스로 떨리기 시작했다.

스스로 울어 명검임을 증명한다는 '검명(劍鳴)'.

군자월하검을 보게 되자 다른 그 누구보다도 곽상이 커다란 감탄사를 터뜨렸다.

"좋구나, 좋아! 언젠가 내 장한검(長恨劍)과 한 번 겨뤄보고 싶구나!"

그런 곽상을 보며 남궁유한이 말했다.

"마검(魔劍) 장한(長恨)이라면 충분히 군자월하검과 겨뤄볼 만 하지."

남궁유한의 눈에 순간 강렬한 호승심으로 불타고 있는 곽상의 모습이 스쳐 갔다.

'단순한 주정뱅이가 아니다. 그의 근본은… 아마 십만마교에 있을 것이다.'

마검 장한은 십만마교의 보물. 그처럼 소중한 물건을 외부인이 가지고 있을 리 없었다.

남궁유한의 목표는 정마대전의 발발을 막는 것이었다.

그렇다고 십만마교에 원한을 품고 있는 것은 아니었다.

그가 원수로 생각하고 있는 것은 고금제일신마인 교주이지 마교인들이 아니었다.

그들은 여전히 자신의 형제였다.

그렇기에 곽상이 마교인임에 틀림없다 해도 그에게 아무런 감정이 없는 것이다.

아니, 내심으로는 벌써부터 그만은 형제로 생각하고 있는지도 모른다.

"아연아, 네가 월하검을 받거라."

"이것은 세가 가주의 것인데……."

아연은 주저했다.

"그렇기에 더욱 네가 받아야겠지. 나는 군자검을 잠시 빌려 쓴다고 생각하고 있다. 그것조차 네가 싫다면 나는 두 자루 모두를 너에게 줄 것이다."

유한이 무슨 의미로 그렇게 말하는지를 아연은 알 수 있었다.

유한은 어디까지나 필요에 의해 등장한 가짜 소가주이며, 남궁세가의 적통은 오직 남궁아연 자신뿐이라는 것을 유한 스스로가 인정한다는 의미였다.

그 의미를 알았기에 아연은 월하검을 받을 수밖에 없었다.

아연이 월하검을 넘겨받자 유한이 가지고 있을 때보다 더욱 강렬한 검명이 울려 퍼졌다.

고요하지만 예리한, 부드럽지만 강맹한 검명이 순간 석실 안을 진동시켰다.

유한이 들었을 때와는 감히 비교조차 할 수 없을 정도로 선명한 검명이었다.

천년세가와 함께 숨 쉬어온 보검이 마치 세가의 피를 이은 자를 스스로 알아보기라도 하고 있는 것 같았다.

검명의 차이를 직접 느끼고 있던 진 노인이 생각했다.

'역시 아연 소공녀만이 세가의 적통……'

진 노인은 이어 남궁유한을 바라봤다.

유한은 그런 진 노인의 시선을 느꼈으나, 아무렇지도 않은 듯 다시 입을 열었다.

"군자월하검은 그 자체로도 천하의 명검이다. 하지만 이에는 추가로 한 가지 특별한 묘용이 있다. 그것은 세가 비전인 백화예검(百花藝劍)을 이 군자월하검으로 펼쳐야만 진정한 위력이 발휘된다는 점이다."

백화예검(百花藝劍).

죽음의 꽃을 날리는 검이라는 의미의 '사화검(死花劍)'으로 불리는 고금십대검법 중 하나인 백화예검.

칠성에 이른 백화예검은 매화 향기와 함께 매화 꽃잎의 환영을 휘날리고, 팔성에 이르면 난초(蘭草) 향기가 사방에 진동한다. 구성의 경지는 국화(菊花), 십성에 이르면 검에서 부용(芙蓉, 연꽃)이 피어오른다.

십일성에는 화중지왕(花中之王)이라는 목단(牧丹, 모란)의 향이 천지를 진동한다.

그리고 백화예검을 대성한 경지인 십이성.

십이성에는 모든 향기와 꽃잎이 도리어 사라지며, 무음(無音), 무취(無臭), 무형(無形)의 경지에 도달하게 된다.

화려한 꽃잎 속에 죽음을 머금고 있는 죽음의 검법이 바로 백화예검이었다.

"어떤 검법이든 대성하면 우열을 쉽사리 가리기 어렵다. 하지만 백화예검이 무림 역사상 가장 아름답고 화려한 검법이라는 데는 다들 이의가 없다."

이것은 남궁유한 혼자만의 생각이 아니었다.

정마대전을 거쳐 마도시대를 살며 무학의 끝을 본 모든 무인들의 공통된 견해였다.

곧 남궁유한과 신폭풍대 일행은 지하 석실에서 각자 마음에 드는 무기들을 하나씩 고르고 다시 지상으로 올라왔다.

물론 잡놈 복삼은 천연 석실을 밝히고 있던 야명주를 챙기는 것 또한 결코 잊지 않았다.

第三章 신무학(新武學)

無敵世家

　남궁유한 일행이 지상에 올라오자 대략 오십 명 정도의 무인이 이미 병기고 주변을 포위하고 있었다.

　소가주 일행이 병기고를 부수고 들어간 것을 듣고 허겁지겁 달려온 무리로, 철기당주 손예가 이끌고 있었다.

　그런데 그들은 당최 소가주 일행의 행적을 찾을 수가 없었다.

　마치 증발이라도 한 것처럼 병기고에서 소가주 일행의 행적이 완전히 끊겨 버린 것이다.

　그 기묘한 상황에서 한참 고민하고 있던 손예였다.

　그런데 갑작스레 병기고 안에서 소가주 일행이 다시 나타나자 이번에는 도리어 손예가 깜짝 놀라고 말았다.

그는 크게 놀랐으나 간신히 침착함을 되찾고 남궁유한 일행에게 소리쳤다.

"대체 그대는 왜 세가의 병기고를 침탈하고, 병기고를 지키는 세가의 충복인 오궁을 죽기 직전까지 두들겨 팬 것인가?!"

남궁유한의 미간이 꿈틀했다.

"그대?"

태상부인 당혜가 남궁유한을 소가주로 공표했음에도 불구하고 철기당주 손예는 '그대'라는 호칭으로 유한을 부르고 있었다.

"손 당주, 소가주님께 그 무슨 망발입니까? 수십 년 동안 세가의 녹을 먹은 가신인 손 당주가 그런 불손한 언행을 해서 되겠습니까?"

아연이 오만방자한 손예에게 이치를 따졌다.

"소공녀님, 이 손예는 족보에도 없는 저런 뜨내기를 세가의 소가주로 결코 인정할 수 없습니다!"

목을 뻣뻣이 치커들고 말하는 손예였다.

"이미 할머님께서 인정하셨거늘……."

그런 손예를 보며 아연이 어찌나 분한지 아랫입술을 깨물었다.

구달 총관을 따르는 자들이 이제는 세가의 최고 어른인 할머니의 명조차 대놓고 무시하려는 것인가?

"단목 부인께서 이리 말하셨습니다. 태상부인께서는 불행히도 '미망(迷妄, 치매)'에 드셨으니 태상부인의 말을 세가인들은 이제 따르지 말라 하셨습니다."

정정하신 할머님을 두고 이 무슨 말도 안 되는 얘기인가?

아연의 속에서 분노의 불길이 치솟고 있었다.

"미망? 큰어머니께서 정녕 그리 말했단 말인가? 정정하기 그지없는 할머님이 미망에 드셨다고?"

손예가 입꼬리를 들어 올리며 비열한 미소를 지었다.

"소인도 처음에는 믿지 않았습니다. 하지만 저런 뜨내기를 세가의 적통으로 인정하고 소가주로 선포하신 것을 보면 이제는 도저히 믿지 않을 수가 없습니다."

'일개 협잡꾼에 불과했던 저자가······.'

손예 이자는 세가 재산을 횡령했다는 죄목으로 곤장(棍杖) 삼십 대를 맞고 쫓겨날 예정이었다.

그런데 남궁지화가 터졌다.

그 상황에서 세가의 은혜를 입은 것이 분명하고, 세가에 죄까지 지은 이 작자는 그 죄를 씻기 위해 노력하기는커녕 어떻게든 제 한목숨 부지하기 위해 비겁하게 몸을 꽁꽁 숨기고 있었다.

그리고 세가 남자들이 모두 죽어나가자마자 그것을 기회로 삼아 재빨리 구달에게 선을 댔다.

그 결과, 세가에서 쫓겨나기는커녕 이제는 뒷돈이 많이 들어오는 철기당주로까지 승진할 수 있었다.

그런 자가 과거 같으면 불경죄에 해당할 언행을 서슴지 않으며, 세가 안에서 목을 빳빳이 치켜들고 있는 것이다.

세가를 지켜야 할 자들은 모두 떠났고, 세가를 떠나야 마땅한 자들이 도리어 세가의 요직을 차지하고 있었다.

'우리 남궁세가가 어찌 이런 지경까지…….'

뚜욱!

너무나 분하고 억울한 마음에 아연의 눈에서 굵은 눈물 한 방울이 떨어졌다.

"창룡대와 적룡대의 무인들은 대체 무엇 하고 있는 것인가, 저들을 당장 포박하지 않고!"

철기당주 손예의 명이 떨어지자 아연이 세가 가주의 신물인 월하검을 뽑아 들었다.

"이놈들! 이 월하검이 보이지 않느냐!"

남궁세가 식솔들은 그 누구든 군자월하검을 보면 고개를 숙이고 그 명에 따라야 했다.

군자월하검은 곧 세가 가주와 동일한 것이었으니…….

그런데 창룡대와 적룡대의 무인들은 그저 눈만 멀뚱멀뚱 뜨고 월하검을 바라보고 있었다.

"월하검이 대체 무언가?"

"그딴 거 알고 있으면 은자 한 냥 더 준다던가?"

"거참, 강남제일미라고 소문이 자자하더니 고년 참 예쁘게
도 생겼구나. 저런 계집을 한 번 품을 수만 있다면 평생 소원
이 없겠어."

"꿈도 꾸지 말게. 저년은 이미 팽가에서 입도선매한 계집
이라니까."

"그래도 기회만 되면 확 덮쳐서… 흐흐흐!"

과거 남궁세가의 강력함을 상징했던 창룡대와 적룡대가
세가 가주의 상징인 월하검조차 못 알아보는 무뢰배들로 구
성돼 있었다.

게다가 소공녀인 자신을 한낱 욕정의 대상으로 바라보며
음심까지 대놓고 드러내고 있다니…….

'아~!'

이를 통해 또 한 번 세가의 몰락을 뼈저리게 느꼈다.

아연은 당장에라도 쓰러질 것 같은 현기증을 느낄 수밖에
없었다.

남궁유한은 뒤편에서 팔짱을 끼고 가소롭다는 표정으로
그 광경을 지켜보고 있었다.

"홍!"

터벅터벅!

유한이 코웃음을 한 번 치더니 오십 무인들을 향해 천천히
걸어나갔다.

창룡대와 적룡대에 속해 있다고는 하나 그들은 거의가 뒷

골목 파락호 출신이거나 무림에서 삼류도 못 되는 떠돌이 무사들.

"내공은 없어도 몇 가지 사용할 수 있는 무공이 있지."

저런 어중이떠중이들쯤은 내공이 전혀 없어도 두렵지 않았다.

수는 오십이라지만 이런 무리의 특성상 많아도 삼분지 일 정도만 쓰러뜨려도 알아서 붕괴될 것.

즉, 열다섯 정도만 쓰러뜨리면 저들은 알아서 물러날 것이다.

유한은 그렇게 판단하며 자신이 알고 있는 신무학의 무공을 떠올렸다.

사신(四神)의 공(功)!

자신이 속했던 십만마교는 검법과 도법이 주류였다.

이유가 있었다.

십만마교는 하루도 빠지지 않고 정도무림맹 무사들과 중소 규모의 난전(亂戰)을 벌여야 했다.

그런 상황에서는 권각술보다 검이나 도 같은 병장기의 힘을 빌려 싸우는 것이 더욱 효율적이었다.

그렇기에 마도와 정파가 서로 영향을 주고받으며 신무학을 창출한 신무학의 시대에서도 마교 쪽에서는 검법과 도법 쪽으로 극한에 이를 수밖에 없었다.

그런데 정마대전은 십만마교는 물론 정파 역시 생사지적(生

死之敵)인 십만마교의 무공을 분석하고, 또 그 무공을 꺾기 위해 혼신의 힘을 다하게 만들었다.

정파는 십만마교에 비해 권각술에서 우위에 있었다.

육체 본연의 힘을 끌어내 싸우는 권(拳)이나 장력(掌力), 수공(手功), 금나수(擒拏手), 퇴법(腿法), 각법(脚法) 같은 권각술 분야는 정파가 마도보다 반 발자국 정도 앞서 있었던 것이다.

정파인들은 그래서 자신들이 기존에 가지고 있던 권각술의 강점을 더욱 극대화하기로 결정했다.

무림맹에 참여하고 있던 구파일방과 무림오대세가 등에 전해져 내려오는 권, 장력, 수공, 금나수, 퇴법, 각법 등을 모조리 끌어 모았다.

거기에 단 한 번도 접목해 볼 생각을 하지 않았던 십만마교의 실전적이고 패도적인 무공으로 부족한 부분을 보완해 하나의 신무학을 만들어냈다.

그것이 바로 사신(四神)의 공(功)!

백호철혈권(白虎鐵血拳),

청룡무영각(靑龍無影脚),

주작투혼수(朱雀鬪魂手),

그리고 현무무적장(玄武無敵掌).

정도 무공에 기반을 두고 있지만, 도저히 정도의 무공이라고는 볼 수 없을 정도로 패도적이며 동시에 강력하기 그지없는 신무학이었다.

사신의 공은 기존의 정도 무학의 무리와는 완전히 벗어나 있었다.

단기간 내에 속성으로 익힐 수 있는 내공심법.

마도의 무공보다도 훨씬 빠른 습득 속도.

중후한 내력의 기반 없이도 펼칠 수 있는 장점.

정마대전에서 계속 죽어나간 정파 무사들의 수를 보충하기 위해 사신의 공은 처음부터 그렇게 창조됐다.

정파의 무공이 최대한의 위력을 내기 위해서는 우선 수련자의 근골을 다듬고 내력을 다져야 한다.

무공을 받아들이고 표현할 수 있는 기반을 오랜 기간 다져놓는 것이다.

속성 무공은 도리어 정파 무인들에게 독이 되는 것이었다.

그것을 명문정파의 원로들이 왜 모르겠는가?

사신의 공을 만든 정도 무림의 무학 종사들은 그런데 그것마저 극복할 수 있도록 사신의 공을 만들어놓은 것이다.

정도 무학의 기본을 깡그리 무시하는 무공을 만들어낼 정도로 정도 무림맹 쪽은 그만큼 다급했던 것이다.

그러나 그 효과는 즉각 나타났다.

사신의 공을 익힌 정파 무인들이 정마대전에 투입되기 시작했다.

그러자 그때까지 마교에 일방적으로 밀리고 있던 무림맹이 도리어 십만마교를 일시적으로 밀어붙일 정도였다.

이에 십만마교도 화들짝 놀라 사신의 공에 대해 본격적인 연구와 분석에 들어갔다.

동시에 무림맹 쪽에 무수한 세작(細作)들을 풀어 엄청난 희생을 치른 끝에 사신의 공에 대해 간신히 파악할 수 있었다.

내공 자체가 없어도 사용할 수 있고 익히기도 쉬우며, 그 성취 속도 역시 경이적으로 빠른 사신의 공은 그런데 정파 무인보다는 오히려 마교에 더욱 알맞은 무공이었다.

그때부터 역으로 마인들이 사신의 공을 기본으로 익히고 정마대전의 전장에 뛰어들게 됐다.

그랬기에 남궁유한 역시 사신의 공을 당연히 익히고 있었다.

비록 지금 단전이 파괴돼 내공 한 점 없는 몸이었지만 고수도 아닌 뒷골목 파락호 정도는 충분히 제압할 자신이 있었다.

"저자를 제압하라!"

철기당주 손예의 명이 떨어지자 오십의 무인들이 일제히 남궁유한을 향해 덤벼들었다.

그들을 향해 남궁유한이 기합을 터뜨렸다.

"이것이 사신의 공, 주작투혼수의 초련식(初鍊式)이다!"

유한의 양손 열 손가락이 용조(龍爪)와 호조(虎爪)처럼 구부러졌다.

탁!

용조와 호조가 가장 먼저 덤벼들던 두 무인의 팔을 비호처럼 낚아챘다.

용조와 호조가 상대의 팔을 단숨에 뒤편으로 꺾어버렸다.

빠지직! 빠지직!

단숨에 팔 부러지는 소리가 들려왔다.

정파 최고의 금나수(擒拏手)로 유명한 공동파의 건곤수(乾坤手)가 기반이 돼 만들어진 극히 신랄한 초식.

"백호철혈권 연탄식(連彈式)!"

퍽!

유한의 주먹이 바로 앞에 있는 무인의 복부를 가격했다.

그 가격의 위력은 직접 격타한 무인에만 한정된 것이 아니었다.

"으아악! 으아악!"

연탄식의 묘용은 그 무인뿐만 아니라 바로 뒤편에서 달려들던 무인에게도 미쳐 단번에 쓰러뜨릴 수 있는 묘용이 있었다.

백 보 밖의 상대를 격타할 수 있는 신기를 발휘했던 소림의 백보신권(百步神拳).

그 묘용이 담겨 있는 것이 바로 백호철혈권의 연탄식.

내공의 위력을 빌리지 않고 순수하게 단련된 정권 지르기가 일으키는 권풍(拳風)에 불과했다.

그러나 그것만으로도 백보신권의 묘용을 제대로 발휘할 수 있었다.

그 정도로 사신의 공은 신묘했다.

"사신의 공, 청룡무영각의 무영식(無影式)!"

기합과 함께 유한의 몸이 붕 떠올랐다.

그리고 전방의 무인들을 향해 이어지는 무수한 발차기.

타타타타탓!

타타타타타타탓!

타타타타타타타타타탓!

개방의 방주에게만 일인전승으로 내려왔던 무영십팔각(無影十八脚)을 개량해 만들어낸 초식.

탓!

허공에 떠 있는 유한의 오른발이 상대의 가슴을 타격한다.

타탓!

곧바로 그 상대의 가슴을 왼발과 오른발이 가위처럼 교차하며 가격한다.

타타탓! 타타탓!

그렇게 허공에 뜬 채로 행한 한 번의 공격의 십여 번의 발차기가 돼 연달아 터졌다.

무영(無影), 그것은 속도다.

그림자조차 생기지 않을 정도라 표현되는 엄청난 속도의 연속 발차기.

비록 내공이 담겨 있지 않아 치명적인 일격은 되지 못한다.

하지만 일순간 터지는 수십 발의 발차기.

상대를 한동안 바닥을 뒹굴게 할 정도의 위력으로는 차고
넘쳤다.

"으악! 크헉! 꿰엑!"

무인들이 연달아 비명을 지르며 바닥을 뒹굴었다.

네 가지 무공, 총 백팔 개의 식으로 이뤄진 사신의 공이 연
달아 작렬했다.

"현무무적장 주발식(肘發式)!"

유한의 몸이 돌고 돈다.

부드럽게 돌고 돌아 무수한 태극의 원을 그린다.

그 원에 휘말린 이들은 도저히 저항하지 못하고 연달아 공
중으로 붕 치솟았다.

한없이 이어지는 태극의 원.

무당파의 십단금(十段錦).

세상에서 가장 부드럽지만 그 속에는 세상에서 가장 강맹
한 힘이 잠들어 있다는 십단금을 기반으로 한 것이었다.

초련식(初鍊式), 연탄식(連彈式), 범음식(梵音式), 비파식(琵
琶式), 견타식(肩打式), 주발식(肘發式), 나조식(拏爪式), 타퇴
식(打腿式), 슬나식(膝拏式), 강격식(强擊式), 비산식(飛散式),
창공식(蒼空式) 등의 초식이 사방을 뒤덮었다.

유한이 펼쳐 낸 사신의 공으로 인해 그렇게 한 이십 명 정
도가 쓰러졌을까?

"고, 고수다!"

무리 오십 중 그때까지 운 좋게도 팔다리가 부러지거나 급소를 가격당해 바닥을 뒹굴고 있지 않던 나머지 삼십의 무리가 동시에 소리쳤다.

완전히 겁에 질린 그들이 슬슬 뒤로 물러서기 시작했다.

그들을 보며 유한이 이제는 백호철혈권의 강격식을 구사하려는 자세를 취하며 소리쳤다.

"덤벼라! 이번에는 대가리를 바수고 평생 불구로 만들어줄 것이다!"

유한은 더욱 무시무시한 기세를 뿜어냈다.

밖으로는 호기롭게 외치는 그였으나 실상 그의 육체는 이미 한계에 도달한 상태였다.

'내공을 잃은 데다 완쾌되지도 않은 몸으로 너무 무리했다.'

턱까지 차오른 호흡을 간신히 조절하고 있었고, 짧은 순간에 체력이 모조리 고갈된 상태였다.

눈썰미가 좋은 자라면 유한의 다리가 풀려 미세하게 떨리고 있는 것을 발견할 수 있었을 것이다.

"이놈들아! 무엇 하느냐, 저자를 제압하라는 데도!"

철기당주 손예가 삼십의 무인들에게 고래고래 소리를 질렀다.

그러나 무인들은 겉으로 보기에 압도적인 무위를 뿜내고 있는 유한에게 감히 덤벼들 생각을 하지 못했다.

"죽여라! 당장 저자를 죽여라!"

두려움에 이성을 상실한 손예가 소가주인 남궁유한을 죽이라고 악을 썼다.

손예가 계속해서 무사들을 채근하자 돌연 한 낭인이 그에게 외쳤다.

"아, 쓰벌! 그렇게 제압하고 싶으면 네놈이 직접 덤비든가! 우리는 은자 몇 냥 벌자고 목숨 걸고 싶은 생각은 없으니까!"

남궁세가에서 녹봉을 후하게 준다는 소리에 세가에 들어왔다. 그리고는 창룡대에 편입된 낭인 무사였다.

그러나 목숨은 중한 법!

무엇 한다고 이런 자리에서 목숨을 버리겠는가?

"뭣이야! 이, 이놈이!"

손예가 가뜩이나 찢어진 눈을 치켜뜨며 그 낭인을 노려봤다.

그러나 낭인도 지지 않았다.

"지롤! 우리 같은 것들에게 무슨 충성이니 희생이니 대의니 하는 것을 바랐던 것이냐? 염병할! 꿈도 참 야무지네! 자, 가자고! 이 자리에서 몸 상하면 우리만 손해니까!"

삼류 낭인이 다른 이들을 선동하자 남은 무리가 즉시 그에 찬동했다.

"빌어먹을! 이곳에서 놀고먹는 것도 이제는 끝이구먼."

무사들이 그렇게 투덜거리며 병기고 근처에서 썰물처럼

빠져나가기 시작했다.

"이, 이놈들! 게 서지 못할까?"

손예가 기겁을 하며 그들을 붙잡으려 했다.

그러나 아무 생각 없이 은자나 손에 쥐고 공밥과 공술을 먹을 목적으로 세가에 붙어 있던 낭인들을 손예가 잡을 수는 없었다.

'내공이 담긴 권각술이 아니다. 그럼에도 저처럼 강력하다니……'

유한의 무공을 뒤에서 지켜보고 있던 진 노인은 감탄, 또 감탄하고 있었다.

'소가주의 정체가 무엇인가……'

"우와~! 소가주님은 정말 엄청난 고수인가 봐! 창룡대 무사 오십을 모조리 압도했어!"

한쪽 다리를 저는 소년 아소가 놀라워했다.

삼류도 안 되는 낭인들조차 소년 아소에게는 경이의 대상이었다.

그러니 낭인들을 간단히 해치우는 소가주가 더욱 대단한 고수처럼 보일 수밖에 없었다.

형 아평은 동생의 아소의 손을 붙잡으며 다짐했다.

"소가주님이 우리를 고수로 만들어준다 했으니 우리는 이제 소가주님만 믿고 따르면 돼."

아평은 어떻게든 무공을 배울 생각이었다. 그리고 그 핵심에는 소가주님이 있었다.

아평은 앞으로 소가주님만을 믿고 따르겠노라 다짐에 또 다짐을 했다.

'소가주님에게는 특별한 뭔가가 있어.'

소주제일기녀 출신인 초설은 속으로 그렇게 생각하고 있었다.

"흠……."

마검 장한검의 주인인 곽상은 그저 나직한 신음 소리만 한 번 내뱉었다.

그러나 그의 눈만은 전에 없이 예리하게 빛나고 있었다.

창룡대 무사들이 모두 떠나고 텅 빈 공간에 홀로 남겨진 철기당주 손예는 이미 겁에 질렸다.

'도, 도망가야 한다!'

손예가 그렇게 막 도주하려는 순간이었다.

"하던 얘기는 마저 끝내고 가야지."

잡놈 복삼이 어느새 손예의 목덜미를 낚아채며 웃고 있었다.

"그, 그게, 그것이……."

"어라? 그 기세등등하던 철기당주님이 웬 식은땀까지 흘리고 그러시나."

손예가 바닥에 무릎을 끓고 빌기 시작했다.

"사, 살려주게. 나 역시 총관 어른의 명에 따라……."

그런 손예를 보며 복삼이 고개를 갸웃거렸다.

"어라? 기이한 일이네. 쥐새끼가 말도 하고?"

쥐새끼, 손예를 보며 복삼이 웃었다.

그런데 갑자기 손예의 몸 근처에서 지린내가 물씬 풍겨오기 시작했다.

눈치 빠른 복삼은 재빨리 상황을 알아차렸다.

"젠장할! 에라잇!"

복삼이 손바닥으로 연신 코 주위를 부채질하며 인상을 썼다.

"오줌을 지리다니… 이런 등신 같은 놈! 나가 뒈져 버려라! 퉤, 퉤!"

바닥에 침을 뱉은 복삼이 짜증을 내며 유한이 있는 쪽을 바라봤다.

"소가주님, 이 냄새나는 놈을 어떻게 할까요?"

겁에 질려 오줌을 지린 손예를 보며 유한이 비웃었다.

"훈계할 가치도 없다. 그리고……."

'누군가 이 사실을 구달에게 전할 사람은 있어야겠지?'

"이제 돌아간다."

총관 구달의 심복입네 철기당주입네 하고 어깨에 잔뜩 힘 주고 돌아다니던 손예.

그러나 한여름 땡볕 아래서 겁에 질려 오줌을 지리고 말았다.

“에이, 냄새나고 더러운 오줌싸개 녀석! 다시는 그 면상 보기도 싫다. 퉤! 퉤!”

탁!

복삼은 당장에라도 울음을 터뜨릴 것 같은 손예의 뒤통수를 마지막으로 한 대 갈기며 유한을 따라갔다.

다시 가주실로 향하던 유한은 호흡을 가다듬으며 속으로 생각했다.

‘이렇게 한번 휘저어놓았으니 상대로부터도 무슨 반응이 있겠지?

세가 장악과 정리에 오랜 시간을 쏟을 마음은 추호도 없었다.

이렇게 시끌벅적하게 들쑤셔 놓으면 분명 상대가 반응할 것이다.

상대가 반응해 자신을 공격해 오면 그것을 역으로 받아쳐 한 방에 세가 정리를 끝낼 생각이었다.

상대가 어떻게 공격해 올지는 알 수 없으나 패하거나 굴하지 않을 자신이 있었다.

자신감!

그것 하나로 그 험난한 정마대전의 시대를 뚫고 마도시대를 열었던 일등공신 유한이었다.

쿵!

총관 구달이 탁자를 내려치며 소리쳤다.

"무어라? 무인 오십이 힘 한번 써보지 못하고 당해?"

오줌을 지린 옷을 입고 있어 냄새를 풀풀 풍기고 있는 손예가 답했다.

"그게… 그렇게 됐습니다."

잔뜩 화가 난 구달은 미간을 찌푸리며 고민했다.

그런데 코끝을 콕콕 찔러오는 이 아름다운(?) 향기의 정체는?

"이 무슨 악취인가? 자네, 설마……."

'설마 아니겠지' 란 표정으로 손예를 바라보는 구달이었다.

그런데 손예가 억울한 표정으로 천천히 고개를 끄덕였다.

"다, 당장 나가게!"

구달이 어이없다는 표정으로 손예를 바로 쫓아냈다.

"총관 어른, 보, 복수를 해야 합니다!"

'오줌싸개' 손예가 복수를 외쳤다.

"복수고 나발이고, 일단 그 몸뚱이부터 내 방에서 치우게!"

"보, 복수를……."

냄새나는 손예가 절규(?)하며 총관 호위무사들에게 질질질 끌려 나갔다.

구달은 머리가 지끈지끈 아파오는 것을 느끼며 속으로 생각했다.

‘뒷돈 챙기는 것밖에 모르는 손예 같은 이에게 일을 맡기는 것이 아니었는데……’

생각을 이어갔다.

‘소가주가 완전 맹탕은 아닌가 보군. 역시나 주오 그 사람에게 일을 맡겼어야 했어. 또한 소가주에게 조금씩 투약하고 있는 독의 양을 높여야 할 것 같다. 그리고……’

총관 구달은 자신이 전부터 계획하고 있던 생각에 대해 논의하기 위해 급하게 자리에서 일어났다.

그가 향하고 있는 곳은 내원에 있는 단목주혜의 처소였다.

“구 총관이 기별도 없이 웬일인가?”

화장을 다듬고 있던 단목주혜가 구달을 보며 물었다.

“긴히 상의드릴 일이 있어서 이렇게 찾아뵙게 됐습니다.”

“그런가? 무슨 얘기인가?”

“세가가 항주에서 벌이고 있는 용정차 사업을 단목세가에 매각할까 합니다.”

친정인 단목세가에서 연일 그 일을 성사시키라는 닦달의 내용의 담긴 전서(傳書)가 단목주혜에게 날아드는 참이었다.

하지만 총관 구달이 왠지 그 일에 미온적이었던 터라 단목주혜는 내심 답답해하던 차였다.

그런데 구달이 돌연 용정차 사업을 매각하겠다 하니 절로 기쁜 마음이 들었다.

“잘 생각했네.”

“대신 한 가지 청이 있습니다.”

“청? 우리 단목세가에서 총관에게 대가는 넉넉하게 치를 것이야. 가주 오라버니께서 은자 삼만 냥은 챙겨주시겠다는군.”

용정차 사업 매각 대금으로 단목세가에서 제시한 돈이 은자 일만 냥이다. 그에 반해 총관 구달에게 줄 뒷돈으로 그 세 배인 삼만 냥을 제시하고 있는 것.

배보다 배꼽이 크다는 말은 이럴 때 쓰는 것일까?

“항상 소인을 챙겨주시는 단목세가주님께 어찌 감사를 표해야할지 모르겠습니다. 하나 소인은 다른 청을 한 가지 덧붙이고 싶습니다.”

“다른 청?”

구달이 주위를 한 번 살피더니 낮은 목소리로 속삭였다.

“남궁아연 소공녀와 팽강 대공자의 혼약을 깨는 것입니다.”

그 소리에 단목주혜가 약간 놀랐다.

“그렇게만 된다면야 더할 나위 없이 좋겠지. 하나 팽강이 아연이 년에게 열렬히 구애하고 있는 것은 온 천하가 다 아는 사실인데…….”

사실 하북팽가에서도 태중혼약을 맺었다 하나 이미 몰락해 버린 남궁세가와 사돈이 되고 싶은 생각은 없었다.

하북팽가는 무림세가이며, 그 어떤 세가보다도 야망에 불타고 있는 곳이기에 더욱 그러했다.

게다가 팽가 전체가 기대해 마지않는 이가 대공자 팽강이다.

팽가에서도 대공자 팽강을 다른 세가 여식과 혼인을 시켜 힘을 실어주는 편이 낫다고 진작부터 생각하고 있었다.

그래서 처음에는 혼약을 파기하려 했다.

그런데 막상 당사자인 대공자 팽강이 계속해서 극구 반대해 팽가에서도 차마 파혼만은 하지 못하고 있는 실정이었다.

그런 이유로 파혼도 아니고 혼인도 아닌, 어중간한 상태가 계속되고 있는 것이었다.

그리고 팽가와 남궁가가 아직 그렇게 엮여 있기 때문에 다른 세가나 무림 방파들이 다 쓰러져 가는 남궁세가를 집어삼키지 못하고 있었다.

"아무리 팽 공자가 아연 소공녀를 연모한다 하더라도 당장에 파혼을 선언하게 만들 방책이 저에게 한 가지 있습니다."

속닥속닥! 속닥속닥!

구달이 음흉한 미소를 지으며 단목주혜에게 자신이 생각한 계책을 설명했다.

한참 동안 그 계책을 듣고 난 단목주혜는 손뼉을 치며 크게 기뻐했다.

"그 연놈들을 단번에 쳐낼 묘책이로다, 묘책이야! 깔깔깔!"

"대신 태상부인이 딴소리 못하도록 단목세가의 입김이 있어야 할 것입니다."

"그 문제는 걱정 말게, 내 즉시 단목세가에 연통을 보낼 것이니."

"단목세가에서는 일이 있은 후, 극히 당연한 인륜만 따져주시면 될 일입니다. 그리 어렵지 않을 것입니다."

구달이 뱀처럼 사악한 미소를 지었다.

남궁유한은 파괴된 단전을 대신할 가상의 단전을 형성하기 위해 곧바로 수련을 시작했다.

중원의 내공심법으로는 파괴된 단전을 복구할 수 있는 방법이 없었다.

신무학에서 그것이 가능하다고 하는 것은 정마대전을 거치며 세상천지의 모든 무학에 대한 새로운 발견, 기존 무학에 대한 재발견, 그리고 재해석이 이뤄졌기 때문이다.

파괴된 단전을 대신할 수 있는 비법, 신무학을 통해 재발견된 비법이 있었다.

바로 천축 포달랍궁(布達拉宮) 가장 깊은 곳에 잠들어 있던 미타금강밀공(彌陀金剛密功).

미타금강밀공은 마교의 천마심공(天魔心功)이나 소림의 무상대능력(無上大能力)과 같은 지고지상의 내공심법은 아니었다.

아니, 천마심공이나 무상대능력과 비교하면 크게 손색이
있는 심법이었다.

이 심법을 수련해 봐야 대성하기가 극히 힘들었다.

열심히 수련하면 절정의 고수 정도는 되겠지만, 초절정의
단계나 화경(化境), 신화경(神化境)까지는 결코 넘어갈 수 없
을 것이다.

하지만 하단전(下丹田)과 중단전(中丹田), 상단전(上丹田)으
로 이어지는 중원의 심법 체계와는 달리 미타금강밀공은 일
곱 개의 륜(輪, 차크라)을 열어 대자연의 기를 체내에 축적하
는 독특한 방식을 가지고 있었다.

적사륜(赤蛇輪), 부용륜(芙蓉輪), 은월륜(銀月輪), 황금륜(黃
金輪), 청풍륜(靑風輪), 자운륜(慈雲輪), 그리고 무극일륜(無極
一輪)의 총 일곱 개의 륜.

륜을 형성하면 그것은 단전이 아니었으되, 단전의 역할을
수행하게 된다.

그런 이유로 이 일곱 륜을 '가단전(假丹田)'이라고 부르는
것이다.

남궁유한은 미타금강밀공으로 만든 가단전으로 이미 파괴
된 단전을 대신하려는 생각이었다.

그는 만년한옥으로 된 가주실의 침상에 누워 양다리를 천
장을 향해 들어 올렸다.

그리고는 발끝을 몸 쪽으로 끌어당겼다.

그 상태로 하단전에 힘을 집중하고 일다경 동안 정지했다.

그런 연후에 천천히 다리를 내려놓고 아랫배를 부드럽게 쓸어주었다.

"하나는 비밀이요, 둘은 드러나 보이는 것이다. 모든 금강 여래불 일에는 두 가지가 있다. 하나는 은밀(隱密)한 것이요, 둘은 드러난[現] 것이니[佛法有二種菩 一秘密二現示 諸佛事有二種 一者密二者現]……."

남궁유한은 그러며 미타금강밀공의 요결(要訣)을 외웠다.

그렇게 거의 두 시진 가까이 끊임없이 요결을 외우며 기본 수련 동작을 반복했다.

불끈!

그러자 마침내 척추 맨 아래에 위치하고 있는 미저골(尾底骨) 바로 밑에서 차갑지만 뜨거운 한줄기 기운이 느껴지기 시작했다.

'첫 번째 륜인 적사륜에서 반응이 왔다!'

유한은 약간 흥분한 상태로 양다리를 어깨 넓이만큼 벌리고 양어깨의 힘을 빼며 입 끝을 당겨 안면부의 긴장을 풀었다.

그와 동시에 양 무릎에 반탄력(反彈力)을 주며 차츰 허리와 가슴, 어깨 쪽으로 반탄력을 증가시켰다.

의식은 족소음신경에 속하는 족부(足部)의 용천혈(湧泉穴)에 모았다.

그러자 회음혈(會陰穴) 근처에서 적사륜을 상징하는 적사의 기운이 남궁유한의 몸 주위로 감돌기 시작했다.

미타금강밀공의 일단계 적사(赤蛇)의 경지였다.

이제부터 시작이었다.

유한은 회음혈 근처 적사륜에서 형성된 기운을 중원 내공 심법에서 말하는 하단전 쪽으로 이동시켰다.

그러자 단전에 있는 부용륜이 반응하며 홍부용이 떠올랐다.

이단계, 홍부용(紅芙蓉)의 단계였다.

홍부용의 기운을 곧바로 위(胃)의 상부, 중완(中脘)의 자리에 위치한 은월륜으로 끌어올렸다.

그러자 은홍월이 그의 몸을 은은하게 감싸기 시작했다.

삼단계 은홍월(銀紅月)이었다.

은홍월의 기운이 심장(心臟)에 자리한 황금륜으로 향했고, 흉곽에서 황금수 한 그루가 생겨났다.

미타금강밀공의 사단계를 상징하는 황금수(黃金樹).

흉곽에서 형성된 황금수는 다섯 번째 청풍륜이 있는 인후부(咽喉部)로 급격히 빨려 들어갔다.

그러자 남궁유한의 육체 주위로 은은하게 청풍(靑風, 푸른 바람)이 불어오기 시작했다.

"후우우우~!"

다섯 륜을 열어 처음으로 가상의 단전을 형성한 남궁유한.

그는 가늘고 길게, 깊고도 균일한[細長深均] 호흡을 들이쉬었다 내뱉었다.

단전이 파괴되기 전과는 비교할 수도 없이 미약한 양이었다. 그러나 체내에 다시 기가 흐르고 있음을 유한은 명확하게 느끼고 있었다.

"천축 포달랍궁의 미타금강밀공은 신무학 시대에 극강의 내공심법은 아니었다. 하지만 중원의 어떤 내공심법보다도 축기(縮氣)가 빠른 장점이 있었지. 게다가 인체의 자연치유력을 극대화해 준다. 그래서 일부 마인들에게는 꽤 각광받았던 비법이다."

미타금강밀공에 대해서는 적잖이 알고 있었으나 미타금강밀공에는 조예가 깊지 못한 유한이었다.

그렇기에 아마도 인체의 제삼의 눈을 뜨게 만드는 미타금강밀공의 육단계 자운륜이나 궁극의 칠단계인 무극일륜까지는 열지 못할 것이라 여겼다.

궁극의 깨달음이 있다면 모르겠지만, 마도시대에도 육단계인 자운륜을 열었다는 존재조차 들어본 적이 없었으니.

"일단 꾸준히 다섯 륜을 열어 미타금강밀공을 수련해야겠지. 이를 바탕으로 최대한 내공을 되찾아야 한다."

그리고는?

"흡성대법으로 모자란 내공을 보충할 것이다!"

마도시대의 마인들은 흡성대법을 익히고 있었다.

정파?

정파인들 또한 정마대전에서 살아남기 위해 마교의 흡성대법과 유사한 비법이 담긴 금단의 봉인을 풀었다.

소림 속 또 하나의 소림으로 불렸던 혈소림(血少林)이 이대조 혜가 조사 이래로 보관하고 있던 부동명왕공(不動明王功)을 정파 무인들에게 가르친 것이다.

마교의 흡성대법과 정파의 부동명왕공이 정면으로 맞부딪친 그 시점부터 정마대전은 더욱 불타올랐다.

그 결과 마인들은 물론이요, 정파 무인들까지 싸울수록 강해졌다.

이는 단순히 경험이 늘거나 승부의 감이 좋아졌다는 얘기가 아닌 것이다.

흡성대법과 부동명왕공을 각기 익히고 있었으니, 피아가 뒤엉켜 싸우는 전투 중에 서로 내력을 뺏고 빼앗기게 되는 것이다.

그리고 결국 승리한 자가 모든 것을 갖게 된다.

강한 자가 약한 자를 통째로 집어삼키는 비정한 시대, 그것이 바로 마도시대였다.

이처럼 모든 것을 쏟아 부은 이상 정파든 마도든 과거처럼 적당한 타협으로 승부를 흐지부지하게 만들 수는 없었다.

승자가 모든 것을 갖게 되는 비정의 시대, 대결말의 시대에 접어들 수밖에 없었던 것이다.

"형편없는 내력을 가진 자들의 내공을 빨아들여야 봐야 내 체내로 융해시키는 데 시간만 오래 걸릴 뿐이다. 게다가 여러 명의 내공이 난잡하게 뒤섞이면 정순하지도 않다."

내공 증진이 급하다 해서 함부로 흡성대법을 쓸 일이 아니었다.

불순한 내공을 마구잡이로 흡수하다 보면 그것은 추후에 오히려 제어할 수 없는 극독으로 돌아오게 되는 것을 누구보다도 잘 알고 있는 유한이었다.

"그리고 자칫 정파 녀석들의 이목을 끌게 될지도 모를 일이지."

흡성대법은 금단의 마공.

그 대법이 마도시대도 아니고 지금 세상에 나타나 무인들의 내공을 빨아들이게 되면 정파에서 결코 좌시하지 않을 것이 자명했다.

"천천히, 조심스럽게, 하지만 확실하게 힘을 되찾겠다!"

그렇게 다짐하며 그는 자신을 따르는 사람들을 모두 가주실로 불러들였다.

아평과 아소 형제, 곽상, 초설, 복삼, 매타자, 진 노인, 그리고 남궁아연.

이렇게 여덟 사람 앞에 한 권의 책을 내려놓았다.

"내가 알고 있는 사신(四神)의 공(功)이란 무학의 무공 주해(武功註解)다. 배워두면 천하제일은 불가능할지 몰라도 그 누구도 쉽사리 그대들에게 위해를 가하지는 못할 것이다.”

마도시대의 기본 무공이었던 사신의 공이 이 시대에는 대단한 비급일지도 모른다.

더구나 남궁유한이 직접 주해를 달아 그렇지 않아도 배우기 쉬운 사신의 공을 더욱 익히기 쉽게 만들었으니…….

하지만 마도시대를 살았던 남궁유한의 관점에서 보면 사신의 공은 그리 강력한 무공이 아니었다.

정마대전 당시 처음 나왔을 때는 강력했다. 그러나 시간이 흐르며 어느덧 기본 무공이자 필수 무공 정도의 역할을 했던 것이 사신의 공.

그 한 권의 책을 보며 아평과 아소 형제가 가장 먼저 물었다.

“소가주님, 혹 요전에 창룡대 무인들과 싸울 때 썼던 그 무공인가요?”

유한은 아평과 아소 형제에게 유달리 온화한 미소를 지었다.

“그렇다. 사신의 공은 백호철혈권, 청룡무영각, 주작투혼수, 현무무적장 네 가지로 구성돼 있지. 기본적인 권각술인 셈이다.”

“소가주님, 저희도 이것을 익히면 소가주님처럼 강해질 수 있을까요?”

아평은 며칠 전 병기고 앞에서 창룡대 무인 수십을 단숨에 격파한 유한의 무공을 본 후부터 그를 동경하고 있는 차였다.

유한이 고개를 끄덕였다.

"제대로 익히기만 한다면 꽤 쓸 만할 것이다. 그러니 열심히 익히도록 해라. 익히다 모르는 부분이 생기면 진 노인에게 물어보도록 해라. 진 노인이 자세히 알려줄 것이다."

"진 할아버지요?"

아평과 아소가 눈을 또르르 굴리며 진 노인을 바라봤다.

유한 역시 진 노인에게 시선을 향했다.

"그렇지 않소, 진 노인?"

"……."

유한이 그렇게 물었으나 정체불명의 진 노인은 여전히 답이 없었다.

"진 노인이나 곽상 정도라면 필요 없을지도 모르겠다만……."

유한은 그러며 아평, 아소 형제와 초설, 매타자, 그리고 복삼을 바라봤다.

"복삼, 어쩌면 너도 필요 없을지 모르겠구나."

복삼에게도 무언가 숨겨진 비밀이 있을지도 모른다는 것을 유한은 진작부터 알고 있었다.

그리고 그의 무공 실력 또한 얼핏 봐서는 어림하기가 상당히 힘들었으니.

능글맞게 웃는 복삼.

"흐흐흐! 이놈은 원래 공으로 생기는 것을 무척 좋아하지요."

그러며 복삼은 탁자에 놓인 사신의 공 비급을 날름 챙겼다.

"필요한 사람은 익히도록. 그럼 이만 물러가도록 해라."

유한의 명에 따라 일곱 사람이 모두 가주실을 나가자마자 남궁아연이 물었다.

"오라버니, 오라버니는 무엇을 하던 분이셨어요?"

이미 몇 번이나 그에 대해 물었지만 유한은 명쾌하게 대답해 주지 않았다.

하지만 그를 알아갈수록 의문은 더욱 쌓여만 갔다.

이번 일도 그러하다.

갑자기 무공비급을 꺼내며 자신만만하게 그 비급이 천하제일은 아닐지라도 그 누구도 쉽사리 해하지 못하게 만드는 무공이 담겨 있다 하니…….

무언가 내력이 있어도 단단히 있을 것이며, 비밀이 있어도 커다란 비밀이 있을 것이다.

그래서 아연은 오늘도 이렇게 묻고 있었다.

"소주 이화산장에서 보표(保票)를 했었다고 말했을 텐데……."

"그것은……."

이치에 맞지 않는다.

'할머니께서 소주 이화산장으로 내 보표였던 장위를 보내

긴 했지만…….'

일단 소가주로 내세운 유한에 대한 철저한 뒷조사를 위해서였다.

삼신혈뇌고로 금제를 걸어두기는 했다지만, 철저히 조사해서 나쁠 것은 전혀 없었기 때문이다.

아마 이화산장에는 총사 구달이 보낸 사람들, 남궁세가의 이권을 노리는 다른 오대세가에서 보낸 사람들로 한동안 문전성시를 이룰 터이다.

왠지 보표와는 어울리지 않는 인상이었지만, 본인이 극구 말하지 않겠다는데 아연이 끝끝내 답을 강요할 수도 없는 노릇이었다.

그리고 유한이 전에 어떤 삶을 살았던 아연은 새로 생긴 오라버니에게 깊은 호감을 느끼고 있었다.

"나는 너에게 백화예검을 가르쳐 줄 생각이다. 남궁가의 적통인 너라면 당연히 익혀야 하는 것이지."

유한은 계속되는 아연의 질문을 애써 회피하며 그녀와 함께 가주실 근처에 따로 마련된 연무장으로 향했다.

"백화예검은 총 여섯 초식으로 구성돼 있다. 일초식은 매화분분(梅花雰昐)이다. 매화가 안개[雰]처럼 은은하게, 태양빛[昐]처럼 강렬하게 휘날린다 해서 붙여진 초식명이지."

무학에 대한 깨달음이 극히 깊은 유한이다.

백화예검은 무림의 일대 절학이었고, 검왕 남궁창천 이후

십이성은커녕 십성에 이른 이조차 없을 정도로 난해하기 그지없는 무공이었다.

그러나 유한은 비급을 몇 번 보자마자 그 오의(奧義)를 전부 꿰뚫어 볼 수 있었다.

공중에서 지상을 내려다보면 세상 전부가 훤히 보이고, 아이의 시각으로는 머리를 쥐어짜 내도 도저히 풀지 못하는 문제를 어른의 시각에서는 간단히 풀어내는 것과 같은 이치였다.

비록 단전이 파괴돼 내공을 잠시 상실했지만, 무리(武理)에 대한 깊은 깨달음은 여전히 살아 있는 유한이었다.

게다가 그는 마도시대에도 남궁세가와는 깊은 연관을 가지고 있었다.

그는 심지어 정마대전 시대에 남궁세가에서 새로이 개발한 신무학마저 머릿속에 담고 있었다.

'나에게는 오대마검(五大魔劍)이 있다. 십만마교에서 숫자 오(五)로 상징되던 다섯 마검이. 하나 오대마검을 섣불리 사용했다가는 내 연원이 마교에 있음이 바로 들통 날 수도 있다. 오대마검은 가장 유명한 마교의 절학 중 하나이니.'

오대마검.

남궁유한의 독문 절학이며, 그를 철혈투마로까지 불리게 만들어준 핵심 무공이었다.

그런데 남궁세가에서조차 진 노인 정도의 고수, 특히 마교 출신일 것이 분명한 곽상이라면 당금 세상에서도 유명할 오대마검을 알아볼 가능성이 컸다.

또한 정파 무림의 원로나 명숙이라면 오대마검을 분명히 알아볼 것이다.

오대마검은 마교의 창건 이래로 무수한 정파인들의 피를 먹으며 완성된 검법이므로.

'나 역시 당분간은 오대마검 대신 남궁세가의 백화예검을 사용해야겠지. 힘을 찾아 그것을 드러내도 아무 문제 없을 때까지는.'

그렇게 생각하며 유한이 군자검을 뽑았다.

그러자 고금십대명검 중 하나인 군자검의 유려한 검명이 연무장 전체에 은은하게 울려 퍼졌다.

"내가 하는 것을 잘 보거라!"

유한이 검에 내력을 주입시키며 백화예검 일초식 매화분분을 펼쳤다.

그러자 놀랍게도 군자검 주위에서 매화 꽃잎이 분분히 휘날리며 향긋한 매화 향기가 사방에 퍼지기 시작했다.

쉬익! 쉬이익!

매화 꽃잎이 분분히 휘날리는 가운데 아름다운 호선을 그리며 검법을 펼치고 있는 젊은 청년의 몽환적인 모습.

게다가 조금의 불필요한 동작도 없이 간결하게 초식을 펼치는 청년 유한의 모습은 극히 아름다웠다.

'검이 펼치는 곡선이 이렇게 아름다웠던 것이었나?'

그 모습을 지켜보고 있던 아연의 가슴이 심하게 요동치기 시작했다.

그렇게 넋을 놓고 있는 사이 매화분분 초식이 사방에 잔향만을 남긴 채 어느새 끝이 나버렸다.

"잘 보았느냐?"

넋을 잃고 바라보고 있던 아연이 그 물음을 듣고서야 겨우 정신을 차렸다.

"아, 네……."

"그럼 한번 펼쳐 보거라."

명문세가라 하나 무가(武家)의 여식답게 백의무복(白衣武腹)을 차려입은 아연이 능숙한 동작으로 월하검을 뽑았다.

"검법 초식 하나를 펼치더라도 지법(指法), 수법(手法), 신법(身法), 보법(步法), 안법(眼法), 호흡법(呼吸法), 경력(勁力)을 모두 그 초식에 담겨 있는 오의(奧義)에 따라 펼쳐야만 진정한 위력이 나온다. 초식 한 번을 정확하게 펼치는 것이 어수룩하게 만 번을 펼치는 것보다 훨씬 중요하다."

유한의 말에 따라 아연은 정신(精神)을 집중해 백화예검 일초 매화분분을 펼쳤다.

그러나 유한이 펼쳤을 때처럼 매화가 안개처럼 휘날리지도, 태양빛처럼 강렬한 빛이 떠오르지도 않았다.

유한은 그 모습에 아주 잠깐 동안이나마 미간을 찌푸렸다.

‘뛰어난 무재(武才)는 아니로구나.’

아연의 미모는 가히 경국지색이라 할 만했다. 그에는 그 누구도 이의를 제기하지 못할 것이다.

그러나 무재는 평범한 무가의 여식보다도 못하다는 것이 유한의 판단이었다.

게다가 백화예검은 고금십대검법에 속할 정도의 극상승의 무학.

제아무리 천재라 할지라도 한 번 보고 그대로 따라 할 수는 없는 것이다.

아마도 마도시대를 살았던 유한 정도 되니 백화예검을 별 어려움 없이 펼쳐 내는 것이리라.

“오라버니……..”

유한이 인상을 찌푸린 채로 한동안 아무런 말이 없자 아연이 기어들어 가는 목소리로 말했다.

“저는… 재능이 없지요?”

아연도 알고 있었다.

자신처럼 남궁세가 출신으로 과거 명성을 날렸던 여고수들도 있었다지만, 자신은 그런 선조들에 턱없이 미치지 못한다는 사실을.

아연의 어깨가 축 늘어졌다.

그런데 유한이 웃었다.

“아마도… 내가 가르치는 방법이 잘못됐던 것 같구나.”

마도시대 폭풍대원들에게 무공을 전수할 때는 그저 한 번 시연하면 그들이 알아서 오의를 깨우쳤다.

그들은 정마대전의 시대를 산 이들 중에서도 절대기재들이었으니.

'하긴, 내가 살고 있는 이 시대를 마도시대와 비교하는 것 자체가 어불성설이겠지.'

유한은 그렇게 생각과 관점을 달리 하기로 했다.

유한이 아연의 손을 잡고 검을 잡는 지법(指法)부터 검법을 펼칠 때 손이 마땅히 가야 하는 방향인 수법(手法), 몸을 움직이는 신법(身法), 발의 움직임인 보법(步法), 검술을 펼칠 때 눈이고 보고 있어야 하는 올바른 방향인 안법(眼法), 내력을 운용하는 경력(勁力)과 기를 받아들이는 호흡법(呼吸法) 등을 처음부터 끝까지 세세하게 가르쳐 줬다.

그리고는 틀린 부분과 자세를 일일이 교정해 주며 아연이 백화예검을 쉬이 펼칠 수 있도록 도움을 줬다.

'나는 가도 예검과 아연은 영원히 남을 것이니……'

언젠가는 세가를 떠나게 될 유한은 남궁세가에 최소한 백화예검만은 남겨주고 싶었다.

그리고 연인 소소를 닮은 아연에게도 백화예검을 남겨주고자 했다.

"이제 한 번 펼쳐 보거라."

남궁유한에게 일일이 지도를 받은 남궁아연이 월하검을

들고 백화예검 일초식 매화분분을 펼치기 시작했다.

쉬이익! 쉬익!

명검이 허공을 가르는 소리는 제법 예리하게 들렸으나, 남궁유한이 펼친 것처럼 매화 꽃잎이 휘날리고 매화향이 사방에 퍼지는 그런 경지에는 턱없이 모자랐다.

그러나 훌륭한 스승 밑에 좋은 제자 난다 했던가.

유한의 직접 지도를 받은 이후 펼친 이번 검법은 직전에 펼친 것과는 감히 비교조차 할 수 없을 정도였다.

그 위력이 가히 천양지차였다.

저 한 수면 어설픈 고수 정도는 능히 일검에 베어낼 수 있을 정도였다.

그런데 이처럼 급격히 향상된 매화분분을 멋지게 펼쳐 낸 아연은 미처 그 사실을 깨닫지 못했다.

단지 유한처럼 초식을 완벽하고 아름답게 펼치지 못한 것에 짐짓 실망하며 고개를 숙였다.

"저는 정말 재능이 없나봐요."

"글쎄, 겨우 몇 번 시도해 보고 좌절하기는 너무 이르다고 생각한다. 삼재검법이나 육합권 같은 것들도 대성하자면 수년을 고려해도 쉽지 않은 것이니. 더욱이 백화예검이다. 그러니 너무 실망 말거라."

'사실 저 정도면 그리 나쁜 편도 아니지.'

그 소리를 듣자 그때까지 실망하고 있던 아연이 돌연 화사한 미소를 지으며 말했다.

"저도 열심히 수련하면 언젠가 오라버니처럼 검법을 펼칠 수 있겠죠?"

'언젠가 군자검을 든 오라버니와 월하검을 든 내가 같이 백화예검을 펼칠 수 있을지도 몰라.'

아연은 그리 생각하며 다시 월하검을 손에 꼭 쥐었다.

그런데 이때, 연무장에서 남궁유한과 아연이 검술을 수련하고 있는 광경을 멀리서 지켜보고 있는 한 사람이 있었다.

바로 세가의 태상부인 당혜였다.

'알 수 없구나. 그리고 놀랍구나. 단번에 세가의 비밀 병기고를 찾고 백화예검을 저리 능숙하게 펼쳐 내다니……. 이 상황을 어찌 해석해야 할지…….'

당혜는 남궁세가의 전설적인 검법 백화예검이 다시 부활하는 광경에 흐뭇하기도 했지만, 그보다는 류한에 대한 의문과 불안감이 더욱 컸다.

사실 누구라도 그럴 것이다.

"음……."

남궁유한이 건네준 사신의 공 비급을 훑어본 진 노인은 연달아 감탄성만 내지르고 있었다.

소가주는 별 대수로운 것이 아니라며 던져 줬으나 이 비급에 담긴 내용은 정말 대단한 것이었다.

어쩌면 세상을 놀라게 할 정도의 절세비급일지도 몰랐다.

'세상에 이런 무공이 있었단 말인가? 마치 딴 세계에서 어느 날 뚝 떨어진 것 같지 않은가? 불문(佛門)의 무공 같지만 너무도 사악하고, 선도(仙家)의 권각술로 보이지만 너무도 패도적이다. 마치 현문정종의 무공에 마도의 기운이 스며들어 있는 것 같지 않은가?'

하지만 그런 의문은 잠시 접어두더라도 이 무공이 대단하다는 사실은 그 누구도 부인할 수 없을 것이다.

'소가주의 정체가 무엇인가? 소가주의 등장이 세가에 대길(大吉)을 가져올 것인가, 아니면 대흉(大凶)으로 작용할 것인가.'

진 노인은 한참이나 고민했다.

"진 할아버지, 소가주님이 주신 이 비급은 어떤 것인가요?"

무슨 이유인지 무공을 익혀 여협객이 되길 원하는 소주제 일기녀 출신 초설이 조심스럽게 물었다.

"이 늙은이가 무얼 알겠느냐마는 배워둬서 나쁠 것은 없을 듯싶구나."

초설은 잔뜩 흥분한 얼굴로 물었다.

"저잣거리에 흔하게 떠도는 삼재검이나 육합권보다는 나은 것이겠지요?"

진 노인이 가볍게 미소를 지으며 생각했다.

'이 무공만 대성할 수 있다면 천하에서 손꼽히는 고수가

될 것인데 삼재검과 육합권과 비교를 하다니… 당치도 않은 일이지.'

그러나 진 노인은 그런 말까지는 굳이 꺼내지 않았다.

"할아버지, 복삼 아저씨 말에 따르면 할아버지는 대단한 고수시라면서요?"

다리를 저는 아소의 물음에 진 노인이 방바닥에 아무렇게나 퍼질러 있는 복삼을 바라봤다.

진 노인의 시선을 느낀 복삼이 시큰둥하게 말했다.

"고수가 아니면 말고요."

"……."

'복삼 역시 정체를 알 수 없는 자. 소가주도 소가주지만 복삼 역시 경계해야 한다.'

진 노인은 속으로 그리 생각했다.

그런데 그때 아평과 아소가 진 노인을 바라보며 청했다.

"할아버지, 그럼 앞으로 스승님으로 모실 테니 저에게 이 비급에 있는 무공을 가르쳐 주세요."

그러자 초설도 덩달아 부탁했다.

"할아버지, 저도 가르침을 부탁드릴게요."

뒤이어 또 한 사람.

"지도 부탁하지라."

매타자도 동참했다.

대체 무엇을 믿고 이리 부탁하는지는 모르겠으나 자신을

고수라고 믿고 있는 이들을 보며 진 노인은 생각했다.

'이 비급만 있으면 굳이 스승도 필요 없을 것 같다만…….'

자신이 보기에 세상에 이처럼 쉽게 쓰인 무공 비급이 없었다.

그리고 비급에 적힌 대로라면 엄청나게 빠른 내공 증진까지 볼 수 있는 기발한 내공심법 또한 포함돼 있었다.

"평아, 소야, 그리고 초 소저, 매타자."

진 노인이 네 사람을 차례로 불렀다.

"말씀하세요, 할아버지."

"한 가지 물어보고자 한다."

진 노인은 잠시 네 사람을 바라보더니 입을 열었다.

"살아서는 남궁세가를 위해 혼신의 힘을 다하고, 죽어서도 세가의 귀신이 될 수 있겠느냐?"

의외의 질문이었다.

그러나 네 사람은 단호한 어조로 답했다.

"물론입니다. 저희 형제, 비록 고아로 자랐지만 은혜를 입고도 은혜를 갚을지 모르는 배은망덕한 것들은 아니에요."

아평이 그러며 덧붙였다.

"소가주님이 가는 곳이라면 어디든 함께할 것이에요. 너도 그렇지, 소야?"

"응, 형."

아직 어리나 성정만은 곧은 아평과 아소를 보며 진 노인은 생각했다.

'소가주의 정체가 무엇인지는 모르겠으나, 지금까지 그는 흉심(凶心)을 품고 있는 것 같지는 않다. 하지만 혹여 그가 흉심을 드러낸다면 나 수호검(守護劍) 진교가 결코 용서치 않을 것이다!'

수호검(守護劍).

남궁세가에는 세가 안에서 태어나 죽을 때까지 세가 밖으로 한 발자국이라도 나가는 것이 허락되지 않는 수신호위(守身護衛)가 한 사람 존재했다.

세가의 주춧돌이 모조리 뽑힐 최후의 상황이 아니라면 결코 그 신분을 드러내지 않는 것이 수신호위다.

남궁세가의 수신호위는 수백 년째 계속 이어지고 있었다.

당대의 수신호위이자 세가의 수호검이 바로 이 노인, 진교였다.

수호검 진교는 타인과 비무를 해본 적이 없어 스스로의 무위를 알 수조차 없었다.

그러나 자신의 무공이 결코 오대세가 가주들이나 구파일방의 방주들과 비교해도 손색이 없다고 자부하고 있었다.

수호검으로 일단 선택된 아이는 태어나자마자 벌모세수(伐毛洗髓)를 받고, 세가 약 창고의 영약이란 영약은 모조리 먹게 된다.

그리고 전대의 수호검으로부터 가주만이 익힐 수 있는 비

룡일기공부터 검의 명문인 남궁세가의 모든 검법을 전수받게
된다.

　그렇게 육십 년을 보내다 보면 강해지지 않을래야 않을 수
가 없는 것이다.

　무림에도 일절 알려지지 않았고, 세가에서도 오직 가주만
이 정확한 정체를 알고 있는 수호검은 대부분의 시대에 남궁
세가 최고의 고수였다.

　그런 수호검 진교가 물었다.

　"매타자는 어떻게 생각하느냐?"

　"주인님 배신하면 지옥 불에 타 죽지라."

　진 노인은 그 대답이 썩 마음에 들지는 않았다.

　자신이 평생 암중에서 지켜온 것은 남궁세가이지 매타자
가 주인이라고 부르는 소가주가 아니었기에.

　하지만 매타자의 순박한 성격이나 약간은 모자라는 지능
을 볼 때 그가 고의로 세가에 해를 끼칠 일은 없어 보였다.

　"초 소저는 어떻소?"

　"저는… 장담할 수가 없습니다."

　그 대답에 진 노인은 이해한다는 표정을 지었다.

　초설이 기녀 신분을 버리고 세가를 찾아온 것은 무공을 배
우기 위함이지 세가와 생사고락을 함께하기 위함이 아니었으
니.

　"하지만 무공을 가르쳐만 주신다면 그 은혜는 결코 잊지

않을 것입니다.”

싹둑!

초설이 비수를 들어 허리까지 출렁거리는 자신의 비단결 같은 머리카락을 잘라냈다.

위왕(魏王) 조조는 자신의 말이 추수를 앞둔 밀밭을 훼손하자 군령을 어겼다며 자신의 머리 대신 머리카락을 잘랐다는 고사가 있다.

머리카락은 어찌 보면 생명의 상징.

“이 머리카락을 진 할아버지께 드리겠습니다.”

그 머리카락은 초설의 단호함을 상징하는 것이었다.

초설은 무조건 무공을 배워 힘을 키워야 했다.

그녀에게는 반드시 복수를 해야 할 불구대천지수가 있었다.

진 노인은 그 머리카락을 받더니 잠시 초설을 바라봤다.

‘대체 이 아이에게는 어떤 사연이 있는 것인가?

“이렇게 뜻을 보였으니 내 부족하나마 최선을 다해 초 소저를 돕겠네.”

그리고는 오늘도 여전히 술독에 빠져 있는 낭인 무사 곽상을 바라봤다.

“곽 무사, 그대는 어떠한가?”

벌컥벌컥!

곽상이 술을 들이켜더니 말했다.

"나는 그딴 것에는 관심 없소. 진 노인의 실력이야 익히 짐작하지만 진 노인이 나를 가르칠 정도로까지 뛰어나다고는 생각지 않소. 내 목표는 오직 남궁세가의 백화예검과 겨뤄보는 것이오."

진 노인은 곽상을 처음 봤을 때부터 그의 정체를 짐작하고 있었다.

최후의 검법을 찾기 위해 세상을 떠돌고 있다는 검광(劍狂) 곽상이었다.

오 년 전, 곽상은 고금십대검법 중 하나인 화산파(華山派)의 자하검법(紫霞劍法)과 겨뤄보고 싶다며 혈혈단신으로 화산파에 난입했었다.

그는 화산파 안에서 대소동을 벌이고도 끝내 화산파 장문인을 만나지 못하자 화산파 편액에 침을 뱉어버린 일화로 무림에서 유명했다.

또한 화산파와 함께 섬서성에 위치한 종남파(終南派)의 사일검법(斜日劍法)을 보고 싶다며 난동을 피우는 과정에서 종남파 문주였던 낙일검(落日劍) 종리추해의 한 팔을 잘라 버린 화려한(?) 과거가 있었다.

그런 수치를 당했으니 섬서성제일의 두 문파가 참지 못하는 것은 당연한 일.

두 문파는 정예 고수들로 구성된 추적대를 급파했으나 오히려 검광 곽상에게 대패해 온 무림에 망신을 당한 적이 있었다.

　곽상은 십만마교 출신이었으나 교의 배반자로 낙인찍힌 이단아로 ‘최후의 검법’을 찾아 헤매는 ‘검에 미친 자[劍狂]’였다.

　그는 고금십대검법의 하나인 백화예검과 자신의 검을 겨루기 위해 남궁세가를 찾아온 것이었다.

　남궁세가가 멸문할 위기에 처하면 백화예검이 등장하지 않겠는가 하는 막연한 기대를 품고 있었다. 그리고 남궁세가가 멸문하면 다시는 백화예검을 볼 수 없다는 위기감에 이처럼 세가에 눌러앉아 있는 것이었다.

　“나는 당분간 떠날 생각 없소. 소가주가 백화예검을 익히기 시작한 이상 언젠가는 그와 승부를 겨뤄봐야 하니까. 하하하!”

　곽상은 크게 웃더니 다시 화주를 들이켰다.

　진 노인의 시선이 바닥에 널브러져 있는 복삼에게 향했다.

　복삼은 자신에게 묻기도 전에 알아서 대답했다.

　“나는 소가주가 마음에 들거든? 그리고 만약 소가주가 성공하게 되면 나에게 떨어질 떡고물도 대단할 것 같고. 뭐, 그렇다고 소가주나 남궁세가와 운명을 같이할 생각도 없어. 최후에 궁지에 몰리면 나는 도망칠 거요. 어떤 상황에서도 내 한 몸 빠져나갈 재간은 가지고 있으니.”

　이제 정해졌다.

남궁유한이 익히라고 던져 준 비급은 진 노인의 가르침하에 아평과 아소 형제, 초설과 매타자가 배우는 것으로.

지금은 이렇게 제각각이지만 훗날 무적세가(無敵世家), 또는 고금제일세가(古今第一世家)로 불리게 되는 남궁세가를 활화산처럼 일으킨 칠성위(七星尉)가 이렇게 그 기지개를 켜기 시작했다.

第四章 흉계

無敵世家

그로부터 이 주일 후.

"받게."

총관 구달이 세가 내의 모든 음식 조리와 재료 조달을 책임
지며 다과 또한 전담하고 있는 주선당(廚宣堂)의 당주 왕원교
에게 묵직한 은자 꾸러미를 던졌다.

주선당주 왕원교 역시 구달의 수족이었다.

"무엇을 하면 되는 것입니까?"

어려서부터 조금씩 독을 섭취해 독으로는 어떻게 해볼 도
리가 없는 사천당가 출신의 태상부인 당혜, 팽가의 눈치를 보
느라 손끝 하나 대고 있지 못하는 남궁아연.

그 둘을 제외하면 구달의 명에 따라 구달 체제를 반대하는 이는 모조리 독살해 구달을 도운 전력이 있는 왕원교였다.

그렇기에 그는 이 묵직한 은자 꾸러미의 의미는 누군가가 먹을 음식에 약을 타라는 의미임을 굳이 듣지 않아도 능히 짐작할 수 있었다.

"요즘 소가주와 소공녀가 밤늦게까지도 머리를 맞대고 무언가를 상의한다지?"

"그렇습니다. 저희 주선당에 매일같이 야식이나 다과를 청하고 있으니까요."

탁!

구달이 왕원교 앞에 약봉지 하나를 던졌다.

"내일 밤에도 야식을 요구하면 차나 국에 그것을 타게."

"이것이 무엇인지 물어도 되겠습니까?"

당연히 구달의 명을 이행할 것이다.

그의 눈 밖에 나면 짭짤하기 그지없고 뒷돈이 뭉텅이로 들어오는 주선당주 자리에서 곧바로 밀려날 것이기에.

하지만 독이란 것은 조금만 타도 음식의 맛을 버려놓기에 먹는 이가 곧바로 이상함을 눈치 챌 수 있게 된다.

그래서 독의 종류나 성질을 알아야 적당히 양을 조절해 음식과 조화시켜 먹는 이를 속여야 했다.

"그 문제는 걱정할 것 없네. 그것은 무색, 무미, 무취한 것이니까."

왕원교가 잠시 생각하더니 말했다.

"그렇다면 아무 문제 없습니다."

왕원교가 약봉지를 품에 집어넣었다.

"실수하지 말게."

"걱정 마십시오. 저는 손예처럼 어수룩하지 않으니."

"나는 자네를 믿네."

곧 왕원교가 물러나자 구달은 가주실에서 일하는 시녀에게 일러 약의 효과가 나타나기 시작하면 지체없이 자신과 단목 부인에게 알리라고 명했다.

"이제 주오 그 사람이 흑사회(黑蛇會) 무사들만 이끌고 오면 눈엣가시 같은 것들을 한 번에 쳐낼 수 있겠군."

구달은 그러면서 비열한 눈웃음을 쳤다.

다음날.

소가주 남궁유한을 향해 한동안 이어지던 암습 시도도 이제는 뜸해진 상황이었다.

밤새 혹여 무슨 일이 생긴 것은 아닌가 해서 마음 졸이던 아연도 요 며칠은 적잖이 마음을 놓고 있었다.

처음에는 그래도 남궁유한이 가짜 소가주에 가짜 오라버니란 생각이 조금은 남아 있어서 약간의 거리낌과 의심도 있었다.

그러나 차차 시일이 지남에 따라 이제는 어느 정도 남궁유한에 대한 진실한 믿음이 생기고 있었다.

"하지만 아가씨, 소가주는 어디까지나……."

세가에 남은 거의 유일한 가신이라 할 수 있는 창룡대주 조량이 종이 위에 글을 썼다.

아직은 과거가 미심쩍습니다. 비룡패를 가지고 있었고, 소소 아가씨의 연인이었다고 해도 완전히 믿어서는 안 됩니다.

조 대주 아저씨, 아저씨의 기억이 확실치 않다면서요.

그건 그렇긴 합니다만…….

조량은 여전히 선대 가주와 정분을 나눈 낙양 땅의 여인이 낳은 것은 사내아이라고 기억하고 있었다.

그런데 곰곰이 생각해 보면 생각할수록 자신의 기억에 썩 믿음이 안 갔다.

사내아이라고 믿고 있었는데, 주위에서 자꾸 아니라는 식으로 흔들어대니 도리어 확실했던 기억이 흔들리고 있다고나 할까?

그리고 오라버니는 좋은 사람이에요. 다른 사람은 몰라도 나는 알아요.

아연은 비록 세상 경험도 거의 없고 사람과 교류한 적도 적었다. 하지만 남궁유한의 맑은 눈동자만 봐도 그가 악한은 아니라고 믿을 수 있었다.

또한 그는 사사로운 욕심을 부린 적도 없었고, 언제나 자신을 예의 바르게 대했다.

구달처럼 사악한 자와는 전혀 다른 인물이었다.

그리고 그의 곁에 있으면 언제나 포근하고 따뜻한 느낌만을 받을 수 있었다.

저 역시 그동안 유심히 살펴보고 있었으나 특별한 점이 없긴 했습니다만…….

조량은 세상 경험이 풍부한 사람이었다.

아마 생면부지의 상태로 처음 만났다면 남궁유한을 호방한 청년 소협 정도로 여기고, 즐거운 마음으로 술 한잔을 나눴을지도 몰랐다.

그러나 사람이란 것이 겉 다르고 속 다른 법입니다. 세가를 위해 성실히 일하던 구 총관이 가주님 돌아가시자마자 저리 변할 줄 누가 알았겠습니까?

그런 그렇지만…….

일단은 지켜보는 것이 좋겠습니다. 솔직한 심정으로 단목 부인이나 구달 같은 이에게 세가가 절단나느니 소가주를 진심으로 입양해서 세가를 맡겨보는 것은 어떤가 싶기도 합니다.

그동안 지켜본 바에 의하면 패기 넘치고 호탕하며, 인간적인 매력도 물씬 풍기는 남궁유한이 일견 마음에 들기도 했다.

손속이 매섭고 간혹 사기(邪氣) 비슷한 것이 느껴져서 저어되기는 하지만 말이다.

그래도 아무 희망 없이 무기력하게 승냥이 같은 것들에게 세가의 기둥뿌리마저 뽑히느니 마지막으로 모험이라도 한번 해보고 싶었다.

게다가 태상부인의 말에 따르면 그는 삼신혈뇌고에 금제를 당하고 있다 했으니 그가 세가를 향해 이빨을 드러내는 것도 불가능할 것이니 더더욱 그러했다.

"소공녀 아가씨, 소가주님께서 찾으십니다."

조량과 한참 필담을 나누고 있을 때, 소년 아평이 아연에게 전갈을 전해왔다.

"그럼 조 대주 아저씨, 저는 이만 오라버니에게 가봐야겠어요."

왠지 들뜬 얼굴의 아연이었다.

"저도 이만 물러가야겠습니다. 흑사회주 주오가 세가를 방문한다는 흉흉한 소문이 돌아서 준비해야 할 것 같습니다."

십 년 전만 해도 남궁세가의 본가가 있는 합비 땅에는 마도련에 속하는 방회나 문파 등은 발도 못 붙였다.

더욱이 시장 뒷골목에서 상인들의 고혈을 빠는 흑도방 무리는 감히 합비 땅에 발을 들일 생각조차 못했다.

다 명문정파이자 오대세가 중 으뜸인 남궁세가가 합비 땅에 자리하고 있기 때문이었다.

그러던 것이 십 년 전부터 합비 땅에 마도련 소속 방회와 문파들이 속속 생겨나고, 흑도방 무리가 우후죽순처럼 생겨나고 있었다.

그중 가장 세가 큰 것이 칠상도(七傷刀) 주오가 이끄는 흑사회(黑蛇會)였다.

칠상도 주오란 자는 호북성 무한 출신으로 본디 뒷골목을 전전하던 삼류 흑도방 무리에 속한 이 중 하나였다.

그런데 이십여 년 전 희대의 살귀가 정파인들에게 척살당한 이후 미처 수거되지 못한 칠상도법의 비급을 그가 얻어 각고의 수련을 거친 끝에 합비 땅에 나타났다.

그 시기가 남궁세가의 몰락 시기와 겹쳐 그는 큰 힘 들이지 않고 합비 땅에 터전을 마련하는 데 성공했다.

이후 구달 총관과 선이 닿아 서로 뒷배를 봐주기 시작했다.

남궁세가의 절대적인 영향력이 사라진 후 안휘성은 고사하고 합비 땅마저 무주공산이 돼버린 상태.

구달이 대주는 풍부한 황금을 바탕으로 주오는 흑사회를 일약 합비 최강의 방회로 만든 것이다.

이는 정파의 방관과 마도련의 계산이 깔려 그리 된 것이었다.

명분을 중시하는 정파에서는 합비와 안휘성이 전통적으로 남궁세가의 영역임을 알기에 영향력을 행사하기를 꺼려했다.

반대로 마도련 쪽에서는 당장 합비 땅으로 세를 넓히기보다는 이런 혼란한 상황을 견디다 못한 남궁세가가 스스로 쓰러지기를 기다리고 있었다.

간신히 숨만 붙어 있는 남궁세가이니 그리 오래 기다릴 필요도 없었다.

게다가 흑사회 수준의 방회 정도는 언제든 밀어버릴 수 있다는 자신감이 밑바닥에 깔려 있었다.

어차피 쓰러질 남궁세가를 억지로 밀어버리려다 정파 전체의 개입을 불러오는 타초경사의 우를 범하지 않기 위해서였다.

상황에 상황, 계산에 계산이 겹쳐 주오의 흑사회가 합비는 물론 안휘성에도 적잖이 영향력을 행사하는 지경에까지 이른 것이었다.

"나는 사실 큰 그림을 그려본 적이 없다. 그래서 너에게 조언을 얻고자 한다."

합비 땅과 안휘성 상권의 세력도를 펼쳐 놓고 보고 있던 남궁유한이 아연에게 물었다.

"어떤 부분을 말하는 것인지……."

남궁유한이 손가락으로 합비 지도를 가리키며 말했다.

"합비에서 흑사회란 방회가 겁대가리를 상실하고 설쳐 댄다는 얘기를 들었다."

"호호호! 오라버니도 참, 겁대가리가 뭐예요."

그간 상당히 가까워진 유한과 아연이었다.

"그런가? 하여튼 합비 땅을 정비하려면 이 흑사회란 단체부터 손을 봐줘야겠지?"

그 말에 아연이 일순 어두운 표정을 지었다.

"흑사회는 그리 만만한 방회가 아니라고 들었어요. 칠상도 주오는 흑도에서는 알아주는 고수 중 한 명이고, 휘하에 일류 고수가 대략 십여 명에, 이류 정도 되는 고수도 백 명은 족히 된다고 해요. 흑사회에 종속된 합비의 흑도방 무리는 거의 오백에 가깝다는데… 저희 세가는 무인 수를 다 해도 겨우 삼백에 불과해요. 더군다나 그들이 제대로 된 무인도 아닐뿐더러 결정적인 순간에 오라버니의 명을 듣지 않을지도 몰라요."

겉으로 보기에는 극히 옳은 얘기였다.

그러나 언제나 상식 밖에서 살고 있는 남궁유한에게는 전혀 해당 사항 없음이었다.

"흥! 이권을 중심으로 급조된 조직 따위는 대가리를 자르고 돈줄만 끊어버리면 한 달도 안 돼서 지리멸렬할 것이다."

"그건 그렇지만……."

"나는 빠른 시일 내에 합비 땅을 청소할 생각이다. 그리고 안휘성이 남궁세가의 영역임을 선언할 것이고. 장강의 사업도 곧 재개하고, 안휘성 외부의 차 사업도 원활하게 돌릴 생각이다."

세력도에 표시된 곳들은 안휘성과 장강, 절강성, 강소성으로 이어지며 반월 형태로 꽤 넓은 지역에 분포하고 있었다.

그 표시가 바로 남궁세가가 각지에서 벌이고 있는 사업을 가리키는 것이었다.

그런데 합비 땅도 제압할 능력이 없는 마당에 저 광대한 지역에서 벌이는 사업을 어찌 통제할지…….

아니, 당장 세가 내부부터 장악해야 외부로 눈을 돌릴 여력이라도 생길 것이 아닌가.

"일단 구 총관 문제부터 해결해야 할 텐데요. 그러고 나서 다음 문제를 생각하는 것이 순서일 듯해요."

"구 총관? 그런 쥐새끼 따위는 안중에도 없다. 파도만 한 번 몰아쳐도 모조리 허물어질 모래성을 쌓아놓고 자신이 세가의 지배자인 줄 착각하는 멍청이에게 시간 끌 생각은 전혀 없다."

"하지만 그의 세력이 만만치가 않아요."

아무리 모래성처럼 보인다 해도 남궁세가 전체를 지배하고 있는 자는 어디까지나 총관 구달이었다.

그러나 남궁유한은 다시 한 번 비웃음을 흘리더니 방문 너머로 주먹을 쥐더니 소리쳤다.

"쥐새끼에게 전해라! 내가 곧 쥐새끼의 혀를 자르고, 눈알을 파고, 손발을 잘라 개 먹이로 던져 주겠다고! 그러나 목숨만은 빼앗지 않겠다! 몸통만 남은 몸으로 평생 살게 해주마!"

그 위협적인 발언에 문밖에서 한과 아연의 대화를 엿듣고 있던 시녀들이 일순 몸을 떨었다.

"오라버니, 무서워요."

아연은 간혹 호탕함이 지나쳐 패도적인 분위기마저 풍기

는 오라버니 유한을 보며 가볍게 몸을 떨었다.

"내 말이 심했느냐? 하지만 나는 분명한 생각 하나를 가지고 있다. 나에게 은혜를 베푼 자에게는 열 배로 갚고 나를 해하려 한 자에게는 백 배로 복수한다는!"

유한이 그렇게 말하고 있는 와중에 아연은 크게 근심스런 표정을 지었다.

이럴 때마다 왠지 오라버니가 낯설게 느껴졌기 때문이다.

그것을 눈치 채고 유한이 멋쩍게 웃었다.

"뭐, 그렇다는 얘기다. 하지만 남궁세가를 해하려 드는 자에게는 자비를 베풀지 않을 것이다. 그러니 얼굴 찡그리지 말거라. 시집도 안 간 처녀 얼굴에 주름 생기면 어쩌려고 그러느냐. 하하하!"

유한이 마지막에 농을 던지자 아연도 이내 딱딱한 얼굴을 풀며 물었다.

"제가 오라버니의 생명을 구했는데, 그런데 저에게는 어떻게 은혜를 열 배로 갚을 것이에요?"

다 죽어가던 유한을 살린 것이 아연이었다.

"흠, 원하는 것이 있으면 말해보거라. 네 소원이라 해서 이렇게 세가를 살리기 위해 동분서주하고 있으니."

"음~ 방금 주름 얘기 했었죠?"

"하하하! 그 농을 마음에 두고 있느냐? 농을 던진 것이었으니 마음에 두지 말거라. 나는 아연이가 강남제일미가 아니라 천하제일미라고 믿고 있으니."

"치잇~! 그런 입발린 소리 별로예요. 그 얘기 들으니까 막 소원이 생각났어요."

"말해보거라. 네 소원이라면 하늘에서 별이라도 따다 줄 테니."

하늘의 별 소리에 아연이 피식 웃었다.

"오라버니는 종잡을 수가 없다니까요. 어떤 때는 오한이 날 정도로 무섭다가도 지금처럼 실없는 소리를 해 우습게만 보이기도 하고."

유한이 양팔을 활짝 펼치며 말했다.

"나는 그저 자유를 추구하는 사람이다. 웃고 싶으면 웃고, 울어야 할 때는 울고, 화를 낼 때는 화가 난 그대로 화를 내며, 상대에게 감사를 표시할 때는 화끈하게 표현한다. 예전에도 지금도, 그리고 앞으로도 그럴 것이다."

그랬다.

자유, 마도의 정의는 바로 자유였다.

정파인들은 마교와 마도인들을 무슨 사교 집단이나 패륜아로 몰았지만 실상은 전혀 달랐다.

인습과 예법에 얽매이기 싫어하며 자유분방함을 추구하는 이들이 진정한 마도인들이었다.

마도인들 중에도 패륜을 저지르고 살인과 강간, 방화, 약탈을 하는 이들도 물론 있다.

하지만 정파인들 중에는 그런 이들이 없겠는가?

전체가 무엇을 지향하든 그 와중에 엇나가고 뒤틀린 이들은 있기 마련이다.

자유분방함을 추구하기에 마도인 중에 그런 엇나간 이들이 정파인들에 비해 조금 더 많을 뿐이다.

류한이 마도인임을 진정 자랑스러워했음에도 끝내 교주에게 반기를 들었던 것도 무림을 일통해 보다 많은 자유를 보장하기는커녕, 무림 전체에 하나의 획일화된 사상을 주입시켜 통제된 세상과 사람만이 존재하는 '죽은 무림'을 교주가 원했기 때문이다.

류한에게 정파인들은 생각이 갈려 다른 길을 걷고 끝내 칼부림까지 하게 된 사이였으나 그들의 생각만은 존중했다.

마도인의 자유분방함은 자신과 다른 상대의 생각마저 인정하는 그런 것이었다.

아연이 그 설명에 고개를 끄덕였다.

"나도 오라버니처럼 한없이 자유롭게 살았으면 좋겠어요. 세가에서 태어나지 않았다면 진정 그렇게 살 수 있었을까요?"

"글쎄……. 하지만 내 생각은 이렇다. 어디에서 어떻게 태어났든, 어떻게 살아왔든 자신이 진정 자유롭고자 한다면 분명 그럴 수 있을 거라고. 물론 나는 배움이 짧아서 제대로 표현한 것인지는 모르겠다만."

"치잇~!"

"하하하! 그런데 따분한 얘기를 하느라 정작 네 소원이라
는 것이 무엇인지는 아직 못 들었구나."

"아, 잊을 뻔했네. 내 소원은요… 나중에 내 얼굴에 주름이
생기면 오라버니가 펴주셨으면 해요."

의외의 소원에 유한이 고개를 갸웃거렸다.

"주름을 펴달라? 언제까지?"

"여인들은 얼굴에 주름 생기는 것을 영원히, 여~ 영원히
원하지 않는답니다."

"그러하냐? 알았다. 네가 꼬부랑 할미가 돼 주름을 펴고 또
폈는데도 정 안 되면 너를 반로환동(反老還童)이라도 시켜서
영원히 이 모습 그대로 유지시켜 주마."

농이 아닌 진담!

"그럼, 약조하신 거예요?"

"이 오라비는……."

유한이 말하는 것과 동시에 아연이 말했다.

"허!언!을! 하지 않는다!"

"호호호!"

"하하하!"

유한과 아연이 크게 웃었다.

그리고 잠시 후, 유한이 다시 세력도를 보며 말했다.

"흑사회인지 토룡회인지는 그냥 힘으로 밀어버리면 된다

고 쳐도, 사실 세가가 사업을 벌이고 있는 지역은 너무 넓다. 내 몸이 몇 개인 것도 아니니 나 혼자 모든 것을 처리할 수는 없다. 그렇다고 믿고 맡길 수 있는 이가 많은 것도 아니고 말이다.”

사실 팔백 년 가까이 된 남궁세가는 그동안 너무 광범위한 지역에서 사업을 벌이고 있었다.

지금 이 순간에도 천하독패(天下獨覇)의 꿈을 꾸는 이들이 많겠지만, 중원천하는 어느 한 개인이나 단체가 홀로 지배하기에는 너무도 넓은 곳이었다.

절세고수가 즐비했던 십만마교도, 하늘이 열린 이래로 가장 강한 교주조차도 무려 백 년 동안의 정마대전을 거치고 나서야 일통을 이뤄낸 무림이 아니던가?

그에 반해 아직 무공도 신통치 않고 인재도 없으며 세력도 없는 자신은 남궁세가의 사업조차 제대로 꾸려 나가기가 버거웠다.

무력이야 차차 키워 나갈 자신이 있었지만, 세가를 경영하고 세력을 키우는 것은 솔직히 자신이 없었다.

이전에 해본 적도 없고, 앞으로 잘할 자신도 없었다.

교주가 마도시대를 열 수 있었던 원동력에 대해 말한 적이 있었다.

“첫째도 인재, 둘째도 인재, 셋째도 인재가 나에게 많았기 때문이다!"

그렇게 말했다.

'맞는 말이다. 내가 막상 세가를 운영해야 할 입장이 되니 교주의 그 말이 뼈저리게 느껴진다.'

교주에게 복수심을 갖고 있었지만, 그가 가진 장점은 결코 무시하지 않을 것이다.

상대를 있는 그대로 받아들일 수 있는 자만이 진정한 강자일 것이기에.

"오라버니, 황산(黃山)에 철대선생(鐵大先生)이라 불리는 기인이 한 분 살고 있다고 들었어요."

"철대선생?"

"그분의 학문과 식견, 천하 경영의 능력을 알아본 연왕(燕王) 전하, 당금의 황상 폐하께서 삼고초려의 정성을 다해 초빙을 했던 분이라 했어요. 하지만 조카인 건문 황제와 제위를 다툰 정난(靖難)의 사(師)가 벌어지자 그에 실망해 황산에 은거를 하신 분이에요."

정난의 역(逆)이라고도 불리는 그 사건을 통해 연왕이 영락 황제로 등극했다.

"철대선생이란 자가 뛰어난 자일지는 모른다."

그런데 묘하게도 그리 운을 뗀 남궁유한은 탐탁지 않은 기색을 보이고 있었다.

"숙부가 조카의 제위를 빼앗은 것은 물론 비난받아 마땅하다. 하지만 그렇다고 모시는 주군을 버린 자라면 관심 없다. 주군이 엇나갈 때는 목숨을 걸고 바로잡아야 하며, 그것이 천륜을 어긴 것이라면 주군에게 단호히 천륜의 중요성을 일깨워 줘야 하거늘, 그것을 회피하고 은거하는 자라면 아무리 능력이 뛰어나다 한들 나와는 같은 길을 갈 수 없다."

남궁유한, 마도시대의 폭풍대주 류한은 주군이었던 교주가 초심을 잃고 폭주하자 몇 번이나 그것을 경계하라며 충언을 올렸다.

그리고 끝내 그 충언을 받아들이지 않자 단호히 주군인 교주를 향해 검을 겨눈 바 있었다.

류한은 자신처럼 주군이 틀렸을 때는 반기라도 들 수 있을 정도로 강단있는 인재를 원했다.

그러니 능력이 아무리 출중하다 해도 주군이 틀렸다고 해 주군을 등져 버린 철대선생이 마음에 들 리 없었다.

"그래도 한 번 만나보시어요. 황상께서도 여전히 그분에 대한 미련을 버리지 못하고 있을 정도라니까요."

"언제 시간 나면 한 번 만나는 보마."

그렇게 말은 했지만 남궁유한은 사실 별 기대를 하고 있지 않았다.

"이제 출발하자."

　합비 땅에서 가장 큰 세력을 자랑하고 있는 흑사회주 칠상 검 주오가 명령했다.

　처음부터 잘생긴 얼굴이라고는 할 수 없는 주오는 애꾸였다. 게다가 어린 시절 두창(痘瘡, 천연두)을 앓아 얼굴마저 곰보였다.

　인상만 봐도 어지간한 사람은 오줌을 지릴 정도로 험악한 얼굴을 가지고 있는 것이 칠상검 주오였다.

　"알겠습니다, 회주님!"

　흑사회 소속 일백 무사들이 주오의 명령에 따라 객잔에서 간단히 식사를 마치고 일어섰다.

　"얼마인가?"

　주오가 객잔 주인에게 물었다.

　"아, 아닙니다요. 흑사회 영웅호한들에게 한 끼 식사를 대접할 수 있어서 여, 영광입니다요."

　객잔 주인은 잔뜩 겁을 먹고 있었다.

　그도 그럴 것이, 합비 땅 상인들 사이에서 흑사회주 주오의 이름은 저승사자와 같은 것이었다.

　"회주님, 그냥 가셔도 됩니다. 객잔 주인 따위가 미치지 않고서야 감히 회주님께 식대를 받을 수 있겠습니까?"

　이마가 좁고 눈이 쭉 찢어져 있으며, 턱에는 달랑 한줄기 염소 수염을 달고 있어 교활한 인상을 주는 중년 사내가 그렇게 말했다.

그 사내의 이름은 구방(具榜)으로 남궁세가 총관 구달의 친동생이었다.

친형 구달의 도움으로 남궁세가 인근 시장 상인과 객잔, 기루, 도박장 등을 장악해 그들의 고혈을 빨아먹고 사는 구방파의 두목이었다.

이 구역의 두목이 구방파의 구방이라면, 합비 암흑가의 총두목은 흑사회주 주오였다.

결국 주오 휘하에 구방이 있는 셈이었으니, 구방은 주오를 극진히 대할 수밖에 없었다.

그런 구방을 향해 주오가 살짝 웃음을 지었다.

주오가 웃자 여러 개의 앞니가 빠져나가 보기 흉한 그의 치아가 드러났다.

터벅터벅!

주오가 구방 앞으로 걸어갔다.

'내가 극진히 모셨으니 회주께서 어쩌면 내 구역을 호상파 영역까지 넓혀줄지도 모른다.'

구방은 내심 그런 기대를 품고 있었다.

그렇잖아도 친형인 구달에게 자신의 구방파가 합비 땅의 기루와 도박장이 밀집돼 있는 인근 호상파 영역으로 진출하게 해달라고 떼를 쓰고 있는 상황이었다.

그런데 친형 구달이 흑사회에 자금을 지원하고, 흑사회는 구달에게 도움을 주며 공생하는 관계라 해도 합비 땅 영역 문제는 어디까지나 흑사회주 주오의 결정에 달린 일이었다.

'회주께서 이곳까지 방문한 김에 뇌물과 여자를 안겨서라
도 이 문제를 매듭……'

구방이 흐뭇한 상상을 하고 있는 그 순간이었다.

퍽!

순간 구방의 눈앞에 별이 보였다.

그리고 마치 뇌성벽력에 맞은 것처럼 귀청이 찢어질 것 같
았다.

온몸이 찌릿하게 마비되는 것을 느껴야 했다.

그리고는,

쾅!

자신의 몸이 허공을 날아 객잔 탁자 모서리에 머리를 부딪
치며 또 한 번의 충격을 받고 말았다.

"버러지 같은 자식! 세상 물정 모르는 뜨내기들이나 범죄
자, 파락호들로부터 상인들을 지켜주며 소정의 보호세를 받
는 것은 어쩔 수 없다. 사파의 무인들 또한 먹고살아야 하기
에. 하나 그 문제와 상인들의 고혈을 빼는 것은 다르다."

주오의 주먹에 턱을 강타당해 앞니가 우수수 부러지며 피
를 흘리고 있는 구방이 말했다.

"회, 회주니, 대태 무스 마씀인지……."

이빨이 부러지며 심하게 말이 새는 구방이었다.

"세상사 간단하다. 객잔에서 밥을 먹었으면 돈을 내라! 다

음에 또 한 번 네가 이처럼 상인들에게 폐를 끼친다는 소문이 내게 들리면 온몸을 잘게 다져 주마!"

"회, 회주니, 혀니이 이 사시으 아며은 가마있지 않으 거니다(형님이 이 사실을 알면 가만있지 않을 겁니다)!"

"흥! 진작에 네 녀석의 내장을 꺼내지 않은 것이 네 형 구달 덕인지도 몰랐단 말이냐!"

주오는 불쾌했다.

합비 땅에 자리를 잡으며 구달에게 적지 않은 도움을 받았다. 어쩌면 그가 대준 뒷돈이 있었기에 흑사회를 합비제일의 흑도문파로 키울 수 있었는지도 모른다.

'객잔에서 밥을 먹었으면 돈을 내야 한다'는 곧, 누군가에게 도움을 받았으면 응당 보답을 하라는 의미와 통했다.

그런 주오였기에 구달의 행태에 진작에 염증을 느끼고 있었으면서도 아직까지 마지못해 그를 돕고 있는 것이었다.

"형에게 빌붙어 온갖 해악을 저지르는 기생충 같으니라고! 퉤!"

주오는 바닥에 쓰러져 있는 구방에게 진한 가래침을 뱉고는 객잔 주인에게 식대를 계산했다.

"가자! 구달이 오늘은 무슨 더러운 짓을 시킬지 모르나, 한 번 견뎌보자꾸나!"

주오가 자신을 따르는 흑사회 일백 무인들을 이끌고 그렇게 남궁세가로 향하기 시작했다.

그날 밤.

남궁세가 담벼락 근처에서 어둠을 뚫고 인영 하나가 재빨리 움직이고 있었다.

세가의 몰락 이후 남궁세가는 창천장원 주위로 야간 경비도 제대로 세우지 못했다.

그래서 마음만 먹으면 누구라도 세가의 담을 넘을 수 있을 정도로 경비가 허술했다.

한눈에 보기에도 빼어난 경공술을 구사하고 있는 그 인영은 어느 담벼락 하나에 도착하더니 일정한 규칙에 따라 손으로 가볍게 담벼락을 두들겼다.

그러자 담벼락 너머에서 곧 바로 암어(暗語)가 들려왔다.

"黃山四千刃[황산 사천 길 높이에]."

담벼락 아래에 있는 이가 대구(對句)로 답했다.

"三十二蓮峰[서른두 개의 연꽃 봉오리]."

"丹崖夾石柱[빨간 벼랑에 돌기둥들]."

"菡萏金芙蓉[도톰한 연꽃과 금빛 연꽃]."

암어 확인이 모두 끝나자 담벼락 너머에 있는 이가 물었다.

"지부장님이십니까?"

"유가(劉加)인가?"

"그렇습니다."

"당분간 나를 찾지 말라 했을 텐데……. 소가주의 눈이 어디까지 향해 있는지 알 수가 없는 상황이다."

최근 등장한 소가주는 알 수 없는 인물이었다.

분명 그는 범상치 않은 인물이었기에 더욱 조심해야 했다.

"급히 알려드려야 할 일이 있어서 왔습니다."

"무언가?"

"구달 쪽 사람이 저희 하오문(下五問)을 통해 '춘(春)'을 구해갔습니다."

담벽 안쪽 사람이 춘(春) 소리에 적잖이 놀랐다.

"춘(春)을?"

"그렇습니다."

지부장으로 불린 이가 담벼락 너머의 유가라는 이에게 자세한 얘기를 들었다.

"해약은?"

"필요하실 것 같아서 준비해 왔습니다."

"던지게."

담벼락을 넘어온 해약을 건네받은 이가 말했다.

"금빛 연꽃에게 세가에 대한 정보는 잘 올라가고 있겠지?"

"물론입니다. 황산의 서른두 번째 연꽃은 앞으로 다른 모든 일은 제쳐 두고 이 사안에만 집중하라는 명이 금빛 연꽃에게서 하달돼 왔습니다."

"알겠네."

이후 몇 가지 사소한 문제에 대해 빠르게 얘기를 나눈 후 담벼락 밑에 있던 이는 재빨리 움직이기 시작했다.

"오라버니, 주선당 왕 당주가 오늘 최상품의 항주산 용정 차가 들어왔다고 전해왔어요."

중원인들은 모두가 차를 즐긴다.

남궁세가의 주력 사업이 차 사업이었으며, 이를 통해 무림 오대세가의 반열에 오를 수 있었다.

"용정(龍井)이라……. 좋은 차지."

남궁유한 역시 차를 즐겼다.

그중 특히 용정차를 좋아했다.

'주선당 왕 당주 역시 구달의 사람. 쉴 새 없이 내 음식에 독을 타온 작자다. 그 작자가 아연에게 용정차가 들어왔다고 얘기했다?'

분명 무슨 꿍꿍이속이 있을 것이다.

'하지만 어설픈 독으로는 나를 해칠 수 없다. 그리고 팽가 의 시선이 두려워서라도 아연에게는 해를 끼칠 수 없을 터. 아연과 함께하는 음식에 수작을 부릴 가능성은 낮다.'

이런 분석보다는 사실 최상품의 용정차가 있다는 말에 더욱 끌리는 남궁유한이었다.

"오라버니, 왕 당주에게 다과상을 들이라 할까요?"

"그래라."

"내가 직접 차를 타겠다."

주선당주 왕원교가 주선당에서 일하는 숙수와 하녀들을 모두 물렸다.

숙수와 하녀들 모두 평소에는 주선당 출입조차 뜸한 왕 당주가 오늘은 왜 직접 나섰는지를 능히 짐작할 수 있었다.

왕원교는 마지막으로 주위를 둘러보더니 품에서 약 봉지 하나를 꺼내 찻물을 담은 도기 안에 뿌렸다.

그리고는 명했다.

"희춘이를 불러라."

왕원교의 명이 떨어지기가 무섭게 시녀 하나가 주선당 안으로 들어왔다.

"희춘아, 평소대로 하면 될 것이다."

그러며 일부러 시녀 희춘의 풍만한 젖가슴 근처에 은자를 집어넣어 주고는 가슴을 몇 번 주물렀다.

"아잉~! 다른 이들이 보면 어쩌시려고요."

시녀 희춘이 교태를 부렸다.

"흐흐흐! 이번 일만 잘 마무리되면 내 너에게 한 살림 차려 줄 것이다."

왕원교가 토실토실하게 살이 오른 희춘의 엉덩이를 연신 주무르며 말했다.

"그것이 사실이지요? 믿어도 되는 것이지요?"

“그렇다는데도. 소가주와 소공녀가 차를 마시는 것을 확인하고 바로 내게 알려라. 그러면 끝날 것이다. 그리고 일이 끝나면 오늘 밤 내 처소로 찾아오거라.”

음욕에 불타는 왕원교가 희춘에게 그렇게 명했다.

“알겠어요, 당주님.”

희춘은 그렇게 말하더니 찻잔이 담긴 옥쟁반을 들고 엉덩이를 흔들며 주선당을 나섰다.

“소가주님, 시녀 희춘이옵니다.”

“들어오너라.”

가주실 방문이 열리며 희춘이 들어와 탁자 위에 찻잔과 약과가 놓인 간단한 다과상을 놓았다.

희춘은 소가주와 소공녀의 눈치를 살피며 옥색 찻잔 두 개에 용정차를 따랐다.

“더 필요한 것은 없으신지요.”

“지금은 없다. 이만 나가보거라.”

소가주 남궁유한이 짤막하게 명했다.

“알겠사옵니다.”

희춘은 뒷걸음질을 쳐 가주실을 나갔다.

“용정차의 짙은 향, 부드러운 맛, 비취 같은 녹색, 그리고 참새 혀 모양의 잎사귀를 들어 ‘사절(四絶)’ 이라 부르지요.”

아연이 말에 유한이 화답했다.

"좋구나. 최상품의 용정이라더니 그 말이 딱 어울리는구나."

유한도 처음 맛볼 정도로 극상품의 용정차였다.

유한과 아연 모두 왕 당주가 바친 용정차의 맛에 만족해 찻잔을 한 번 비우고는 다시 한 잔을 따라 마셨다.

그런데 담소를 나누며 한참 차를 즐기고 있을 때, 아연이 속으로 이상한 것을 느꼈다.

'왜 이렇게 덥지? 그리고 속에서 무언가가 나를 간질이고 있는 느낌이 들어.'

양 볼에 홍조가 돌기 시작한 아연이 그렇게 느끼기가 무섭게 아연의 옷 안이 땀으로 흠뻑 젖어들었다.

그리고는 한 번도 사내를 접해보지 못한 그녀의 방심(芳心)이 들끓기 시작했고, 여인의 비지(秘地)가 흠뻑 젖어들었다. 뒤이어 유두가 단단해지는 것을 느꼈다.

그녀는 몸을 배배 꼬며 자신도 모르게 교태 어린 신음성을 내뱉었다.

'오라버니… 당장에라도 오라버니 품에 안기고 싶어.'

옷매무새마저 어느새 완전히 흐트러져 뽀얀 속살을 곳곳에 보이고 있는 아연은 자신이 오라버니라고 부르는 남궁유한에게 당장에라도 안기고만 싶었다.

그런데 그런 상황에서 때마침 남궁유한이 아연의 몸을 덥석 안았다.

“대체 그게 무슨 소리인가?”

태상부인 당혜가 어이없다는 표정으로 노성을 터뜨렸다.

“내가 미망 에 빠졌다는 소문보다 더 해괴한 말이로구나!”

당혜는 지금 눈앞에 있는 단목주혜와 구달을 바라보며 분노를 터뜨리고 있었다.

“아뢰기 송구하오나 가주실 시녀가 목숨을 내놓을 각오를 하고 알려왔습니다. 이는 천륜을 어기는 너무나 혐오스런 일이기에…….”

“이런 해괴한 고변을 한 시녀를 당장 대령하라!”

“어머님께서 원하신다면 얼마든지요.”

단목주혜가 앙칼진 목소리로 시녀 하나를 태상부인의 거처에 들였다.

그 시녀는 바로 희춘이었다.

“내가 들은 얘기가 정녕 사실이렷다? 한 치의 거짓이라도 섞여있을 시에는 당장 네년의 목을 칠 것이니라!”

당혜가 추상같은 목소리로 말했다.

“소, 소녀의 말에는 한 치의 거짓도 없사옵니다. 아뢰옵기 송구하게도 소가주님과 소공녀께서 서로 껴안으시며 옷을 벗기기 시작했나이다. 그리고… 그리고…….”

희춘은 차마 입에 담지 못하겠다는 듯 말을 잇지 못했다.

“아~!”

시녀의 증언까지 듣자 당혜는 눈앞이 깜깜해지는 것을 느끼며 세상이 온통 어지럽게 보이기 시작했다.

"어머니, 패륜도 이런 패륜이 없습니다! 비록 이복 남매라 하나 한 아버지의 피를 이은 남매가 근친상간을 하다니요! 그것도 저잣거리의 미천한 것들이 아니라 남궁세가의 소가주와 소공녀가 이런 패륜을 저지르다니요! 이 얘기가 퍼지면 저희 남궁세가는 세상을 향해 고개를 들 수가 없는 일입니다!"

단목주혜가 표독스럽게 소리쳤다.

남궁세가 내부의 몇몇은 남궁유한이 선대 가주와는 아무런 혈연관계가 없는 이임을 짐작하고 있었다.

하지만 태상부인 당혜는 세상에 남궁유한이 남궁가의 후손이며, 아연과는 이복 남매가 된다고 밝혀 단목주혜와 구달을 견제하려 했다.

이에 총관 구달은 가짜 소가주 남궁유한을 내세워 남궁세가를 유지하려는 당혜의 생각을 역으로 찔렀다.

근친상간이라는 패륜. 이것이 세상에 알려지면 가뜩이나 몰락한 남궁세가는 기둥뿌리까지 통째로 뽑힐 대사건이었으니.

'늙은이가 조용히 살다 갈 것이지, 그러니 왜 참견을 하고 그래?'

단목주혜는 속으로 그렇게 생각하며 오늘의 일을 계획한

구달을 잠시 흐뭇하게 바라보더니 당혜에게 시선을 돌렸다.

"그리고 아연의 혼처인 팽가에서 이 사실을 알면 무슨 반응을 보이겠습니까? 파혼은 물론이고 자신들이 모욕을 당했다 하여 남궁세가에 대가를 치르라 할 것이 분명합니다!"

"……."

표독스럽게 소리치는 며느리 단목주혜의 말에 시어머니 당혜는 일순 꿀 먹은 벙어리가 될 수밖에 없었다.

'이, 이 사악한 것! 기껏 목숨을 살려주고 잠시나마 남궁세가의 소가주가 되는 복락을 누리게 해줬더니 감히, 감히 이런 짓을!'

당혜는 분명 남궁유한이 세상을 잘 모르는 손녀 아연을 달콤한 말로 꾀여 유혹했을 것이라고 믿었다.

그리고 이 사실이 알려지면 손녀 아연과의 혼약이 있다는 이유로 남궁세가를 유일하게 비호해 왔던 하북팽가가 바로 등을 돌릴 것이다.

그렇게 되면 남궁세가는 그날로 끝장이었다.

'눈엣가시 같던 소가주를 쳐내고 끝내 마음에 걸리던 아연 소공녀까지 한 번에 쳐내는 방법이지. 남궁유한 이놈, 나를 쥐새끼라 부르고, 혀를 자르고 눈알을 파고 손발을 잘라 개 먹이로 던져 주겠다고 해? 흥! 오늘로 허울 좋은 소가주 생활은 끝이다. 너를 매일같이 내 발이나 핥는 개로 만들어주겠다.'

총관 구달은 음흉한 미소를 지었다.

구달이 왕원교를 시켜 남궁유한과 남궁아연의 찻잔에 타게 한 것은 바로 환희극락산(歡喜極樂散)이었다.

환희극락산은 춘약(春藥)이지 독이 아니었다.

갖가지 춘약이 환희극락산으로 불리지만, 그것들은 각기 다른 제조법을 가진 것이어서 환희극락산을 제조한 이가 아니며 해약도 제조할 수 없는 물건이었다.

'소가주, 어릿광대 놀음은 이제 끝이오!'

구달은 앞서 가는 단목주혜와 눈을 맞추며 입꼬리를 씰룩거리며 미소를 지었다.

"저희가 왔음을 알릴 일이 아닙니다."

쿵!

가주실 앞에 선 구달이 다짜고짜 방문을 걷어차더니 안으로 난입했다.

"태상부인 마님, 보십시오! 이 패륜의 현장을!"

구달이 자신만만하게 소리쳤다.

"……."

그런데 직전까지 분노를 참지 못하고 당장에라도 남궁유한을 요절낼 것만 같았던 태상부인 당혜가 막상 현장에 들어와서는 전혀 화를 내지 않고 있었다.

단지 말문을 잇지 못할 뿐이었다.

"어머님께서 이 야심한 시간에 어인 일이십니까?"

탁자에 앉아 아연과 다정히 얘기를 나누던 유한이 일어나 예를 갖추며 말했다.

평소처럼 남궁가를 상징하는 청의(靑衣)에 백옥이 중앙에 박힌 영웅건을 머리에 동여매고, 허리에는 큼지막한 비취가 박힌 요대를 두르고 있는 준수한 청년 남궁유한이었다.

"무, 무슨 일 없는 것이냐?"

당혜의 물음에 남궁유한이 태연스럽게 답했다.

"무슨 일이라니요?"

영문을 알 수 없다는 표정이었다.

"아, 아니다. 괜한 걸음을 했구나."

이어 당혜는 당장에라도 상대를 절단 낼 것만 기세로 구달을 노려봤다.

곧 당혜에게 예를 표한 남궁유한이 고개를 돌려 부서진 방문을 확인했다.

그리고는 아무도 모르게 비릿한 미소를 한 번 짓더니 구달에게 무섭게 소리쳤다.

"구 총관, 이제 쥐새끼 노릇 대신 미친개 노릇이라도 하려는 것이오? 감히 소가주가 기거하는 곳의 방문을 한밤중에 박차고 들어오다니! 반역이라도 일으킬 셈이오!"

"그, 그것이 아니라……."

구달은 크게 당황해 유한과 다소곳하게 탁자 근처에 앉아 있는 아연을 번갈아 바라봤다.

'이, 이럴 리가 없는데……. 환희극락산은 해약도 없는 것인데…….'

"형수님, 형수님은 대체 이 시간에 어인 일이십니까? 아, 마침 잘됐습니다. 주선당 왕원교 당주가 극상품의 용정차를 바쳐 왔기에 그렇지 않아도 형수님과 이 차를 한 잔 나눠 마실까 했습니다."

유한은 태연한 얼굴로 찻잔 두 개에 용정차를 따랐다.

그러더니 직접 단목주혜와 구달에게 찻잔을 건넸다.

"소, 소인은……."

"허허! 소가주가 주는 찻잔 하나 받지 못하겠다는 건가? 왜요? 찻잔에 독이라도 탔을 것 같아서 그러오?"

유한이 찻잔에는 아무것도 들어 있지 않다는 것을 확인이라도 시켜주려는 듯 찻잔 끝에 입을 대 가볍게 입술을 적셨다.

"그대가 소가주인 나를, 아니, 남궁세가 전체를 능멸할 생각이 아니라면 지금 이 차를 마시는 것이 좋을 것이오."

유한이 돌연 살기를 폭사시키며 구달을 노려봤다.

'이, 이런!'

가까운 곳에서 소가주와 정면으로 눈을 마주치게 되자 구달은 등에서 절로 식은땀이 흐르고 몸이 사시나무처럼 떨리는 것을 느꼈다.

유한이 낮지만 강한 어조로 위협했다.

"마시는 것이 좋을 것이다. 이를 거절한다면 쥐새끼 같은 네 대가리를 저 남쪽 해남도 끝까지 날려 버릴 것이니."

무시무시한 협박이었다.

류한은 그러더니 단목주혜를 바라봤다.

"형수님, 제가 드리는 차를 왜 마시지 않는지요? 왜, 찻잔에 독이 들었다는 것을 사전에 알기라도 한 것인지요."

단목주혜는 구달에게 듣기로 저 찻물에 환희극락산을 탔다고 들었다.

하지만 저 차를 마신 남궁유한과 남궁아연에게는 아무 일도 없었다.

더구나 자신이 보는 앞에서 남궁유한이 찻물을 마시기까지 하지 않았는가?

혹여 환희극락산이 들었을 수도 있으나, 자신이 마시지 않는 것은 지금 상황에서 전혀 이치에 맞지 않는 일이었다.

마시지 않는다면 찻잔에 독이 들었음을 미리 알고 있었다는 것이고, 그것은 자신이 배 아파 낳지는 않았다 해도 자식들임에 분명한 소가주와 소공녀에게 해를 입히려 했다는 증거가 될 터이다.

근친상간도 패륜이지만, 어미가 자식을 죽이려 한 것 역시 그에 못지않은 패륜이 아니던가?

"가, 감사히 먹겠네."

단목주혜의 목소리는 가늘게 떨리고 있었고, 찻잔을 들이 켜는 손은 경기를 일으키고 있는 것 같았다.

꿀꺽!

단목주혜가 찻잔에 든 찻물을 전부 들이켰다.

그런데 그 즉시 단목주혜는 몸이 뜨거워지는 것을 느꼈다.

남궁아연의 경우보다 약효가 훨씬 더 빠르게 나타났다.

아연은 남자를 모르는 처녀였지만, 단목주혜는 수많은 남자들과 음탕한 짓을 즐겨온 요부였다.

그랬기에 약효가 몇 배는 빨리 나타나고 있는 것이었다.

"대체 어찌 된 일이더냐?!"

자세한 내막을 알지 못하는 태상부인 당혜가 소리쳤다.

"이, 이잇!"

그런데 순간 궁지에 몰렸다 생각한 구달이 품에서 비수 한 자루를 꺼내 당혜를 제압하더니 그녀의 목에 비수를 들이댔다.

"소, 소가주! 한 발자국만 움직여도 태상부인의 목숨은 그 순간 끝장날 것이오!"

"할머니!"

아연이 다급하게 소리쳤다.

"아, 아아~!"

곁에는 음탕한 신음성을 내지르며 입고 있던 궁장을 한 꺼

풀씩 벗어젖히고 있는 단목주혜가 있었다.

"구 총관, 언제나처럼 나를 뜨겁게 품어줘. 도저히 못 참겠어. 내 시동들을 불러와. 내 달궈진 몸을 아이들의 수줍은 혀로 식혀줘야 해. 빨리~ 빨리 불러와!"

환희극락산의 약효가 무시무시할 정도로 나타난 단목주혜가 이성을 완전히 상실하고 자신의 치부를 낱낱이 까발리고 있었다.

"명문세가의 여인으로서 그, 그 무슨 망발이냐!"

구달에게 목숨을 위협당하고 있는 당혜였지만, 그 소리에는 넋을 잃을 정도였다.

평소 사이도 좋지 않고 표독스럽기 그지없는 며느리였으나, 세가의 여인으로서 총관 구달과 놀아나고 소년들을 성의 노예로 삼아 쾌락을 추구했다니…….

당장 쓰러질 정도로 충격적인 얘기였다.

"태상부인, 당신이 내 구명줄이 돼줘야겠어."

구달은 당혜의 목에 비수를 그어 한 줄기 혈흔(血痕)을 남기며 유한을 바라봤다.

"움직이지 마시오. 움직이지 말라 했소."

당혜를 인질로 잡고 가주실을 빠져나가려는 구달을 보며 유한이 비웃었다.

"복삼, 저 쥐새끼를 어떻게 할까?"

처음부터 뒤편에 앉아 있던 복삼이 말했다.

"일단 보내시지요."

"그래? 그러도록 하지."

유한은 너무도 순순히 그것을 허락했다.

유한은 나름대로의 꿍꿍이가 있었다.

"그런데 저 요망한 추물(醜物)은 어떻게 하시겠습니까?"

복삼이 단목주혜를 가리키며 물었다.

"남자를 원한다니, 세상에서 가장 비천한 것들에게 몸뚱이를 던져 주거나, 아니면 창루에 팔아버리든지 알아서 하도록."

복삼이 미소를 지으며 말했다.

"제가 간단히 조언을 드려도 되겠습니까?"

오늘의 위기는 복삼이 없었다면 남궁유한 스스로는 헤쳐 나오지 못했을 것이다.

그랬기에 적잖이 그에게 믿음이 생긴 터였다.

"내 기꺼이 경청하겠다."

"저 추물 뒤에는 호북성 단목세가가 버티고 있습니다. 일단은 살려두는 것이 좋을 듯합니다."

"흥!"

남궁유한은 단목세가라는 말에 코웃음을 쳤다.

"그 문제는 알아서 하고, 저 발정 난 암캐를 눈앞에서 치워라."

"그리하지요."

복삼이 춘약에 중독돼 몸부림치고 있는 단목주혜의 몸을
들었다.

"아아~!"

남정네의 손길이 닿자마자 단목주혜를 교성을 내지르며
복삼의 목덜미를 휘감았다.

"관심 없으니 조금만 잠자코 있어라!"

복삼이 빠른 동작으로 단목주혜의 혈도를 짚었다. 그러자
직전까지 뜨거운 입김을 내뿜던 단목주혜의 몸이 축 늘어졌
다.

잠시 혼절했지만, 환희극락산의 독성은 그대로 체내에 남
아 있었다.

해약으로 풀든가, 아니면 욕정을 채워 풀든가 두 가지 방도
밖에 없었다.

그렇지 않으면 전신의 혈관이 모조리 터지며 절명할 터였
다.

사람들의 시선이 단목주혜에게 쏠려 있는 사이 총관 구달
은 당혜를 인질로 삼아 가주실을 빠져나왔다.

'겨우 한 고비는 넘겼다. 이제 흑사회주 주오의 힘을 빌려
오늘의 일을 깨끗이 지워야 한다. 그렇게만 되면 사실을 조작
해 아무 일 없던 것처럼 넘어갈 수 있다.'

구달은 태상부인 당혜를 이용해 순간적인 위기를 넘기고
세가 밖의 은신처로 도주하기 시작했다.

“오라버니, 할머니를 구해야 해요!”

아연이 창백한 얼굴로 유한에게 소리쳤다.

“걱정 마라! 구달 총관의 몸에는 이미 천리추종향(千里追香)이 뿌려져 있다. 구주팔황(九州八荒) 어디에 숨든 찾아낼 수 있다.”

“하, 하지만 그전에 할머니께 무슨 일이 생기면…….”

남궁유한은 사실 자신에게 삼신혈뇌고를 하독한 당혜가 죽든 말든 별로 개의치 않았다.

하지만 이처럼 애태우며 간청하는 아연을 보니 어쩔 수 없이 당혜를 구할 수밖에 없을 것 같았다. 그리고 구해놓고 제대로 흥정을 해볼 생각이었다.

“알았다!”

유한이 군자검을 손에 들며 말했다.

“걱정 마라. 이 오라비가 반드시 구해올 것이니.”

“저, 저도 도울게요.”

아연이 월하검을 들었다.

유한은 그 소리에 지그시 미소만 지었다.

사실 아연의 무공으로는 별 도움이 안 될 것이다. 하지만 유한은 대놓고 그런 얘기를 할 생각은 없었다.

유한과 아연이 당혜를 구하기 위해 가주실이 자리한 중각(中

閣) 밖으로 나섰다.

그런데 한밤중임에도 불구하고 중각과 이어지는 세가 광장이 대낮처럼 환하게 밝혀져 있었다.

두 사람이 중각 밖으로 나선 것을 본 중년 사내가 힘겹게 걸어와 보고했다.

"피하십시오! 흑사회주 주오가 무인들을 이끌고 세가를 공격해 왔습니다!"

남궁지화에서 한쪽 팔과 다리를 잃고 의족에 의지하고 있는 창룡대주 조량이었다.

"흑사회? 흥! 그런 것들 전혀 두렵지 않다!"

유한이 코웃음을 쳤다.

미타금강밀공으로 어느 정도는 내공을 회복한 상태였다.

마도시대 당시와는 비교할 수 없을 정도로 낮은 수준이었으나, 이 시대의 평범한 무인 정도는 떼로 덤벼들어도 자신을 어찌하지 못할 것임을 알고 있었다.

그리고,

"소가주님, 명하신 대로 폭풍대 전원을 불러왔습니다."

어느새 단목주혜 문제를 처리한 복삼이 유한에게 보고했다.

그의 뒤에는 세가의 수호검인 진교 노인과 검광 곽상, 매타자, 초설, 아평과 아소 형제 등이 겉옷 밑에 천잠보의를 갖춰 입고 이미 대기하고 있었다.

"교교한 달빛 아래서 은빛 검무(劍舞)를 추어볼까?"
유한이 밤하늘에 떠 있는 보름달을 바라보며 마도시대의
폭풍대를 떠올렸다.

第五章 세가 정리

無敵世家

"내가 남궁세가 소가주 남궁유한이다!"

유한이 달빛 아래에 서서 흑사회주 주오와 흑사회 무인 일백을 바라보며 호기롭게 소리쳤다.

총관 구달이 급하게 인원수만 채워놓은 비룡대, 창룡대, 적룡대, 황룡대에 속한 낭인들과 파락호들은 흑사회주 주오가 온다는 소문만 듣고도 줄행랑을 친 지 오래였다.

그나마 남궁세가에서 태어나 오직 세가밖에 모르는 이십여 명 어린 청년들만이 병기고에서 검을 빼 들고 소가주 남궁유한 앞을 지키고 있었다.

십 년 전 남궁지화 당시에 너무 어려 마교와의 싸움에 나서지 못했던 소년들이 자란 것이었다.

급속도로 몰락하는 세가 상황에 비분강개하고, 총관 구달의 전횡에 속을 끓이며 밤마다 분노의 눈물을 삼키던 이들이었다.

"누가 세가의 충신이며, 누가 세가의 반역도인지를 저절로 구분할 수 있게 됐구나."

남궁유한이 이십여 명의 젊은 세가 청년들을 보며 혼잣말로 중얼거렸다.

"소가주님, 저희가 죽음으로써 소가주님과 세가를 지키겠나이다."

창룡대의 젊은 무인인 전성(全星)이 소리쳤다.

전성 역시 과거가 미심쩍은 소가주에 대해 애초에는 충성을 바칠 마음이 없었다.

하나 세가의 본가가 있는 창천장원이 한낱 흑도의 무뢰배들에게 짓밟힌다 생각하니 이렇게 스스로 나선 것이었다.

세가의 위기가 청년 전성으로 하여금 검을 들게 만들었고, 소가주에게 충성을 맹세하게 만들었다.

"우리가 지키고 있는 한은 그 어떤 무리도 세가의 땅을 한 치도 밟지 못할 것이다!"

세가에 마지막 남은 가신인 조량에게 검법을 사사 하기는 했으나 그 수련 기간이 너무 짧아 형편없는 실력을 가진 청년들이었다.

세가에 검법 비급은 많으나 그것을 세세하게 설명하며 가르칠 스승이 돼야 할 전대 남자들이 모조리 죽은 상황이었기에 그럴 수밖에 없었다.

비록 그렇다 해도 천년세가의 자부심만은 대단했고, 그 의기만은 하늘을 찌를 듯했다.

'부자는 망해도 삼 년은 간다더니, 천년세가는 몰락해도 여전히 그 긍지와 명예만은 건재하구나.'

남궁유한은 이 청년들의 의기에 적잖이 감동하고 있었다.

그런데 그 청년들을 보며 남다른 감회에 젖어 있는 인물이 또 한 명 있었다.

'검왕 조사께서 세가를 버리지 않은 것이야! 저런 훌륭한 청년들을 보내 세가를 마지막까지 지켜주시다니…….'

세가의 마지막 수호검 진교가 절로 흘러내리고 있는 눈물을 훔치며 남궁유한을 바라봤다.

그러며 그 앞에서 무릎을 꿇으며 말했다.

"소가주님, 오늘의 위기를 넘기고 세가를 반석 위에 올려놓으시면 남궁세가의 수호검 진교는 죽는 순간까지 소가주님께 충성을 바치겠나이다!"

진 노인이 자신의 신분을 밝히자 유한은 그다지 놀라지 않았지만, 창룡대주 조량은 대경실색할 정도로 놀랐다.

"진 노인이 세가의 수호검이었단 말이요? 그것이 정녕 사실이오?"

조량 역시 얼핏 들은 적이 있었다.

세가에 숨어 있는 절정고수가 있어 암중에서 세가를 지키고 있으며, 세가가 최후의 위기를 맞게 되면 홀연히 그 정체를 드러내 세가와 운명을 같이한다는 얘기를.

"…내가 천 년을 이어온 남궁세가의 제육십사대 수호검 진교다!"

진교가 자신의 신분을 밝히자 조량이 진교 앞에서 고개를 숙이며 말했다.

"이, 이렇게 뵙게 돼 영광, 또 영광입니다!"

조량은 한때 수호검을 원망했었다.

세가가 완전히 몰락하게 된 상황에서도 그 정체를 드러내지 않았던 수호검이었기에.

그리고 의심도 했었다.

세가의 수호검 전설은 거짓이며, 설사 사실이라 해도 수호검 역시 십 년 전 남궁지화에서 죽었을지 모른다고.

그런데 막상 이렇게 세가의 수호신을 보게 되자 벅찬 희열과 함께 감격하지 않을 수가 없었다.

본신 실력을 감추려 하고 있지만 무시무시한 기세를 풍기고 있는 남궁세가 소가주.

남궁세가가 가진 최후의 한 수라는 수호검 진교.

그리고 소가주 뒤편에서 술병을 들고 있는 낭인 무사.

이 세 사람을 본 흑사회주 주오는 오늘의 상황이 결코 간단히 끝나지 않을 것임을 직감할 수 있었다.

주오는 무공 역시 뛰어나지만 산전수전 다 겪은 노련한 인물이었다.

암흑가의 생리부터 사파, 심지어 정파의 습성까지 알고 있었다.

그는 내심 어찌할까를 고민하며 자신을 소개했다.

"내가 흑사회주 칠상검 주오요."

주오가 자신을 밝히자 유한이 거만하게 목을 휘저으며 말했다.

"그런 이름 따위 물어본 적 없다."

오만함인가, 아니면 자신감인가?

주오는 그 소리에 울컥 노화가 치밀었으나 간신히 가라앉히고 오늘의 일에 대한 계산을 하기 시작했다.

'저 어린것들은 허수아비일 것이나, 저 셋은 결코 범상한 존재들이 아니다. 지난 십 년 동안 각고의 노력 끝에 키운 일백의 흑사객(黑蛇客)이라면 결코 지지는 않을 것이나 피해가 극심할 것이다.'

그렇게 되면 호시탐탐 합비 땅을 노리고 있는 다른 무리나 합비 내에 현재는 자신에게 굴복하고 있는 흑도방 무리가 뒤통수를 칠지도 모를 일이었다.

암흑가의 생리상 호랑이가 약세를 보이면 승냥이 떼가 숨겨둔 이빨을 드러내는 일은 비일비재했으니.

'어차피 좋아서 하는 일도 아니다. 구달에게 진 신세를 갚기 위한 것일 뿐. 깨끗하게 승부를 내자. 내가 이겨 소가주를 굴복시키면 구달에게 신세를 갚은 것이 될 것이고, 만약 내가 패하더라도 흑사회는 건재할 것이니.'

결심을 한 주오가 크게 소리쳤다.

"두령끼리 화끈하게 한 판 붙읍시다! 그리고 결과가 어떻게 나오든 상대는 무조건 승복하기로 합시다!"

"두령끼리? 홋! 지는 쪽은 앞으로 이긴 쪽의 명령을 듣겠다는 것이냐?"

그것까지는 미처 생각지 못한 주오였다.

그저 자신이 이기면 소가주를 구달에게 넘기고, 혹여 자신이 패하면 오늘은 이만 남궁세가에서 물러나는 것 정도로 단순하게 생각하고 있었다.

하지만 저런 조건까지 내거는 상대의 자신만만함이 일순 비위에 거슬렸다.

그리고 자신이 익힌 칠상검이 가진 위력을 굳게 믿고 있었다.

게다가 남궁세가 소가주를 꺾으면 남궁세가를 자신이 통째로 집어삼킬 수도 있지 않은가?

암흑가를 전전하며 겨우 흑도 방파 하나를 일군 주인이 아닌 천년세가로 불리는 남궁세가의 소가주가 허언을 할 리는 없다고 생각했다.

'하지만 정파 것들은 워낙 위선자들이 많아서…….'

"내가 이기면 남궁세가에 흑사회 본부가 들어설 것이외다. 그 조건, 지킬 자신 있소이까?"

"훗! 내가 각서라도 써줄까? 어디, 소림신승이나 무당일선이라도 불러서 공증이라도 세울까?"

남궁유한이 그러며 말했다.

"나는 결코 허언을 하지 않는다!"

그렇게 말하며 호방한 기세를 뿜어내는 남궁유한을 주오가 바라봤다.

'이제껏 보아온 정파의 위선자들과는 분위기가 다르다. 어찌 보면 십만마교의 마인들과 유사해 보일 정도다. 그리고 남궁세가 소가주는 단전이 파괴된 폐인이란 소문이 있었다.'

"좋소! 남아일언(男兒一言)은……."

주오의 말을 받아 남궁유한이 이었다.

"중천금(重千金)!"

남궁유한은 천년세가인 남궁세가를 걸었고, 주오는 합비 제일의 방파인 흑사회를 판돈으로 걸었다.

엄청난 판돈이 걸린 한 판 도박은 이렇게 시작됐다.

칠상검법(七傷劍法).

정파에 속하나 사파의 특성 또한 가지고 있어 정사지간에 있는 것으로 알려진 감숙성 공동파(空同派)에서 나온 이단적인 절기였다.

인근의 청해성에 자리한 십만마교에 대항하다 보니 공동파가 비록 정파임에도 손속이 매서워지고 검법이 패도적인 방향으로 흘러간 것은 어쩌면 당연했다.

그 와중에 공동파에 기재 하나가 나타나 공동파의 절기인 칠상권(七傷拳)을 응용해 검법 하나를 창출해 냈다.

그것이 바로 칠상검법이었다.

"나의 칠상검은 꽤 쓸 만하다고 자부하오."

주오는 자신의 절기인 칠상검법에 대단한 자부심을 가지고 있었다.

그는 흑도 방파를 이끌고 있는 이였음에도 기세만 보면 정파인보다 더한 기상을 뿜어내고 있었다.

"칠상검이 나쁜 절기는 아니지. 단지 대성하기가 힘들 뿐."

남궁유한은 정파의 절기 중 상당수를 알고 있었고, 정마대전 중에는 직접 몸으로 겪은 바도 있었다.

오행의 화금수토목(火金水土木)에 해당하는 심장과 폐, 신장, 비장, 간장에 음양이기(陰陽二氣)를 더해 칠상(七傷)을 입히는 것이 칠상검법이었다.

그런데 이는 상대에게만 해당되는 것이 아니라 검법을 구사하는 자 역시 마찬가지였다.

상대에게 해를 주지만 결국에는 자신도 상하고 마는, 그야

말로 정파의 검법이라고 하기에는 너무나 이단적인 검법이었다.

그래서 칠상검법의 또 다른 이름이 '이단검(異端劍)'이었다.

스으윽!

주오가 자신의 검을 뽑아 칠상검법의 기수식인 오행화례(五行和禮)를 취했다.

남궁유한은 상대 주오가 흑도 방파를 이끌고 있기에 내심 무시하고 있었다.

하나 기수식을 취하며 상대가 자신과 정중히 검을 겨루기 원하는 것을 보니 결코 경시할 무뢰한이 아니었다.

남궁유한이 검집에서 군자검을 뽑았다.

띠이잉~!

군자검이 자신의 가치를 스스로 입증하려는 듯 검명이 울렸다.

군자검을 들어 상대의 미간 정중앙을 향해 겨눴다.

이는 고금십대검법 중 하나인 백화예검의 기수식인 화중일첨(花中一尖)이었다.

백화예검은 화려하고 아름다운 검법이었으나, 그 속에는 세상에서 가장 매서운 오의(奧義)가 담겨 있었다.

어쩌면 세상 제일의 화려함으로 그보다 더한 날카로움을 가리는 것인지도 몰랐다.

"저것이 정녕 기수식에 불과한 것이란 말인가?"

수호검 진교가 화중일첨을 보며 감탄성을 터뜨렸다.

아직 검법을 펼치지도 않았지만, 진교는 화중일첨의 자세가 얼마나 완벽한 것인지를 바로 알 수 있었다.

자신이 언제나 꿈꿔오던 이상적인 자세, 바로 그것이었다.

완벽한 자세에서 나온 검법은 본래 가진 최대의 위력을 발휘하게 된다.

그것이 진교가 육십 평생 동안 검법에 매진하면서 몸소 깨달을 수 있었던 이치 가운데 하나였다.

"흠!"

검광 곽상 또한 낮은 신음성을 토해내며 남궁유한의 화중일첨을 바라봤다.

'놀랍구나.'

순수하게 검법만 놓고 보면 천하에서 열 손가락 안에 들지 모르는 검광 곽상이 놀라고 있었다.

곽상은 웃었다.

'흐흐흐! 남궁세가에 눌러앉아 있던 보람이 있다. 소가주, 우리 매일같이 싸워봅시다. 당신과 겨루다 보면 이 곽상이 최후의 검법에 도달할 수 있을 것 같으니.'

두 사람이 감탄하고 있다면 남궁유한의 상대인 주오는 연신 침만 꼴깍꼴깍 삼키고 있었다.

자신의 기수식이 단순히 예를 표하기 위한 것에 불과했다

면 상대의 기수식은 상대의 기세를 단숨에 꺾어버릴 목적으
로 펼쳐진 것이었다.

그 차이는 엄청난 것이었다.

그리고 자신의 미간 중앙을 쉴 새 없이 찔러 들어오는 예리
한 바늘 같은 이 기운.

'이 무형의 기운을 유형화했다면… 나는 이미 죽었다!'

하지만 포기할 수는 없었다.

이 한 판에 흑사회 전체를 걸지 않았던가?

게다가 그의 가슴속에서는 검을 잡은 무인으로서의 마지
막 호승심이 화산처럼 불타오르고 있었다.

탁!

주오는 시작도 하기 전에 땀에 흠뻑 젖어버린 왼손으로 들
고 있던 검집을 바닥에 버렸다.

검을 넣어야 할 검집을 스스로 바닥에 버렸다 함은 생사
결(生死結)을 짓겠다는 강한 의지의 표현!

죽거나 이기거나 둘 중 하나였다.

"선수(先手)를 잡겠소이다!"

그 고함과 함께 주오의 검이 남궁유한을 찔러 들어왔다.

그 기운이 주변에 퍼지자 돌연 주오의 심장이 터질 듯이 빠
르게 뛰기 시작했다.

호흡이 가빠졌으며, 사지가 떨렸다.

또한 하복부에 찢어지는 듯한 통증이 몰려왔다.

심장이 타는 듯 아팠다.

혈관 속의 혈액이 모조리 들끓고 있는 것 같은 처절한 고통이 밀려왔다.

칠상(七傷) 중 상대 인체의 다섯 장부가 상한 오상(五傷)이 시작된 것이다.

그것은 주오가 공격하고자 하는 상대 역시 마찬가지.

남궁유한에게도 그대로 그 영향이 미쳤다.

'이놈의 칠상검은 이 시대에도 여전히 짜증나는군.'

남궁유한은 그래도 고통보다는 짜증이 몰려왔다.

그런데 진정 무시무시한 것은 따로 있었다.

칠상검, 혹은 이단검이라 불리는 검에서 뿜어져 나오는 괴이한 기운.

그 기운이 임독양맥(任督兩脈)을 따라 흐르는 음양이기의 순환을 순간적으로 막아버린다.

그 결과, 상대의 인체를 순간적으로 공황 상태로 몰아가게 되는 점이 진정 무서운 것이었다.

칠상 중 마지막 이상(二傷)을 입게 되면 상대는 순간 몸을 움직이지 못하게 되고, 제대로 저항 한 번 해보지 못하고 싸늘한 시체로 화하게 되는 것이다.

이런 이단적인 기운을 정면에서 맞이하고 있었으나 남궁유한은 웃었다.

칠상검의 검세로 인해 내장의 장부가 적잖이 상해 있음에도 그는 웃었다.

강한 검, 훌륭한 검, 그리고 기꺼이 상대할 만한 검을 만나는 것은 언제나 흥분되는 일이었다.

'칠상검… 예전에도 그랬지만 괜찮은 검이다. 내 취향에 맞는 검!'

그러더니 남궁유한은 기수식 화중일첨에서 백화예검 이초인 은월섬란(銀月纖蘭)으로 검을 급격히 변화시키기 시작했다.

찡!

하늘에서 대지를 비추는 교교한 달빛에 군자검의 검첨(劍尖)이 순간 반사됐다.

세상에서 가장 화사한 은색 달빛,

시리도록 푸른 청색 검광,

흑색 융단처럼 진하게 펼쳐진 어둠,

은빛과 푸른빛,

흑빛 전체를 관통하는 시뻘건 붉은 선혈,

그리고 군자검에서 피어오르는 무수한 난초들…….

"예검, 예검이다!"

팔성에 달하면 난초 향이 진동하며 검에서 은빛 난이 피어오른다는 백화예검 제이초식 은월섬란!

그것을 알아본 수호검 진교가 자신도 모르게 소리쳤다.

슈욱!

그 외침이 채 끝나기도 전에 군자검은 이미 칠상검 주오의 복부를 관통해 있었다.

그리고 주오의 검은 불행히도 머리카락 하나 틈새를 두고 남궁유한의 머리 위에 멈춰 있었다.

"이, 이 검법의 이름이… 무엇이오?"

입에서 핏물을 흘리고 있는 주오가 물었다.

"예검, 백화예검이라 한다."

"백화예검……. 들어본 적 있소. 고금제일의 화려한 검법이라고. 한 번만 그 검을 더 봤으면……."

쑤욱!

남궁유한이 주오의 복부에 박힌 군자검을 뽑아내자 주오는 허공에 피분수를 뿌리며 그대로 바닥에 무릎을 꿇었다.

승부는 짧았다.

단 일 합으로 승부가 결정됐으니.

"죽이시오……."

숨통이 끊어지지 않은 주오가 고개를 푹 숙이며 말했다.

그런데 그 순간이었다.

쉬익! 쉬익! 쉬익!

주오 뒤편에 대기하고 있던 흑사회 무리 중 하나가 바늘 굵기 만 한 투골침(透骨針) 수십 발을 남궁유한을 향해 쏟아냈다.

절묘한 순간에 최적의 방향으로, 늦지도 빠르지도 않은 속도로 날아왔다.

도저히 피할 수 없을 것만 같았다.

그러나,

팅! 팅! 티팅! 티티팅!

급습이었고, 암기를 던진 자의 솜씨도 뛰어났으나 투골침은 군자검에 막혀 모조리 팅겨 나가고 말았다.

"암습이라……. 결과에 승복 못하겠다는 말인가?"

"내 뜻이 아니오."

깨끗하게 패배를 인정하는 주오였다.

"잠시만 시간을 주시겠소?"

죽음만을 기다리던 주오가 남궁유한에게 청했다.

"편할 대로!"

남궁유한의 허락이 떨어지자 주오가 바닥에 검을 짚어 간신히 몸을 일으켰다.

"윽!"

검에 복부를 관통당한 상처의 통증이 극심했다.

당장에라도 기절할 것만 같았다.

그러나 그는 짤막한 신음성을 내지르더니 흑사회 무리를 향해 걸어갔다.

뚝! 뚜욱! 뚜욱!

주오가 한 걸음 내디딜 때마다 굵은 핏방울이 바닥에 떨어졌다.

"투골침을 던진 자가 누구냐?"

주오가 외치자 흑사회 무리 중에서 한 명이 앞으로 나섰다.

"저입니다!"

주오가 그 사내를 노려보더니 말했다.

"꿇어라!"

그러자 사내는 주저없이 바닥에 무릎을 꿇었다.

"남겨진 네 가족은 평생 부족함을 모르고 살 것이다."

사내가 주오에게 큰절을 하며 말했다.

"회주님께 감사드립니다."

그러며 사내는 참수(斬首)가 용이하도록 고개를 쑤욱 내밀었다.

"비굴하게 삶을 구걸하는 것은 흑사회 사내들의 수치다. 패배를 받아들여라. 패배를 받아들이기 싫으면 패배하지 않도록 손이 부르트도록 검을 휘둘러라."

다 죽어가던 주오가 마지막 힘을 짜내 검을 하늘로 치켜들며 말했다.

"사내로 태어나 한 입으로 두말해서는 안 된다 말했다! 정당한 방법으로 나를 쓰러뜨린 승자에게 암습을 한 오령의 행위는 흑사회 사내로서 용서받을 수 없는 일이다! 이에 나는 그를 베어 진정한 흑사회 사내가 어떤 것인지를 이 자리에서 입증하고자 한다!"

쉬익!

하늘로 치켜든 주오의 검이 땅을 향해 내려쳐지며 단숨에 남궁유한에게 투골침을 던진 오령의 목을 베었다.

아끼는 수하의 목을 벤 주오의 눈에 이슬이 살짝 고여 있었다.

텅!

주오는 자신이 들고 있던 검을 바닥에 던지더니 다시 남궁유한에게 다가왔다.

그는 정중히 무릎을 꿇고 목을 내밀었다.

"수하들은 살펴주십시오."

그 주변으로는 검붉은 피가 잔뜩 번져 있었다.

남궁유한이 주오를 바라봤다.

흉측한 몰골의 사내다.

애꾸에 곰보이며, 앞니도 모조리 부러져 있는 추남(醜男) 중의 추남이었다.

하지만 그런 그를 이대로 베어버리기에는 아깝다는 생각이 들기 시작했다.

자신이 중원의 내공심법과는 상궤를 달리하는 미타금강밀공을 익히고 있지 않았다면, 칠상의 마지막 이상(二傷)에 의해 순간적으로 몸이 마비됐을 것이다.

그렇다면 이번 승부에서 패한 것은 주오가 아니라 오히려 자신일지도 몰랐다.

흑도에 몸담고 있었으나, 그는 폭풍대원들이 가지고 있던 당당함과 뜨거운 가슴마저 가지고 있었다.

호한(好漢)이 호한을 알아본다 했던가?

수하인 폭풍대를 죽게 만든 악한(惡漢) 유한이 방금 수하를 죽인 악한 주오를 알아봤다.

"너의 목숨은 이제 승자인 내 것이다."

"인정하오."

"그렇다는 얘기는 죽이든 살리든 내 자유라는 것이다."

"……."

"나에게 맡겨진 목숨, 나를 위해 살겠는가?"

"……."

주오에게서는 아무런 대답이 없었다.

남궁유한이 군자검의 검끝으로 주오의 고개를 들어 올렸다.

주르륵!

검첨에 찔린 주오의 목에서 한줄기 핏물이 흘렀다.

오만하다는 소리를 들어도 변명의 여지가 없는 남궁유한의 행동!

"내가 남궁유한이다. 나와 함께 같은 곳을 보겠는가?"

그때서야 주오는 남궁유한의 깊고 차가운 맑은 눈동자를 정면에서 응시할 수 있었다.

'이 눈빛, 언젠가 본 적이 있다. 십만마교 교주의 눈빛이 이것과 동일했다. 명문정파인 남궁세가의 소가주가 왜 이런

눈빛을…….'

"흑도의 이름없는 무리 중 하나로 여기서 죽든가, 천하의 영웅호걸로 청사에 길이 이름을 남기든가 지금 선택해라."

악한이 악한을 알아본다 했던가?

주오의 마음 역시 조금씩 움직이기 시작했다.

거기에 마기를 풀풀 풍기는 남궁유한이 쐐기를 박았다.

"나와 함께 천하를 위해 검을 들자! 나를 위해 천하의 악한들을 모조리 죽여라!"

천하(天下)!

허황된 것처럼만 여겨지던 천하란 단어가 남궁유한의 입에서 나오니 더 이상 현실감 있게 느껴질 수가 없었다.

진실로 알 수 없는 느낌이었다.

주오의 심장이 격렬하게 뛰기 시작했다.

"나와 천하를 위해 죽어라!"

그 소리에 주오가 자신도 모르게 고개를 숙이며 소리쳤다.

"우리를 받아주십시오! 제 손으로 벤 오령의 영혼 또한 받아주십시오!"

그 말을 마지막으로 주오는 혼절하고 말았다.

"복삼, 이제 쥐새끼를 잡으러 가야겠지?"

과다 출혈로 혼절한 주오를 업고 흑사회 무리가 세가에서 물러나자 남궁유한이 물었다.

“언제라도 가능합니다. 그런데 흑사회를 정녕 세가에 받아
들이실 겁니까?”

복삼이 보기에 그것은 적잖이 위험한 일이었다.

“훗! 처음부터 말을 잘 들으면 좋겠지만 말을 듣지 않으면
때려서라도 듣게 만들면 될 일. 네가 신경 쓸 일은 아니다.”

유한은 자신만만했다.

흑사회 따위, 말을 듣지 않으면 다 죽여 버리겠다는 살기를
풀풀 풍기고 있었다.

복삼이 실소를 터뜨렸다.

“이놈이 과하게 참견했군요.”

“그렇다. 너는 간혹 너무 걱정이 많다. 나를 믿어라. 나를
믿으면 모든 것이 해결될 것이니.”

“모든 것이 해결됩니까?”

“관을 봐야 믿는 성격이었나?”

“그럴 리가요.”

복삼이 약간 주눅 든 모습으로 쥐새끼를 잡으러 갈 준비를
했다.

그런 복삼을 향해 남궁유한이 말했다.

“오늘 네 공이 컸음을 잊지 않을 것이다.”

남궁유한은 얼마 전의 광경을 떠올렸다.

남궁유한과 아연은 극락환희산을 탄 찻물을 들이마셨다.

천하의 남궁유한도 중독된 마당에 아연의 중독은 더욱 심

했다.

방법을 몰라 남궁유한마저 극히 난처한 지경에 처해 있는데, 그때 갑자기 복삼이 가주실에 들어왔다.

복삼의 손에는 환희극락산의 해약이 들려 있었다.

복삼이 해약을 먹기를 권했다.

"내가 너를 어떻게 믿지?"

중독된 자신을 재차 노리는 이중의 암계일지도 몰랐다.

남궁유한은 복삼에게 개인적인 호감을 느끼고 있었지만, 그의 정체에 대해서는 여전히 의심하고 있는 차였다.

"환희극락산을 만들어 구달에게 전한 것은 저희 하오문입니다. 나는 황산의 서른두 개의 연꽃, 하오문 안휘성 지부장, 지부장… 젠장, 본명도 복삼이오!"

복삼이 가명이 아니라 본명이었던 것이다.

복삼이 자신의 진정한 신분을 밝혔음에도 남궁유한은 여전히 의심을 풀지 않았다.

"우리의 고유 비방대로 만든 환희극락산이니 중원 천지에서 오직 우리만이 해약을 만들 수 있습니다. 그리고 지금은 믿기 싫어도 믿어야만 하는 상황입니다."

남궁유한은 춘약에 중독돼 이제는 숨이 넘어가려고 하는 아연을 바라봤다.

잠시 고민했다.

자신의 목숨만 걸린 상황이라면 믿지 못하는 자에게 의지할 리 없었다. 그러나 지금은 아연의 목숨마저 걸린 상황.

남궁유한이 말했다.

"내가 먼저 시험해 보겠다."

그러며 복삼이 건넨 해약을 들이켰다.

그리고 얼마 후,

체내에 들끓던 욕정이 완전히 사라지고, 혈이 제자리를 찾아가기 시작했다.

자신이 몸으로 직접 확인했으니 더 이상의 위험은 없었다.

곧바로 아연에게 해약을 먹여 환희극락산을 해독했던 것이다.

그 일을 떠올리며 복삼을 바라봤다.

그리고 남궁유한은 폭풍대와 남궁세가 청년들에게 명령했다.

"그대들은 여기서 대기하라! 내가 쥐새끼를 잡아올 때까지!"

그는 복삼과 함께 곧바로 말에 올라탔다.

"아연아, 내 반드시 어머님을 무사히 구해올 테니 기다리고 있어라."

"오라버니……."

남궁유한이 복삼과 함께 천리추종향이 몸에 뿌려진 구달의 행적을 뒤쫓기 시작했다.

"지난 십 년 동안 세가에서 빼돌린 재산이 모두 여기 있다. 이 정도 재산이라면 남궁세가 정도는 열개라도 세울 수 있을 것이다."

합비 땅 외곽의 한 장원에 숨은 구달은 자신의 눈앞에 쌓여 있는 은자 궤짝과 셀 수 없이 많은 비단, 황금과 보석, 그리고 도자기와 명화 등을 바라보며 웃었다.

"이, 이놈!"

인질로 끌려온 태상부인 당혜가 세가의 재산을 빼돌려 어마어마한 재산을 축재한 구달을 보며 분노를 표출했다.

구달이 그동안 저지른 비리의 결정체를 자신이 지금 보고 있는 것이었다.

"흐흐흐! 내가 왜 태상부인에게 내 최대의 비밀을 보여주는지 아시오?"

구달은 그러며 말을 이었다.

"당신을 결코 살려둘 생각이 없기 때문이오. 그리고 최악의 상황이라도 이 재산만 가지고 있으면 번듯한 세가 백 개는 못 세우겠소? 하하하!"

그는 은자 궤짝을 만지며 말했다.

"어쩌면 주오 그 사람이 소가주를 해치웠을지도 모르지. 그러면 나는 당신을 죽이고, 아무 일도 없었다는 듯 세가에 돌아갈 생각이오. 세상에 진실은 가려지고 세가에는 패륜을 저질러 파혼당한 아연이 년만 쓸쓸하게 남게 되겠지. 아연이

년이 미모는 쓸 만하니 내 측실로 들이면 좋겠어. 단목 부인 그년은 추한 몸뚱이로 너무 밝힌단 말이야? 그년과 한 번 교합하고 나면 온몸의 정기가 다 빠져나가는 느낌이었다니까.”

그는 자신의 행적과 본색을 여실히 드러냈다.

구달은 그렇게 한 일 년 후에 세가의 모든 재산을 정리하고 남쪽으로 내려가 구씨세가를 열 계획이었다.

황금만 있으면 세상에 불가능한 일은 없다고 굳게 믿고 있었다.

그런데 그때였다.

쾅!

거대한 창고 문이 박살나며 두 인물이 안으로 들어왔다.

“개소리 작작 해라!”

창고 문이 부서지며 자욱하게 먼지 낀 공간을 뚫고 날아온 인물은 바로 남궁유한과 복삼이었다.

“아, 아니! 네놈이 여기를 어떻게 알고?!”

구달은 순간 경악성을 내질렀다.

숙! 슈슉! 슈슈슉!

그와 동시에 남궁유한의 손이 구달의 몸에 있는 여러 혈도를 번개처럼 짚어 그가 딴짓을 하지 못하도록 단숨에 제압했다.

그러더니 남궁유한은 태상부인 당혜를 보며 포권했다.

“아들 유한이 너무 늦게 당도한 것 같아 송구합니다.”

구달이란 자에게 치를 떨고 있었고, 자신의 생명도 경각에 달려 있던 당혜는 남궁유한을 보자마자 더할 나위 없는 기쁨을 표했다.

"네가 와줬구나."

"아들인데 당연하지요."

그러며 그 자리에서 석고상처럼 굳어 있는 구달에게 다가갔다.

유한은 얼굴 가득 비웃음을 머금은 채 구달의 염소수염을 쓰다듬으며 말했다.

"내 언젠가 말했었지?"

"……."

"내가 너를 어떻게 끝내겠다고 했지?"

그 말을 떠올리자 구달은 차마 입이 떨어지지 않았다.

"복삼, 너는 나가 있어라."

"알겠습니다."

"엿들으려고 해봐야 소용없을 것이다."

"아, 짐작하고 계셨습니까?"

남궁유한이 검지로 머리를 가볍게 몇 번 찌르며 농을 던졌다.

"내 머리 속에는 말이다… 뇌란 것도 있으니까."

"흐흐흐! 하긴, 저런 무뇌충 따위보다 백배는 훌륭한 뇌가 있습지요."

복삼이 교활하기 그지없는 구달을 무뇌충이라고 비꼬며 창고 밖으로 나갔다.

그러자 남궁유한이 내공으로 공간을 차단해 밖으로 목소리가 새어 나가지 않게 한 후 말했다.

"어머님, 아니, 태상부인, 이제부터 내가 하는 말을 믿지 않아도 좋소."

말투마저 달라진 남궁유한.

"무, 무슨 말인가?"

당혜가 긴장되는 어조로 말했다.

"나는 지금으로부터 백삼 년 후인 마도시대에서 왔소!"

남궁유한은 삼 년 후 발발할 정마대전과 백 년 후 열린 마도시대에 대해 설명했다.

그리고 자신이 십만마교 폭풍대주였으며, 교주에게 반기를 들다 죽을 위기를 겪었음을 설명했다.

자신이 왜 비룡패를 가질 수 있었고, 남궁세가와는 어떤 관계이며, 남궁소소와는 어떤 사이였는지를 세세히 설명했다.

도저히 믿기 힘든 설명을 들은 당혜는 그저 입만 벌린 채 할 말을 잃고 말았다.

특히 유한이 남궁유한과 관련됐다는 사실에는 크게 놀람과 동시에 적개심마저 솟구쳤다.

"태상부인이 마교를 싫어함을 알고 있소. 그러나 나는 마교인이되 마교인이 아니오. 이 시대에 나는 아직 태어나지도 않았으니. 팔십 년 후에나 태어날 내가 마교인이라 해서 나를 증오할 것이오?"

그 말에는 당혜조차 반박할 말이 떠오르지 않았다.

"나는 정마대전을 막기 위해 최선을 다할 것이오. 그를 위해 나에게 세력이 필요하며, 나는 남궁세가를 그 기반으로 택했소. 내가 남궁세가와 함께한다면 남궁세가는 분명 천하제일세가가 될 수 있다고 확신하오. 그리고 내 일이 끝나면 나는 미련없이 세가를 떠날 것이오. 당신은 잠시 나에게 세가를 세놓았다고 생각하면 될 것이오."

남궁유한을 보며 당혜는 이자가 실성한 것은 아닌가 하는 의심을 하기도 했다.

하지만 그렇게 말하는 그의 눈은 너무도 맑아 이지를 상실한 광인으로는 절대 보이지 않았다.

'어디까지 믿고 어디서부터 믿지 말아야 하는 것인가?

"나에게 세가를 잠시 세놓으면 몰락한 남궁세가가 불같이 일어날 것이오. 그리고는 천하제일세가나 무적세가로 불리게 될 것이오. 어떻소, 받아들이겠소?"

당혜는 계속해서 고민했다. 당최 믿을 수 없는 얘기들이었으니……

"끝까지 숨길 수도 있었소. 또한 나를 이용하고자 다짜고짜 삼신혈뇌고를 하독한 당신을 계속 증오할 수도 있었소."

삼신혈뇌고 소리에는 당혜조차 움찔하고 말았다.

"그럼에도 불구하고 내가 굳이 이 사실을 말하는 것은 진실이 가장 큰 힘이라는 사실을 믿기 때문이오. 또한, 나는 그다지 영악하지 못해서 언제까지나 나에 대해 숨길 자신도 없었소. 그리고 나는 이제껏 싸워오면서 우회 돌파란 것은 해본 적이 없소. 오로지 정면 돌파만을 했을 뿐이오. 이 일도 나는 정면 돌파를 통해 해결하고자 하오."

남궁유한이 당혜를 향해 정중히 포권을 했다.

"나를 믿어준다면 십 년 전 남궁지화를 겪어 쇠락한 세가는 십 년 후에는 천하제일로 불릴 것이오. 소림도 남궁가를 경배할 것이며, 무당과 화산도 남궁가의 문인 앞에서는 고개를 숙일 것이오!"

엄청난 자신감이 느껴지는 말이었다.

'이자를 믿지 않는다 해도 나에게 다른 방법이 있던가? 이번 일을 해결하면서 구달과 며느리를 쳐낸 세가는 사실상 이자의 손아귀에 들어갈 것이 아닌가?'

당혜는 곰곰이 득실을 따져 봤다.

이자의 말을 다 믿기는 물론 힘들다.

하지만 이자에게 세가를 맡긴다 한들 지금보다 더 나빠질 것이 있을까?

맡기지 않아도 남궁세가는 끝이고, 맡겨도 최악의 경우에는 끝인 것을.

그래도 이자에게 맡겨 최악의 경우만 벗어난다면……

'어차피 회생 불능의 세가였다. 모험이라면 모험, 도박이라면 도박을 해볼 수 있을 때 해보는 것도…….'

당혜는 남궁세가를 위해 최후의 승부수를 던지기로 결정했다.

"한 가지 약조를 해주겠나?"

"말씀하시오."

"내 손녀 아연이를, 아연이를 보살펴 주겠다 약조하겠나?"

남궁유한이 짧고 간단명료하게 답했다.

"아연이를 통해 나는 소소를 봅니다!"

당혜가 안도의 한숨을 내쉬었다.

다른 부분은 몰라도 이자가 소소란 여인에게 가진 애정과 죄책감은 대단하다는 것을 이미 느끼고 있는 당혜였다.

"…내 자네를 믿어보겠네."

남궁유한이 그 말을 듣더니 말했다.

"세가를 떠나는 그 순간까지 저는 당신을 어머니로 생각하고 극진히 모시겠습니다."

언젠가는 남궁세가를 떠나겠지만, 지난 오해곡절은 깨끗이 잊고 지금부터는 진정으로 당혜를 섬길 작정이었다.

그러며 덧붙였다.

"나는 허언을 하지 않습니다!"

그런 남궁유한에게서 당혜는 진심을 느낄 수 있었다.

"어머니, 소자가 세가에 이루 말할 수 없는 해를 입힌 이 쥐새끼를 징치할까 합니다. 허락해 주시겠습니까?”

“아니, 그보다 먼저 내가 삼뇌혈신고의 해약을 주겠네. 내가 오늘 새로 생긴 아들을 믿는다는 의미일세.”

남궁유한이 웃었다.

“삼신혈뇌고가 이 시대에는 강한 독일지 몰라도 소자에게는 아무런 해가 되지 못합니다.”

아직 예전에 가졌던 내공의 겨우 십분의 일 정도나 되찾은 정도지만 그 정도로도 체내에 있는 삼신혈뇌고를 내공의 힘으로 태워 버리기에는 충분했다.

“그런가? 약조하겠네. 나 역시 한 번 진정으로 믿기 시작한 이는 절대 배신하지 않는다는 것을.”

“소자 역시 그럴 것입니다.”

그러며 놀람과 경악, 공포의 감정이 얼굴 하나에 전부 드러나 있는 구달을 바라봤다.

“어머니, 소자가 적을 징치하는 방법은 상당히 잔인합니다. 보시기에 그리 좋은 광경은 아닐 것입니다.”

“나는 신경 쓰지 않아도 된다. 아니, 가장 처참한 방법으로 죽이도록 해라. 남궁세가의 가법이 추상같이 살아 있음을 보여야 할 것이다.”

“소자, 명을 따르겠나이다.”

그러며 남궁유한이 구달 앞으로 다가섰다.

“사, 살려주십시오! 살려만 주신다면 전 재산을 바침은 물론, 평생 개처럼 발이라도 핥겠습니다."

"전 재산? 이것이 어찌 너의 재산이더냐? 이것은 남궁가의
재산이다. 개처럼 발을 핥아? 나는 주인을 무는 개는 키우지
않는다."

그러며 냉혹하게 웃었다.

"내가 왜 너를 살려둔 채로 어머니께 내 비밀을 모두 고했
는지 아느냐?"

구달은 그 의미를 바로 알아챘다.

직전에 자신 또한 당혜에게 말한 적이 있지 않던가?

그것은 살인멸구(殺人滅口)의 의미. 절대 살려두지 않겠다
는 뜻이었다.

그랬기에 그는 일부러 그 의미를 모른다는 듯 고개를 가로
저을 수밖에 없었다.

남궁유한이 겁에 질려 바지에 오줌마저 지린 구달의 어깨
를 툭툭 치며 웃었다.

"다 알면서 선수끼리 왜 이러시나."

그러며 구달의 얼굴에 입김을 불었다.

"나는 백팔 가지의 고문 수법을 알고 있다. 마도시대의 분
근착골(分根捉骨) 정도는 애들 장난에 불과하지. 아, 걱정은
마. 내가 혈도를 짚어놓아서 작업이 끝날 때까지는 절대 죽지
않을 테니까."

작업.

그 말만으로도 구달은 넋을 잃을 정도로 두려움에 떨었다.

"사, 살려… 으아아악!"

구달의 입에서 처참한 비명 소리가 터져 나왔다.

세상에서 가장 고통스러워하는 비명이었다.

차라리 죽는 것이 속편할 것만 같은 고통이 해일처럼 구달의 육체에 밀려들었다.

그러나 불행(?)히도 구달은 죽지도, 의식을 잃지도 못했다.

"선수끼리 왜 이러시나? 허무하게 죽으면 기껏 무대를 마련한 의미가 없잖아?"

유한이 악마 같은 미소를 흘렸다.

그렇게 대략 한 시진이 흘렀다.

구달은 백팔 가지 고문을 차례로 당하는 와중에 고통으로 인해 완전히 미쳐 버리고 말았다.

화타나 편작이 살아 돌아와도 절대 정상으로 만들지 못할 것이었다.

"나는 허언을 하지 않는다고 했지?"

남궁유한은 품에서 비수 한 자루를 꺼내 구달의 혀를 자르고, 눈알을 파내고, 곧이어 사지를 잘라냈다.

몸통만 남은 구달이었으나 그래도 그는 여전히 살아 있었다.

"어머니, 이런 광경을 보여 드리게 돼서 송구합니다."

"아니다. 오히려 이를 널리 알려 남궁세가가 여전히 건재하다는 한 증표로 삼아야 할 것이다."

손녀 아연에게는 더없이 인자한 당혜였으나, 무가의 여식
으로 태어나 평생 무가에서만 살아온 여인답게 그런 잔혹한
광경에도 눈 한번 끔뻑이지 않았다.

"이제 복삼이를 불러 뒤처리를 할까 합니다."

"그렇게 해라."

남궁유한이 곧 복삼을 불러들였다.

복삼은 대체 한 시진 동안 안에서 무엇을 하는지 궁금해 온
갖 정력을 다해 들어보려 했으나 전혀 들리지 않았다.

그래서 속으로 애만 태우고 있다 남궁유한의 부름을 받고
서야 겨우 안으로 들어올 수 있었다.

그의 눈에 가장 먼저 들어온 것은 사지가 절단된 구달의 걸
레 같은 육신이었다.

복삼이 그 참혹한 모습에 자못 긴장하며 말했다.

"소가주님은 정말 허언을 하지 않나 봅니다."

그러며 그는 태상부인을 힐끔 보더니 남궁유한에게 말했
다.

"이걸로 세가 내부 정리는 대략 끝이 나겠군요."

남궁유한도 고개를 끄덕였다.

"복삼, 네가 책임지고 이곳에 있는 재산을 세가 창고나 합
비창으로 옮기도록 해라."

엄청난 재산이 쌓여 있는 구달의 창고를 보며 복삼이 웃

었다.

"흐흐흐! 이놈은 태생부터가 잡놈인지라 금은보화만 보면 손이 절로 근질거립니다. 어쩌면 저 자신도 통제하지 못하는 미지의 힘이 작용해 이 재산 중 일부에 손을 댈지도 모릅니다."

"훗! 신경 쓰지 않으니 알아서 해라. 하나 명심해라. 세가에 해를 끼치지는 마라!"

"만약 해를 끼치면?"

"대가리를 몸통에서 분리시켜 남쪽 해남도 끝까지 날려주마!"

"흐흐흐! 그런 일이 가능할 리가 있습니까?"

남궁유한이 웃었다.

"나는 허언을 하지 않는다."

물론 이 말은 농이었다.

第六章 폭렬도와 금설매

無敵世家

다음날 아침.

태상부인 당혜는 남궁유한과 아연을 앞장세우고 뒤에는 폭풍대 칠 인과 이십여 명의 젊은 남궁세가 무인들, 그리고 창룡대주 조량과 함께 세가 선조들의 위패를 모시고 있는 사당으로 향했다.

남궁유한은 우임으로 큰 깃이 사선으로 여며지며 소매가 넓은 포(袍)의 형태인 사령대금관수삼(斜領大襟寬袖衫)을 입고 있었다.

태상부인 당혜는 금실로 붉은 태양이 수놓아진 홍색의 대수삼(大袖衫)을 입고 있었고, 소공녀 남궁아연은 바람에 하늘거리는 순백의 하피 옷을 입고 있었다.

또한 남궁유한과 당혜, 남궁아연 등은 하나같이 머리에 용봉주취관(龍鳳珠翠冠)을 쓰고 있었고, 강남에서 주로 신는 포초혜를 신고 있었다.

남궁세가는 명문세가라 하나 사대부 집안이 아니었다. 그랬기에 반령포(半嶺袍)까지 입고 사당에 제를 올리지는 않았다.

그러나 평복을 입고 선조에게 제를 올릴 수는 없었기에 이처럼 최소한의 격식을 갖춰 의복을 차려입은 것이었다.

"조 대주, 조상님들께 고하는 제문을 읽도록 하게."

그러자 조량 대주가 검왕 남궁창천 이래로 근 팔백 년을 이어와 천년세가로 불리는 남궁세가의 선조들을 향해 준비된 제문을 읽어 내려갔다.

조 대주가 제문 읽기를 끝내자 당혜는 남궁유한에게 사당에 절을 올리도록 했다.

"오늘 유한이를 정식으로 남궁가에 입적시킬까 합니다. 조상님들께옵서 유한이와 세가를 굽어 살펴주옵소서."

남궁유한은 이제 정식으로 성은 남궁(南宮), 이름은 그전의 성과 이름을 합쳐 류한(柳韓)으로 불리게 됐다.

당혜는 수많은 위패들을 바라보며 소매로 눈물을 훔쳤다.

화려했던 옛 영화를 그리워하며, 앞으로 세가가 헤쳐 나가야 할 고난을 생각하니 절로 눈물이 흐른 것이리라.

"남궁창천 사조 이후 사십오대손 남궁유한이 이 자리에서 맹세하겠습니다. 오늘 이후로 남궁세가는 천하제일세가가 될 것이며, 천하를 위해 검을 드는 명예로운 세가로 거듭날 것입니다. 부디 지켜봐 주십시오!"

이제 류한의 삶은 끝났고, 오직 남궁유한의 삶을 살아야 할 것이었다.

의도하지 않았으나 남궁유한의 삶은 이렇게 흘러가고 있었다.

남궁유한은 평소의 복장으로 갈아입고는 가주실의 의자에 앉아 지시를 내리기 시작했다.

"조량 대주, 그대를 오늘부로 세가 총사(總師)로 임명해 세가의 사대(四隊)를 맡기겠다."

"은혜에 감사드립니다."

조량이 감사를 표했다.

총사라 해도 아직은 예전 한 대의 대주만도 못할 것이다.

지난밤 흑사회와 소동이 벌어지며 그나마 세가에 남아 있던 무인들이 모조리 도주했다.

그래서 이제는 고작 이십 명의 세가 청년들만 남은 남궁사대(南宮四隊)를 지휘하는 것이 총사의 임무일 것이다.

"주오가 회복되는 대로 흑사회 무인들을 세가에 입문시킬 것이다."

주오가 마음을 바꿀지도 모른다.

하지만 남궁유한이 보기에 주오는 그런 인물이 아니라고 믿고 있었다.

"흑사회 무인들을 남궁사대에 편입시키고 안휘성과 절강성, 강소성, 호북성과 하북성 등에 남궁세가에서 무인을 뽑고 있다는 포고문을 붙여라. 기한은 충분히 둘 것이지만, 너무 늦지 않게 택일하도록 해라."

"그리하겠습니다."

하지만 어떤 이들이 지원하게 될지는 모른다.

이전에도 무사들을 모집했으나 흑사회 무인들이 몰려오자 바로 줄행랑을 놓은 삼류들로만 득시글거렸었다.

"복삼, 합비에서 세가의 일을 맡은 이들을 소집해라. 쌀을 재배하는 다섯 농장주, 두 명의 면화 농장주, 소와 돼지를 기르는 목장주 셋, 그리고 조정의 위탁을 받아 운영하는 철광과 은광, 구리 광산을 운영하는 자들을 모조리 본가로 불러라. 또한 소주의 벽라장주, 항주의 용정장주, 은시의 옥로장주 등도 내달 중추절까지 세가로 집결하라 해라."

중원 최고의 정보 조직인 하오문의 안휘성 지부장이라는 또 다른 신분을 가지고 있는 벽삼에게 소집령을 전하는 것은 그리 어려운 일도 아니었다.

"하지만 그들이 소집에 응하겠습니까? 이미 제 갈길 가고 있는 자들이 태반일 것인데요."

유한이 웃는 듯, 화를 내는 듯 묘한 표정으로 말했다.

"죽기 싫으면 달려오라 해라."

복삼이 그 짧고 굵은 말에 절로 미소를 지었다.

"그렇게 적어 전통을 날리겠습니다."

"분명하게 적어라. 중추절에 본가 창천장원에 집결하지 않는 자는 세가에 반기를 든 것으로 간주해……."

"해남도까지 목을 날린다고 적을깝쇼?"

복삼의 익살에 모여 있던 이들이 킥킥대기 시작했다.

"흠, 흠! 적당히 위협조 어구를 적어서 보내라."

"음, 안 오면 시집 안 간 딸년은 모조리 아줌마로 만들어 버린다거나, 아들놈은 모조리 비역질(男色) 하는 것들에게 팔아 넘긴다고……."

"복삼 아저씨!"

곁에서 듣고 있던 아연이 복삼을 향해 고운 아미를 찡그리며 소리쳤다.

"흐흐흐! 말이 그렇다는 것이죠. 소인 놈이 알아서 적당히 협박조로 날리겠습니다."

"진 노인, 세가 내에 구달과 작당한 것들은 모두 잡아들였소?"

진 노인이 수호검 진교인 것을 이제는 다들 알지만 진교는 스스로 진 노인으로 불리기를 원했다.

"어제 소동이 벌어지자 철기당주 손예, 주선당주 왕원교,

약당주 이륙 등은 모두 야반도주했습니다. 그나마 세가에 남아 있던 이들은 그저 구달에게 밉보이기 싫어 억지로 소가주님께 불경죄를 지어야 했던 이들입니다.”

현재 세가에는 대략 일백 정도의 식솔이 남아 있었다.

“나에게 죄를 지은 것을 알면서도 이곳을 떠나서는 살 능력이 없는 이들이겠군.”

“그렇습니다. 사악한 방법으로 축재한 재산도 없고, 어디 의지할 곳도 없는 불쌍한 식솔들입니다.”

진 노인은 그들은 용서해 줄 것을 은근히 청하고 있었다.

“오라버니, 사실 그들이 죽을죄를 지은 것은 아니잖아요. 그러니 부디 넓은 아량을 보여주세요.”

“그들이 죽을죄를 지은 것은 아니지만, 세가에서 쫓겨날 정도의 죄는 지었지.”

그 말에 진 노인은 곤혹스런 표정을 지었고, 아연도 반박할 말이 없었다.

그것이 사실이었고, 가법에 따르면 당연히 그리해야 하기에.

“흠… 그들에게 분명히 알려라. 한 번은 실수라 치고 용서해 주지만, 두 번 다시 그런 작태를 보일 시에는…….”

유한이 용서할 뜻을 밝히자 아연이 웃으며 말을 이었다.

“해남도까지 목을 날려 버리겠다구요?”

“흠, 흠!”

남궁유한은 연신 헛기침을 할 수밖에 없었다.

"창룡대원들은 들으라!"

유한이 세가 청년들로 구성된 이십 명의 창룡대원들에게 명했다.

"명하십시오, 소가주님!"

"오늘부터 진 노인을 스승으로 삼아 사신의 공을 익히도록 하라. 또한, 백화예검을 제외하고는 세가의 모든 무학을 자유롭게 익힐 수 있도록 할 것이다. 약 창고에 영약이 얼마나 남았을지는 모르나 흥미가 동하면 약 창고를 통째로 털어가도 뭐라 하지 않을 것이다. 그러니 열심히 정진하도록 해라."

남궁유한은 시원시원했다.

"존명!"

"그리고 합비 주민들에게 알려 남궁세가가 다시 합비를 책임지게 됐노라고 알려라. 그리고……."

유한은 '관에도 이 사실을 전하라' 라고 말하고 싶었으나, 딱히 보낼 만한 인물이 없었다.

'아연이 예전에 말했던 철대선생이란 자를 한번 만나봐야 하려나?'

유한은 지금 이 자리에 모여 있는 아연, 조량, 진 노인, 곽상, 복삼, 초설, 매타자, 아평과 아소 형제, 그리고 창룡대의 청년 이십 명을 차례로 돌아봤다.

이들은 앞으로 세가에게 엄청난 힘이 되겠지만, 대부분은 세가의 무력과 관련된 부분일 터이다.

총관이 돼 세가를 운영해 나갈 이와 그와 함께 방대한 세가 사업을 실질적으로 진행시킬 인재들이 턱없이 부족했다.

'이 문제는 힘으로 해결되는 것도 아니고, 심히 난감하구나.'

가장 기본적인 문제들만 일단 해결하도록 하며 사람들을 내보낸 유한은 복삼에게 물었다.

"삼 일 거리에 단목세가(端木世家)의 무사들이 우리 세가로 향하고 있다고?"

"확실합니다. 하오문 형제들의 눈이 하루아침에 썩은 동태 눈깔로 변하지 않은 이상에는 말입니다."

"흠……."

"단목세가 최정예인 묵풍대(墨風隊)와 함께 단목세가 최고수인 유성검(流星劍) 단목대운(端木大雲)이 오고 있습니다. 또한 단목세가와 친분이 돈독한 제갈세가(諸葛世家)의 귀령대(鬼靈隊)도 한 손 거든다며 나섰습니다."

"흠……."

유한은 천하오대세가 중 두 세가의 정예들이 남궁세가를 향해 온다는 소식에 잠시 생각에 잠겼다.

그러다 복삼에게 조금은 엉뚱한 질문을 던졌다.

"그런데 단목대운이 누군가?"

그 물음에 복삼이 순간 어이없다는 표정을 지었다.

"유성검 단목대운을 모르신단 말입니까?"

남궁유한이 코웃음을 쳤다.

"내가 그런 잡배(雜輩)를 굳이 알고 있어야 할 이유라도 있나?"

기가 막힐 일.

복삼은 중원 천지에 유성검 단목대운을 잡배라고 부를 수 있는 담대한 이가 존재한다는 사실에 놀라고 또 놀랐다.

모르는 사람이 들었다면 미쳤다 말해도 할 말이 없을 소리였다.

"오대세가 제일검(第一劍)이자 천하십대검객 중 일인이며 일전에 십만마교의 혈의수라 마당천을 십 초 만에 베어버린 그 단목대운을 모르신단 말입니까?"

"혈의수라 마당천? 그건 또 누구야? 내가 모르는 이름인 것을 보니 별것도 아닐 것 같은데?"

남궁유한은 십만마교 출신답게 마교의 역대 고수들의 이름과 계보, 독문 무공 등을 줄줄이 꿰고 있었다.

그런데 아무리 기억을 더듬어 봐도 혈의수라 마당천이라는 이름은 없었다.

그러니 별것도 아니라 생각할 수밖에.

"혈의수라 마당천을 진정 모르신단 말입니까?"

"허~! 그런 잡배는 모른데도."

복삼이 속으로 혀를 찼다.

'하늘에서 어느 날 뚝 떨어진 사람이 아니라면 최소한 마당천과 단목대운 정도는 알고 있어야 하는 것 아닌가?'

"그게… 그러니까……."

복삼은 설명을 하려다 포기했다.

단목대운의 강함에 대해 설명하기 위해선 누군가와 비교를 해야 할 것인데, 혈의수라 마당천조차 모르는데 다른 이는 더 모르지 않겠나 싶은 마음이었다.

결국 복삼은 허탈한 심정으로 말했다.

"하여간 무지 센 늙은이입니다."

"흥! 소림성승과 무당일선 정도면 그나마 괜찮지."

"정도쌍성(正道雙星)이야 다른 세계 사람들이니 논할 필요가 없지요. 마교의 일마(一魔)인 비천신마와 유일하게 같은 반열에서 논의되는 분들인데."

유한이 비릿한 미소를 지었다.

"훗! 앞으로는 그 윗자리에 일신(一神)을 올려놓아야 할 것이다."

머지않아 철혈투신(鐵血鬪神) 남궁유한이 그 자리에 오를 것이라고 유한은 믿었다.

"일신요? 흠, '뜬금 신(神)' 말입니까?"

"복삼, 농이 지나치다. 나는……."

"허언을 하지 않는다굽쇼? 그거야 믿지요. 하지만 이 문제는……."

"됐다. 길게 얘기해서 무엇 할까. 직접 보여주면 되는 것을. 그보다는 황산에 은거하고 있다는 철대선생에 대해 알아보거라."

"철대선생 말입니까? 황상의 군사였던 사람 말입니까?"

"그래. 그의 삼대 조상부터 특기, 취미, 성향, 현 주거지 등을 모조리 알아내라."

"흠, 소가주님이 중년 남자인 철대선생에게 연정을 느꼈을 리는 없고, 아마도……."

숨기고 싶은 생각도 없었다.

"쓸 만하면 세가의 살림을 맡겨볼 생각이다."

여전히 탐탁지 않지만 정 궁하면 그에게라도 세가를 맡겨볼 요량이었다.

물론 철대선생을 두고 '정 궁하면'이라는 단서를 붙인다는 소리도 사정을 아는 이라면 어이없는 소리이기는 마찬가지였지만.

"좋은 선택이긴 하지요. 하지만 철대선생 정도 되는 이가 쉽사리 움직이지는 않을 것입니다. 그런데 하오문 안휘성 지부장인 저를 너무 막 부려먹는 것 아닙니까?"

복삼이 투덜거렸다.

"이놈아, 나는 너를 폭풍대원으로 먼저 알았지, 하오문 지부장으로 안 것이 아니다."

"그렇기야 합니다만, '오고 가는 현찰 속에 웃음꽃 피는 투

전판' 이라는 명언도 있는데 말입니다."

유한이 여전히 잡놈 근성을 가지고 있는 복삼을 보며 웃었
다.

"네가 한 일을 상세히 적어둬라. 아니면 창고에서 알아서
은자든 보석이든 가져가든가."

"흐흐흐! 양심껏 가져갑지요. 저는 신용, 양심, 분수를 지
키는 잡놈이니. 설마 구달처럼 무지막지하게 해먹겠습니까?"

"훗! 구달처럼 해먹다가는 말로도 구달처럼 되겠지."

"적당히 해먹겠습니다요."

복삼이 그렇게 말하고 방문을 나가려 하자 유한이 지나가
는 말로 물었다.

"팽가의 대공자 팽강이란 자는 대체 어떤 자이냐?"

복삼은 아연의 약혼자인 팽강에 대해 한마디로 답했다.

"열혈남아(熱血男兒)! 그 한마디면 전부 설명이 됩지요."

"그래?"

그렇데 말하는 유한의 표정이 왠지 순간 씁쓸하게 보였다.

합비 인근의 장원.

제갈세가와 인연이 있는 장원 주인이 거의 이백에 달하는
단목세가와 제갈세가의 정예무사들을 대접하고 있었다.

"남궁세가 소가주의 수완이 보통이 아니랍니다. 흑사회주
주오가 일검에 무릎 꿇고 복종을 맹세했다고 합니다."

이렇게 말한 목단해라는 중년 사내는 동평장이란 장원을 가지고 있는 동시에 대대로 남궁세가가 소유한 차 농장을 위탁받아 경영하는 자였다.

"흑사회주 주오라는 무명소졸의 이름은 들어본 적이 없다."

네모진 얼굴에 이마가 훤칠하고 얼굴은 대춧빛인 초로의 사내. 턱 선을 타고 목까지 길게 이어진 한 줄기 검상(劍傷)이 무척 인상적인 그가 바로 유성검 단목대운이었다.

"대운 형님, 주오란 자가 흑도의 무리이기는 하나 그의 칠상검은 꽤 쓸 만합니다. 공동파가 마교와 분쟁 중이라 안휘성까지 눈 돌릴 여력이 없어서 그렇지, 평상시 같으면 당장에 그를 죽이기 위한 척살대를 보냈을 것입니다."

칠상검은 본디 공동파의 독문 무공. 그런 무공이 유출되고 흑도의 무리가 그것을 익혔다면 공동파로서는 도저히 묵과할 수 없는 일이었다.

그러나 공동파는 현재 십만마교와 싸우는 데도 힘이 달렸고, 그 이유로 자신들 문파의 절기를 회수할 여력이 없었던 것이다.

그렇게 말한 이는 얇은 얼굴선에 유달리 입술이 붉은 문사풍의 남자, 당대 제갈세가주의 친동생이자 귀령대주인 귀영사(鬼英士) 제갈문도였다.

"공동파가 정파의 최일선에서 마교와 싸우는 것은 칭찬해도 좋으나, 그들은 점점 사파의 무리들에게 물들어가고 있어."

"그건 그렇지요."

그때, 곁에서 잠자코 듣고 있던 한 절세미녀가 제갈문도에게 물었다.

"남궁유한 소가주는 대체 어떤 자일까요?"

"소주 이화장원에서 보표 생활을 했다 하는데, 이화장원이라는 데가 쉽게 접근할 수가 없는 곳이다 보니……."

'과거를 숨기기에는 그보다 좋은 곳이 없지. 신비문파 봉황궁의 이화장원 출신이라면……'

귀영사 제갈문도는 이화장원에 대해 알고 있었다.

제갈문도는 다른 세가나 방파처럼 이화장원에 제갈세가의 세작들을 투입하는 무모한 짓은 벌이지 않았다.

가봐야 죽기만 할 곳에 소중한 인재를 낭비할 이유가 없었기 때문이다.

"연하야, 네 생각에는 남궁세가 소가주가 어떤 자일 것 같으냐?"

금은옥백 매란국죽(金銀玉白 梅蘭菊竹)으로 상징되는 무림 사대미인 중 첫 번째인 금설매(金雪梅)로 불릴 정도로 대단한 미모를 가진 제갈연하가 답했다.

"그가 어떤 자인가도 중요하지만, 그가 앞으로 어찌할 것인지가 더욱 중요하겠지요."

제갈연하의 답에 유성검 단목대운이 불편한 표정을 지었다.

"그러나 감히 내 누이 주혜를 욕보이다니, 남궁가의 애송이가 죽고 싶어 환장을 한 것이다. 그가 앞으로 할 수 있는 일은 아무것도 없을 것이다!"

단목대운은 망한 남궁세가의 소가주 따위가 단목세가의 배경을 등에 업고 있는 자신의 친누이 단목주혜를 욕보였다는 사실에 격한 분노를 표출했다.

'하지만 수집한 정보에 의하면 단목 부인이 먼저 소가주를 해하려 했다는데……'

소문이란 것이 무섭기도 하거니와 더할 나위 없이 빠르다.

제갈연하 역시 단목 부인과 총관 구달이 남궁세가 소가주 남궁유한을 함정에 빠뜨리려다 오히려 당하고, 세가 안에 연금돼 있다는 소문을 들어 알고 있었다.

"단목 숙부님, 단기간 내에 세가를 장악하고, 흑사회주 칠상검 주오를 무릎 꿇렸다 하니 남궁세가 소가주의 수완을 경시하지 않는 것이 좋을 듯합니다."

제갈연하의 그 말에 단목대운이 인상을 찌푸리며 말했다.

"고작 삼류 파락호 무리나 바글거리던 남궁세가를 정리한 것이 무어 그리 대단할까? 칠상검 주오? 나는 그런 잡배의 이름은 들어본 적도 없다."

단목대운은 다시 한 번 주오의 이름을 들어본 적이 없다고 강조했다.

“칠상검 주오는…….”

제갈연하가 그에 대해 설명을 하려 했으나 단목대운이 말을 잘랐다.

“흑도의 잡졸 하나 굴복시켰다고 무슨 호들갑이냐? 소가주가 나와 단목세가의 뜻을 따르지 않는다면 나는 남궁세가 소가주를 단목세가로 압송해 한동안 유폐할 것이다!”

단목대운은 남궁유한을 완전히 무시하고 있었다. 자신이 마음만 먹으면 그런 애송이쯤은 언제든 제압할 수 있다고 믿었다.

그런데 아무리 몰락했다 해도 남궁세가의 소가주를 어찌 임의대로 잡아다 유폐시킨단 말인가?

제갈문도가 ‘그것은 아닌데’라는 표정으로 단목대운을 바라보며 말했다.

“그래도 세상의 이목이 있는데…….”

“이는 내 뜻이 아니라 단목세가의 가주를 맡고 계시는 단목대풍 형님의 뜻일세. 제갈세가 역시 우리의 뜻에 동참해 줄 것으로 믿고 있네.”

단목세가와 제갈세가는 대대로 긴밀한 관계를 유지하며, 오대세가 사이에서 분쟁이 있을 때는 언제나 한목소리를 내곤 했다.

그래서 이번에 단목세가에서 남궁세가에 도리를 따지러

가자 했을 때도 기꺼이 한 손 거들기 위해 이렇게 나선 것이다.

그때, 문이 열리며 한 젊은 청년이 들어왔다.

헌앙한 외모에 풍채가 당당한 미남이었으나, 눈 꼬리가 찢어져 왠지 비열한 인상을 주는 것이 흠인 청년이었다.

"이번 일은 아버님의 뜻입니다. 그리고 저에게 소임을 맡겨주신다면 훌륭하게 수행해 낼 것입니다."

그 청년을 보며 단목대운이 흐뭇한 미소를 지었다.

"그래. 사내대장부라면 그 정도 패기는 가지고 있어야지."

청년은 제갈문도와 제갈연하를 보며 포권을 했다.

"은하창천 단목룡이 제갈 숙부님과 연하 누님을 뵙습니다."

거창하게 자신의 별호를 은하창천(銀河蒼天)이라고 밝힌 단목룡은 당대 단목세가주 단목대풍의 차남이었다.

"룡이로구나."

제갈문도는 짧게 말했고, 제갈연하는 그저 고개만 끄덕이며 인사를 대신했다.

"저에게 기회를 주신다면 남궁유한인지 뭔지를 제 검으로 굴복시켜 보이겠습니다. 또한……."

단목룡은 '팽가가 뭐라 참견한다 한들 남궁아연을 아내로 맞이하겠다' 라는 말이 목구멍까지 넘어왔으나 겨우 참아냈다.

그는 남궁아연을 아내로 맞이하고 싶어했다.

그런데 그는 팽가의 대공자 팽강처럼 남궁아연을 연모하는 것이 아니었다. 그녀가 시집을 오며 지참금으로 가지고 올 남궁세가에 더욱 관심이 있었다.

아버지의 총애를 받고 있고, 세가 전체의 기대를 한 몸에 받고 있는 형이 있기에 자신이 가주가 되는 것은 애당초 불가능한 상황이었다.

그래서 남궁아연과 혼인을 한 후 남궁세가를 통째로 집어삼켜 또 하나의 단목세가를 만들 야심을 품고 있었다.

그를 위해서는 남궁아연이 세상 제일의 추물이라 해도, 다른 남자와 아이를 일곱쯤 두었다 해도 아무 상관 없었다.

더구나 남궁아연은 금은옥백 매란국죽으로 상징되는 천하 사대미인 중 은서란(銀瑞蘭)으로 꼽힐 정도의 미녀였으니 더욱 그녀를 갖고 싶었다.

당대의 단목세가주 단목대풍도 그런 계산을 하고 있었다.

장자에게는 단목세가를, 차남에게는 남궁세가를 물려줘 단목세가를 일약 천하제일세가로 일으키겠다는 야심을 품고 있었다.

남궁세가로 시집간 단목주혜가 환희극락산을 써서 소가주 남궁유한을 제거하고, 남궁아연과 팽강과의 혼인을 깨려는 계획을 세우고 있으니 도와달라는 전서를 보냈을 때 그래서 이렇게 적극 호응한 것이었다.

남궁아연이 팽가와의 혼약이 깨지기만 하면 더 이상 하북 팽가의 눈치를 볼 이유가 없어지는 것이다.

그때, 흠이 있는 남궁아연을 단목룡으로 하여금 거둬들여 단목룡의 도량이 무척 넓은 것을 세상에 과시함과 동시에 남궁세가를 통째로 집어삼킬 작정이었다.

'그 뜻은 알고 있지만 과연 그렇게 될까? 내가 보기에 남궁세가 소가주가 그리 녹록한 인물로는 보이지 않는데……'

제갈연하 역시 단목세가의 그런 의도를 눈치 채고 있었다.

하지만 그들의 계획이 성공하려면 첫째도 둘째도 남궁세가 소가주 남궁유한을 완벽하게 제압해야 모든 것이 가능해지는 것이었다.

'모든 것은 남궁세가 소가주가 어떤 인물이냐에 따라 결정되겠지.'

같은 시간 합비 인근.

"나의 연매를 위해서라면 그 무엇이든 하지 못할쏘냐! 하하하!"

허리까지 흘러내린 칠흑 같은 머리 끝을 하피 옷에서 떨어져 나온 것 같은 한 조각 천으로 질끈 동여맨 사내가 합비 땅으로 향하고 있었다.

그의 눈은 맑고 투명했으며, 콧날은 오뚝하고 입술은 붉디붉었다. 게다가 턱 선이 가늘고 곱상하게 생긴 것이 일견 미소년의 분위기마저 풍기고 있었다.

외모에는 전혀 신경 쓰지 않고 있었으나, 그는 과거 송옥이나 반안 못지않은 절세미남이었다.

이빨에 갈댓잎 하나를 물고 있는 그는 곱상하게 생긴 얼굴과는 전혀 어울리지 않게 거의 오 척에 가까운 거대한 묵색 대도 한 자루를 어깨에 삐딱하게 걸쳐 메고 있었다.

묵색 대도와 이빨에 물고 다니는 갈댓잎, 그리고 절세 미남 청년.

그 세 가지를 들으면 무림인들은 한 사람을 절로 떠올리게 된다.

무림제일세가인 하북팽가의 대공자이자 강호의 열혈남아로도 알려진 폭렬도(爆裂刀) 팽강(彭康)!

정파무림의 십대후기지수에 속해 있으나, 다른 후기지수들과는 그 차원이 완전히 다른 도의 천재.

팽가비전의 오호단문도법(五虎斷文刀法)을 극성으로 익힌 것은 물론, 한 번 펼쳐지면 하늘을 찢고 땅마저 갈라 버린다는 고금오대도법 중 하나인 폭렬도법(爆裂刀法)도 익히고 있었다.

폭렬도 팽강은 십 년 안에 정도 최고의 고수가 될 것이라는 주변의 기대를 한 몸에 받고 있었다.

"단목대운과 제갈문도, 그 늙은이들이 대체 연매의 남궁세가에 무슨 짓을 하려는지 모르겠다. 하지만 이치에 맞지 않는 일을 행하려 한다면 나 팽강이 목숨을 걸고 그들을 제지할 것이다."

무림오대세가 중 단목세가와 제갈세가가 역대로 계속 긴밀한 친분 관계를 유지했다면, 반대로 남궁세가와 하북팽가는 대개는 으르렁거리기 일쑤였다.

강남의 남궁세가와 강북의 하북팽가라는 지리 문화적 차이부터, 섬세하고 아름다운 검을 주로 쓰는 남궁세가와 강렬하고 패도적인 도를 쓰는 하북팽가와는 기질상으로도 맞질 않았다.

심할 때는 서로를 일컬어 '검무나 추는 기녀 같은 것들', '소 돼지나 잡을 무식한 칼잡이들' 하며 운운할 정도였다.

사천 땅에 있는 사천당가야 워낙 지리적으로 멀리 떨어져 있어 독야청청하는 분위기였으니 논외로 칠 수밖에 없었고.

대개 무림오대세가의 수좌는 남궁세가와 하북팽가가 번갈아 차지했는데, 남궁세가가 하루아침에 몰락하면서 지금은 팽가가 독주하고 있는 형국이었다.

"연매에게 오라버니가 생겼다니 나에게는 처형이 될 사람인가? 하하하! 내 처형을 만나 밤새 코가 비뚤어지도록 술을 마셔볼 것이다."

폭렬도 팽강은 단목과 제갈세가가 남궁세가로 향하고 있다는 소식에 걱정하면서도, 혜성같이 등장해 남궁세가를 단숨에 장악해 버린 남궁유한에 대한 강한 호기심을 품고 합비

창천장원으로 향하고 있는 중이었다.

그런 그가 한참 숲길을 지나가고 있을 때였다.

"캬아아~ 악!"

숲속에서 여자의 비명 소리가 들려왔다.

"제발 어머니를 살려주세요! 흑흑!"

이번에는 아이의 흐느낌까지?

폭렬도 팽강은 그 소리가 난 곳으로 재빨리 달려갔다.

그곳에서는 도를 든 사내 하나가 한 젊은 여인의 옷을 찢어 발기며 막 바지를 내리려 하고 있었다.

팽강은 그 광경에 심하게 눈살을 찌푸리며 소리쳤다.

"그만!"

팽강의 우렁찬 목소리에 사내가 고개를 돌리며 팽강이 있는 쪽을 바라봤다.

여인을 범하려던 사내는 잠시 팽강의 얼굴을 바라보더니 군침을 흘렸다.

"호호호! 예쁜이 아가야, 너는 잠시 기다리도록 해라. 여인과 회포를 푼 후에 우리 예쁜이하고도 운우지락(雲雨之樂)을 즐겨볼 테니."

사내는 분명 남자인 팽강을 향해서도 음심(淫心)을 드러내고 있었다.

'비역질까지……'

팽강은 순간 참을 수 없는 욕지기를 느꼈다.

"대협 어른, 저희 어머니를, 어머니를 구해주세요!"

나무 기둥에 묶여 있는 어린 소년 하나가 애달프게 소리쳤다.

팽강은 그 소년을 유심히 살피더니 곧 여인을 범하려는 사내를 향해 걸어갔다.

여인을 향해 막 욕정을 풀려던 사내 역시 팽강의 접근을 알아차리고는 손에 들고 있던 도를 하늘에 향해 가볍게 휘둘렀다.

"우리 예쁜이가 안달이 나 먼저 내 품에 안기겠다는데 할 수 없지."

휘이익!

사내는 그러더니 순간 왼손에 들고 있던 하얀 가루를 뿌렸다.

시야를 온통 가리는 하얀 가루, 석회(石灰)일까?

처음부터 이런 짓을 하다니, 상대가 얼마나 비열한지를 팽강은 단숨에 알아챌 수 있었다.

탁!

사내는 허공에 하얀 가루를 뿌림과 동시에 땅을 박차며 도를 휘두르기 시작했다.

그러자 도 주변에서 은은한 혈무가 일렁거리기 시작했다.

은은한 혈무(血霧).

"혈마도법(血魔刀法)?"

팽강은 사내의 도법을 순간 그렇게 판단했다.

혈마도법이라면 십만마교의 절학인 칠성마류(七星魔流)의 일곱 무공 중 하나에 속하는 것.

마도십대고수 중 한 명인 대력혈마(大力血魔)의 독문 도법으로도 유명한 것이었다.

대력혈마는 희대의 색마로, 그에게 몸을 버린 여염집 여인들이 산을 이루고도 남는다고 소문이 자자했다.

극성의 혈마도법이 펼쳐지면 온몸의 피부가 산(酸)에 닿은 것처럼 지지직거리며 녹아내린다는 소리가 있을 정도로 강맹한 것이었다.

그런데 핏빛 혈무를 보면 칠성마류 중 하나인 혈마도법과 유사하기는 했으나 그 위력은 그다지 위협적이지 않았다.

그것이 이상했다.

'아니, 아니다. 혈마도법과 비슷하기는 하나 혈마도법이 아니다. 또한, 대력혈마가 아무리 대담하기로서니 정파의 영역 깊숙이 자리한 안휘성 안에 혈혈단신으로 들어올 리가 없다. 그렇다면……'

팽강은 짧은 순간에 이자가 펼치는 것이 그럴싸하게 흉내 내고 있는 것일 뿐, 혈마도법이 아니라는 판단을 서서히 하기 시작했다.

휙!

사내의 도가 한 번 휘둘러질 때마다 혈마도법의 상징이기도 한 은은한 핏빛 기운이 감돌았다.

단순하게 보면 혈마도법이라고 믿게 만들 정도로 흉내가 정말 그럴싸했다.

탁! 타탓! 타타탓!

팽강이 묵풍대도 도집째로 상대가 칼등 위에 낸 아홉 개의 구멍에 아홉 개의 고리가 달린 구환도(九環刀)를 연달아 막아 냈다.

혈마도법 흉내 내기가 제법 그럴싸했으나 폭렬도 팽강이 베려고 마음만 먹는다면 당장에라도 이 사내의 목을 날려 버릴 수 있었다.

그러나 팽강은 자신의 추측이 맞는 것인지를 더욱 확실히 하기 위해 이자의 도법이 정녕 혈마도법이 맞는 것인지를 확인하고자 했다.

그렇게 거의 오십여 합 이상을 나눴을 때 팽강은 비로소 확신할 수 있었다.

'내 생각이… 맞을 것이다.'

진정 혈마도법인지를 구분하기 위해 이제껏 수비만을 했으나 혈마도법이 아니라는 확신이 들자 더 이상 그럴 이유가 없어졌다.

그리고 실상 수비를 하는 것은 팽강의 성격과도 전혀 맞지 않는 일.

공격, 공격, 공격!

폭풍처럼 휘몰아치는 공격을 통해 도가 가진 본래의 위력을 극대화하는 것이 팽가의 가풍이며, 폭렬도 팽강이 적과 싸우는 방식이었다.

그 순간이었다.

그동안 도집 속에만 있던 묵풍대도의 거대한 묵색 도신이 태양 아래 그 위풍당당함을 드러냈다.

쉬익!

단순한 도풍(刀風)이 아니라 순간적으로 주변에 폭풍이라도 일어난 것 같은 거대한 바람이 휘몰아쳤다.

펑!

폭음이 일어났다.

쉭!

그와 동시에 구환도를 휘두르며 달려들던 사내의 목이 몸통과 분리됐다.

그런데 깨끗하게 펼쳐진 팽강의 수법과는 정반대로 떨어져 나간 상대의 목 주위 상처가 걸레짝처럼 너덜너덜했다.

단 일도(一刀)로 깨끗하게 베어냈음에도 상처는 더할 나위 없이 거칠게 형성돼 있는 것.

하수들의 경우라면, 아니, 하수라 할지라도 이 정도까지 너저분한 상처를 만들어내지는 않을 것이다.

그런데 천하십대후기지수를 넘어 절정고수로까지 평가받고 있는 폭렬도 팽강이 상대에게 낸 상처가 이렇다?

그것은 바로 팽강이 익힌 폭렬도법(爆裂刀法)의 고유한 특징이었다.

폭렬도법의 기운이 담긴 도가 상대의 몸에 닿는 순간, 상대의 피부와 내장을 마치 폭발하듯이 터져 버리게 만드는 극패(極霸)의 도법이 폭렬도법이었다.

한없이 곱상한 외모와는 정반대로 극렬한 도법을 구사하는 팽강이었다.

팽강은 바닥에 쓰러져 있는 시체를 무심한 눈길로 한 번 바라보더니 수치를 당할 뻔했던 여인의 곁으로 걸어갔다.

여인은 허연 속살이 드러난 자신의 나신(裸身)을 갈기갈기 찢어진 옷으로 겨우 가리고 있었다.

"흑흑흑! 구해주셔서 감사합니다."

여인은 자신이 당한 수치감으로 인해 목이 메는지 말조차 제대로 잇지 못했다.

"어머니, 어머니, 괜찮으세요? 훌쩍! 훌쩍!"

여인의 아들로 보이는 소년이 몸부림치며 여인의 상태를 물었다.

곧 팽강이 모자 곁으로 다가가 속살을 훤히 드러내고 있는 여인을 위해 자신이 등에 두르고 있던 피풍의(皮風衣)를 벗어 주려 했다.

그런데,

여인의 치부를 감추기 위해 호의로 건네주려던 피풍의가

팽강의 시야를 가린 그 찰나의 순간이었다.

앞쪽에서 살기가 쏟아졌다.

"죽어라, 팽강!"

강간을 당하기 일보 직전이던 여인이 표독스럽게 소리쳤다.

여인의 양손에 들린, 하나는 길고 하나는 짧은 자모단창(子母短槍)이 팽강의 목줄기와 심장을 노리고 날아왔다.

그리고 절묘한 순간을 노려 더해진 또 하나의 암습.

독이 묻은 쇠 손톱이 달린 용조수갑(龍爪手甲)이 팽강의 복부 요혈과 성기와 항문 사이를 잇는 중간에 있는 회음혈을 교묘하게 노리며 휘둘러졌다.

상부에서는 길고 짧은 자모단창이 날아온다.

하부에서는 스치기만 해도 절명할 정도의 극독이 묻은 용조수갑의 쇠 손톱이 치명적인 요혈을 노리고 있다.

더구나 누구라도 극히 방어하기 힘든 회음혈을 노리고.

전혀 예상하지 못한 상황에서 절묘하기 하지 그지없는 연수합격으로 암습을 감행한 것.

얼마나 많은 천하의 고수들이 그들보다 현저히 무공이 떨어지는 무명의 살수(殺手)들에게 당해 허무하게 사라졌던가?

폭렬도 팽강이라는 이름도 당장에라도 그 고수들의 명단 사이에 이름을 올릴 것만 같은 상황이었다.

휘리리릭! 휘리리릭!

그런데 돌연 팽강의 시야를 가리고 있던 피풍의가 돌개바람처럼 회오리치더니 한 쌍의 자모단창과 용조수갑을 착용한 손을 거세게 빨아들였다.

휘이이익! 휘이이익!

회전하는 피풍의에 담긴 내력이 어찌나 대단했던지 자모단창은 물론 손에 끼고 있던 용조수갑마저 모조리 빨아들여 허공 위로 튕겨내 버렸다.

"이, 이런!"

강간을 당할 뻔했던 여인과 그 여인의 어린 아들로 보였던 소년이 동시에 경악성을 터뜨렸다.

휘릭!

살수들의 무기를 저 멀리로 튕겨낸 팽강이 자신의 등에 피풍의를 다시 두르며 입을 열었다.

"미모의 여인과 어린 아들로 보이는 살수, 살문(殺門)의 요부마동(妖婦魔童)이겠군."

요부마동(妖婦魔童).

천하제일의 자객 단체로 알려진 살문에서도 일급 살수로 알려진 이들.

마음만 먹으면 구파의 장문인들조차 죽일 수 있다는 평을 받고 있는 이들이었다.

그런 요부마동답게 암습에 실패해 순간 당황했으나 곧바로 다잡으며 말했다.

"하북팽가의 대공자 폭렬도 팽강 소협은 무슨 일이 있어도 여인과 아이에게는 살수를 쓰지 않는다지요?"

요부마동 중 여인인 요부가 요사한 웃음을 뿌리며 말했다.

"틀리지 않다."

팽강이 짧게 답했다.

"그럼, 자신의 목숨을 노렸다 해도 상대가 여인과 아이라면 그에 해당되는 것이겠지요?"

"그것 또한 틀리지 않다."

"호호호! 그럼 암습에 실패한 저희도 그에 해당하겠군요?"

팽강이 웃었다.

"그렇다."

요부는 그러더니 요망한 웃음을 지으며 팽강에게 절을 하며 태연한 목소리로 말했다.

"그럼 이것들은 이만 물러가겠습니다."

그런데 절을 하고 일어선 요부의 몸은 그나마 걸치고 있던 천 조각마저 사라져 완전히 나신(裸身)을 드러내고 있었다.

요부의 몸은 매우 육감적이었으며 풍만하기 그지없어 사내를 미치게 만들 정도의 요사한 매력을 뿜어내고 있었다.

그리고 요부는 사내의 정신을 현혹시키는 웃음, 환희소(歡喜笑)를 연신 뿌려대며 팽강의 마음을 흐트러뜨리고 있었다.

"가진 것이 이런 것뿐이니 너무 탓하지 마시길."

요부는 그러면서 나신인 채로 춤을 추기 시작했다.

여인이 사내를 유혹하기 위한 교태 가득한 동작과 성행위를 묘사한 낯 뜨거운 동작들이었다.

'처음 뿌린 하얀 가루 역시 효과 좋은 춘약(春藥)! 폭렬도가 제 아무리 고수라 해도 춘약과 환희소, 그리고 극락무(極樂舞) 이 세 가지에는 결코 저항할 수 없을 것이야. 호호호!'

요부는 이런 이중, 삼중의 계책으로 그동안 쓰러뜨렸던 무림 고수들을 떠올렸다.

팽강도 이제 그리 되는 것이 멀지 않았다고 판단했다.

그사이, 곁에 있던 마동은 탐욕스럽게 혀로 입술을 핥았다.

'하북팽가 대공자인 팽강이라면 현문정종의 내공심법을 익혔을 터 순수한 팽강의 내력을 채양보음술(採陽補陰術)로 흡수할 수 있다면 우리의 내력은 금세 강해질 것이다. 흐흐흐!'

반 시진 가까이 세상 모든 것을 욕정에 떨게 만들 법한 요부의 환희소와 극락무가 펼쳐졌다.

평범한 사람, 아니, 절세의 고수라 해도 지금쯤이면 게걸스럽게 침을 흘려대며 이지를 상실해야 할 시점이었다.

그런데 팽강은 욕정에 불타기는커녕 깊고 고요한 눈빛이 더욱 깊어진 것만 같았다.

그에 이상함을 느낀 요부가 한층 더 내력을 돋워 더욱 현란한 극락무를 추기 시작했다.

그렇게 또다시 반 시진 가까이 극락무를 추었는 데도 팽강은 여전히 미동도 하지 않았다.

"왜, 도대체 어떻게?"

오랜 시간 환희소를 뿌리고 극락무를 추느라 나신이 온통 땀에 젖은 요부.

휙!

그녀가 당최 영문을 모르겠다는 말을 하기가 무섭게 팽강이 공중을 격해 날아왔다.

탁! 타탁! 타타탁!

팽강이 절묘한 점혈 수법으로 요부의 마혈을 짚어 그녀를 단숨에 제압해 버렸다.

"이, 이런!"

그 광경에 놀라 마동이 요부를 버리고 급하게 도주하려 했으나 팽강의 묵풍대도를 결코 피할 수 없었다.

퍽!

마동이 묵풍대도의 칼등에 맞아 땅바닥에 패대기쳐졌다.

그리고는 바닥을 뒹굴고 있는 마동과 마혈을 짚여 바닥에 쓰러져 있는 요부를 보며 팽강이 눈살을 찌푸렸다.

"누가 암살을 청부했는지를 물으면 살수는 청부자를 알려고 하지도 않으며, 설사 안다고 해도 말할 수 없다는 둥의 헛소리를 지껄여 대겠지?"

위에서 내려다보는 팽강을 올려다보며 요부와 마동이 소리쳤다.

“그, 그렇다!”

“그럼 할 수 없지.”

팽강이 길이만도 오 척이 넘는 묵풍대도를 하늘로 치켜들었다.

그 광경에 얼굴이 사색이 된 요부가 비명을 내질렀다.

“자, 잠깐! 폭렬도 팽강은 여자와 아이에게 살수를 쓰지 않는다고 네 입으로 말하지 않았느냐!”

절세미남 팽강이 얼굴에 아름다운 미소를 지었다.

“그랬지.”

그 소리에 요부는 앙칼진 목소리로 소리쳤다.

“열혈남아라는 자가 한 입으로 두말을 할 셈이냐? 방금 네 입으로 뱉은 말을 어길 셈이냐?!”

팽강에게 완전히 제압당한 이상 말싸움이라도 해서 한 가닥 구명줄을 잡고자 하는 요부였다.

팽강이 웃었다.

“여자와 아이는 죽이지 않는다! 허나 죽는 것만도 못하게 느껴질 정도로 팰 수는 있지!”

그러더니 묵풍대도를 도집째로 요부와 마동을 향해 휘두르기 시작했다.

퍽! 퍽! 퍽! 퍽!

“악! 으악! 크악!”

쿵! 탁! 퍼퍽! 쿠쿵!

“꿰엑! 꾸엑!”

퍼억!

“캬아악!”

주변 수풀이 분분히 휘날릴 정도의 처참한 비명성이 터지기 시작했다.

“내력으로 버텨보는 것도 괜찮지. 아, 하지만 폭렬도 자체가 내력으로 보호하는 호신강기를 전문적으로 뚫고 들어가는 묘용이 있음을 알려줘야겠어.”

팽강이 그렇게 말하며 요부와 마동을 복날 개 패듯 두들겨 패기 시작했다.

쿵퍽쿵퍽! 쿵퍽쿵퍽! 쿵퍽쿵퍽!

물레방앗간의 방아 찧는 소리처럼 운율을 이루는 소리가 거의 한 시진 가까이 이어졌다.

한 대만 맞아도 자지러질 정도의 통증이 몰려드는 요혈에 수백 대 이상을 두들겨 맞게 되자 요부와 마동은 이제는 차라리 죽고 싶었다.

혹독한 훈련을 거쳤고, 인내심 또한 누구 못지않다고 자부해 온 두 사람이었다.

그러나 한 대, 한 대가 극한의 통증을 주는 요혈만을 노리니 그렇게 생각할 수밖에 없었다.

“차, 차라리 죽여주세요. 캬아아아아아악!”

요부가 처절한 비명을 내질렀다.

"죽여줘? 사내대장부는 한 입으로 두말을 하지 않지. 너도 그렇게 해야 한다고 강하게 주장하지 않았던가?"

팽강은 그러며 말했다.

"여자와 아이는 죽이지 않는다. 대신 죽는 것이 낫다 싶을 정도로 두들겨 팰 뿐이지. 단지 두들겨 팰 뿐!"

팽강은 자신의 목숨을 노렸고, 정파 고수들을 무수히 암살한 요부마동을 그야말로 죽여달라고 울부짖고, 또 울부짖고, 발바닥을 핥으며 애원할 때까지 두들겨 팼다.

"……."

이제는 제대로 말조차 하지 못하는 요부와 마동.

두 사람은 눈알이 뒤집혀 흰자위만 내보이고 있었다. 그리고 고통을 견디다 못해 바닥에 쏟아낸 온갖 더러운 토사물과 분비물 속을 뒹굴고 있었다.

"…이것을 끝낼 방법이 있다."

퍽!

팽강은 말하면서도 구타를 멈추지 않았다.

"캬아악! 말씀만, 말씀만, 아는 것은 모조리… 캬아아아악!"

퍽!

"청부자가 누구냐?"

퍽!

"크아아악! 제, 제갈세가, 제갈세가! 크아아아아악!"

모진 고문 수법을 견딜 훈련을 받았지만, 팽강의 무식하리만치 단순한 구타를 견디다 못한 요부와 마동이 동시에 청부자를 실토했다.

그 소리를 듣자마자 팽강은 순간 구타를 멈출 수밖에 없었다.

‘제갈세가? 제갈세가가 왜 나를? 단목세가라면 차라리 이해를 하겠다만.’

팽강은 적잖이 충격을 받았다.

제갈세가가 단목세가와 친분이 두터운 것은 알고 있었다.

하지만 자신이 속한 팽가 역시 제갈세가와 적잖은 교분이 있지 않은가?

‘내가 팽가를 떠난 것은 윗대의 어른 몇 분만이 알고 있는 사실이다. 그 사실을 제갈세가가 알고 살수를 보냈다면, 그 어른 몇 분 중에도 외부와 결탁한 배신자가 있다는……. 그리고 제갈세가가 마도련에 속한 살문의 살수를 시켜 나의 암습을 노렸다?

음모였다.

‘어쩌면 요부마동이 일부러 제갈세가의 이름을 댄 것일 수도 있다. 제갈세가와 우리 팽가 사이를 험악하게 만들기 위한 역공작일 수도 있다. 그렇다 해도 우리 팽가 내부에 배신자와 그를 따르는 세력이 있는 것만은 부정할 수 없구나.’

하북팽가 내부에 모종의 불길한 기류가 흐르고 있다는 것은 진작에 알고 있었다.

그것도 확인하고 자신의 약혼녀인 남궁아연을 보호하며, 새로 남궁세가의 소가주가 됐다는 남궁유한을 직접 만나보기 위해 세가를 나온 팽강이었다.

무림오대세가라고는 하나 하북팽가의 위치는 독특했다.

하북성에 위치한 팽가의 특성상 하북성 북경을 중심으로 거사한 영락제와 긴밀한 관계를 맺을 수밖에 없었다.

세가 무인들이 정난의 역 당시 연왕으로 불렸던 영락제의 군대로 참전하며 무수한 공을 세웠었다.

호들갑 떨기 좋아하는 사람들은 군문에 들어간 팽가 사람들을 일컬어 '팽가병(彭家兵)은 천하무적'이라는 소리까지 할 정도였다.

그 이후로도 팽가는 군부와 밀접한 관계를 맺었다.

하북팽가에서 군부의 장수를 여럿 배출했다. 군마(軍馬) 납품은 물론 엄청난 양의 군용도(軍用刀), 장창, 활과 화살 등의 군납품을 상당 부분 독점하고 있었다.

영락제를 도와 그를 황제로 만드는 데 일조했고, 여전히 그를 위해 장성 너머의 원나라 군대와 싸우고 있는 하북팽가였다.

그렇기에 영락제 또한 당연히 팽가를 총애했고, 지원 또한 아끼지 않았던 것이다.

황실의 지원을 받은 하북팽가는 당연히 다른 세가를 제치고 무림제일세가로 떠오르며, 역대 최고의 전성기를 누리고 있는 상황이었다.

조정과 관계를 맺고 급속도로 번영하고 있는 와중에 하북 팽가는 단순한 무림세가라기보다는 어느 정도는 조정의 권문 세가로 서서히 변하고 있었다.

그런데 그 변화의 과정에서 세가 내에는 불온한 기류가 흐르기 시작했다.

팽강은 아마도 그 세력의 사주를 받아 자신을 암습했다 실패해 무자비한 구타를 당하고, 이제는 영원히 무공도 사용하지 못할 폐인이 된 요부마동을 바라봤다.

그들은 입에 게거품을 물고 온몸에 피 칠갑을 한 채 혼절해 있었다.

"어미를 범하려 하는데 옆에서 아이가 시끄럽게 울고 있는 것은 이상하지 않은가? 간악한 색마라면 아이를 죽여 간단히 해결할 수 있는 일인데도."

팽강 역시 처음에는 색마에게 죄 없는 여인이 해를 당하는 것으로 생각하고 협의를 행하기 위해 달려왔었다.

그런데 사소하다면 사소하다 할 수 있는 그 점에 주목했다.

그로 인해 의심을 품었고, 곧이어 색마가 난데없이 혈마도법을 구사하자 기이하게 생각했다.

왜 굳이 상대는 혈마도법을 흉내 내야 했는가?

그리고 흉내라고는 하나 혈마도법에 대해 알고 있는 사내가 왜 삼류 잡배들처럼 다짜고짜 석회 가루를 던져야 했는가?

의심이 더욱 진해졌다.

그래서 사내를 베고서도 경계심을 풀지 않았는데, 아니나 다를까, 여인과 아이가 돌연 자신을 암습한 것이다.

자모단창과 용조수갑을 보자 팽강은 그들이 강호에 유명한 살수인 요부마동임을 알 수 있었다.

애초에 의심을 품었기에 석회 가루처럼 보인 춘약을 흡입하지 않을 수 있었고, 요부마동의 암습에도 대처할 수 있었던 것이다.

"대체 무슨 일이 벌어지려 하는 것인가?"

팽강은 혼절한 요부마동을 뒤로하고 다시 합비의 남궁세가로 향하기 시작했다.

그런데 얼마 후.

가장 먼저 목이 몸통과 분리돼 죽은 사내, 요부를 범하려는 연기를 했던 사내에게서 기이한 일이 벌어졌다.

사내의 시체가 조금씩 꿈틀거리기 시작했다.

그러더니 목과 몸통이 바닥에서 절로 움직이기 시작하더니 다시 딱 맞붙어버리는 것이 아닌가?

그러더니 다시 온전한 사람이 된 사내가 목을 좌우로 흔들며 '빠드득, 빠드득' 소리를 내더니 바닥에서 일어섰다.

"폭렬도 팽강, 소문 이상이로군. 하북팽가에서 용을 낳았어."

사내는 팽강이 향한 남궁세가 방향을 바라보며 비릿한 미소를 지었다.

괴사(怪事)!

목과 몸통이 분리돼 죽은 자가 스스로 목과 몸통을 이어 붙이며 살아나다니……!

세상에 이보다 더한 괴사가 있을까?

어쩌면 처음부터 사내의 목과 몸통이 분리된 것처럼 보이게 만든 정묘한 환술(幻術)이나 역천의 사술(邪術)이었을까?

정체불명의 사내는 곧 땅을 박차고 공중으로 날아올랐다.

사내는 거목의 나뭇가지를 디딤대 삼아 연달아 튀어 오르더니 하늘을 나는 것처럼 빠르게 움직이기 시작했다.

지금 보여주는 엄청난 경공 실력만으로도 그가 가진 능력이 어느 정도인지를 능히 짐작할 수 있었다.

그는 절대 당금의 최강자들인 환우십패(寰宇十覇)의 아래가 아닐 것이다.

『무적세가』 2권에서 계속…

초등학생이 반드시 읽어야 할 좋은 책 49권

각 학년별로 초등학생이 반드시 읽어야할 좋은 책을
선정하여 통합논술의 기본이 되는 '올바른 독서법'을
일깨워 줍니다.

교과서와 함께하는
초등학교 통합논술

초등1학년 | 값 12,000원 | 초등2학년 | 값 9,500원 | 초등3학년 | 값 11,000원 | 초등4학년 | 값 9,500원 | 초등5학년 | 값 9,500원 | 초등6학년 | 값 11,000원

♣ 혼자 할 수 있어요.

엄마가 책 읽는 방법을 가르쳐 주어도 좋아요.
독서지도하는 선생님이 가르쳐 주어도 좋답니다.
"초등 교과서와 함께하는 **통합논술 시리즈**"는
아이 스스로 독서할 수 있도록 꾸며진 책이에요.
엄마와 선생님은 요령만 가르쳐 주시면 된답니다.

♣ 교과서의 중요한 내용이 총정리되어 있어요.

각 학년별로 중요한 교과 내용이 함께 수록되어 있어요.
초등학생은 교과서 내용을 충실하게 공부해야 합니다.
아울러 그와 병행한 독서가 대단히 중요하지요.
"초등 교과서와 함께하는 **통합논술 시리즈**"는
두가지 방법 모두 알려준답니다.

♣ 이 책은 훌륭하신 선생님들이 함께 쓰신 책이랍니다.

동화작가 선생님들이 쓰셨어요. 소설가 선생님도 쓰셨답니다.
국어 논술독서지도 선생님들도 함께 쓰셨지요.
"초등 교과서와 함께하는 **통합논술 시리즈**"는
엄마의 마음으로 모든 선생님들이 함께 꾸민 책이랍니다.

입소문을 통해 아는 분은 다 알고 계십니다!
올 한해 공인중개사 최고의 화제작!

1~2권 합본 | 이용훈 지음
3~4권 합본 | 이용훈 지음
5~6권 합본 | 이용훈 지음
용어 해설 | 이용훈 지음

수험생 기본 필독서
만화 공인중개사

제목 : 만화공인중개사 쓰신 분에게 감사드립니다.

학원을 두 달 다녔어요. 근데 과연 그 숫자 외우기 그런 게 몇 문제나 나올까 생각을 했어요.
아니라는 생각이 드네요. 학원강의를 뒤로하고 서점을 갔어요. 내 머리에 가장 이해될 수 있는
책이 없나 하구요. 거기서 만화를 발견했어요. 무조건 세 번 봤어요. 3개월 걸렸어요. 문제집을 보라고
했는데 그건 시행을 못했어요. 근데 합격을 했네요.
어떻게 감사의 말을 해야 될지······.
도서관에서 만화책 들고 다니니까 사람들이 비웃더라구요. 만화책으로 공인중개사를 공부한다고
미친 사람처럼 보더라구요. 근데 그거 다 감수하고 했던 내가 자랑스럽습니다.
어떻게 감사의 말을 해야 할지… 정말 감사합니다.
부디 행복하세요. 제 나이 41살에 좋은 스승을 만난 것 같습니다.
엎드려 감사드립니다.

　　　　　　　　　　　　　　　　　　　－본사 홈페이지에 독자분이 올린 메일 中에서 발췌－